KB022636

최약무패의
신장기룡
바하무트
© 2017 Ayumu Kasuga

등 뒤에 존재하는 일곱 팔뚝에 장비된 무장이 꿈틀거리며
암흑 속에서 연한 빛을 발한다.

"그게 특장형 신장기룡
《요르문간드》인가."

"그런가,
그럼 교섭결렬이로구먼."
© 2017 Ayumu Kasuga

"어떡하지. 이건 분명,
이 소년에게 성적인 고문을
당하는 흐름……!"

룩스가 심히 당황하며 부정했지만
소피스는 완전히 겁에 질렸다.

CONTENTS

UNDEFEATED BAHAMUT CHRONICLE

최약무패의 신장기룡

바하무트

12

아카츠키 센리 지음
카스가 아유무 일러스트
원성민 옮김

Character

룩스 아카디아

멸망한 아카디아 제국의 왕자.
『무패의 최약』 이라고 불리는 기룡사.

리즈샤르테 아티스마타

아티스마타 신왕국의 왕녀. 붉은 전희(戰姬)라고 불린다.
신장기룡 《티아마트》의 파일럿.

피르히 아인그람

아인그람 재벌의 차녀. 룩스의 소꿉친구이며 학원장의 여동생.
신장기룡 《티폰》의 파일럿.

크루루시퍼 에인폴크

북쪽의 대국, 유미르 교국에서 온 유학생 클래스메이트
신장기룡 《파프니르》의 파일럿.

아이리 아카디아

구제국 황족의 생존자.
1학년이며 룩스의 친여동생.

세리스티아 라르그리스

『기사단(시바레스)』의 단장, 학원 최강의 3학년. 사대 귀족인 공작가 영애이며, 신장기룡 《린드부름》의 파일럿.

키리히메 요루카

『제국의 흉인』이라고 불리던 암살자 소녀.
룩스를 주인으로 인정하고 섬기고 있다.
신장기룡 《야토노카미》의 파일럿.

마기알카 젠 반프리크

세계 유수의 대재벌 『반프리크』 상회의 당주이자 『칠용기성』의 대장을 맡은 실력자.

World

장갑기룡《드래곤 라이드》

유적에서 발굴된 고대병기.
그중에서도 희소종이며, 높은 성능을 보유한 것은 신장기룡이라고 부른다.
또한, 장갑기룡의 파일럿은 기룡사《드래곤 나이트》라고 부른다.

유적《루인》

전 세계에서 발견된 일곱 개의 고대유적. 장갑기룡《드래곤 라이드》이 발굴된 이후, 국력을 좌우하는 중요한 거점으로써 각국 간에 세력 다툼이 일어나고 있다.

환신수《어비스》

유적에서 나타나는 수수께끼의 환수. 인류를 위협하는 존재이며, 기룡사만이 대항할 수 있다.

종언신수《라그라뢰크》

하나의 유적에 대해 한 마리만 존재한다는 초상의 힘을 숨기고 있는 7마리의 환신수.

『검은 영웅』

정체불명의 장갑기룡《드래곤 라이드》을 사용하여 단신으로 약 1,200기에 달하는 제국 장갑기룡을 쓰러뜨렸다고 하는 전설의 영웅.

아티스마타 신왕국

리즈샤르테의 아버지인 아티스마타 백작이 아카디아 제국에 대항하여 일으킨 쿠데타가 성공하며 5년 전에 건국된 나라.

아카디아 구제국

세계의 5분의 1을 지배했던 대국. 세계최강이라고 일컬어지던 압도적인 군사력을 바탕으로 압정을 펼쳤으나, 쿠데타로 인해 멸망하였다.
룩스와 아이리는, 이 제국 황족의 생존자.

칠용기성

갈수록 늘어나는 환신수의 위협에 대항하여, 세계협정의 가맹국에서 선출한 대표 기룡사들.

Prologue 천상 바로 밑에서

장의를 입은 소녀 기룡사(드래곤 나이트)가 새하얀 공간을 뛰어다닌다.

매끄러운 갈색 피부와 검은 머리카락, 그리고 뺨에는 붉은 문신을 새긴 그 소녀의 이름은 소피스 엑스퍼.

토르키메스 연방의 『칠용기성』이자 『열쇠 관리자(엑스퍼)』라고 불리는 존재.

그리고 바로 얼마 전에 유적(루인) 『달(문)』의 기능을 이용하여 세계에 선전포고한 인물이다.

"후우……."

자신을 노리고 쏟아지는 포격을, 무수한 무기를, 신장을 피하며 반격에 나선다.

수많은 기룡사를 모조리 쓰러뜨리자, 끝으로 칠흑빛 거룡 《바하무트》를 장착한 룩스가 나타났다.

다채로운 공격을 구사하면서 소피스가 두른 《브리트라》에 대한 대책도 신속하게 세운다.

공격에 특화된 상대라고 생각했는데 제법 집요하게 달라붙어서 소피스는 결정타를 날릴 수 없었다.

"끈질긴 남자는, 미움받아."

"소피스도 참, 남자애랑 사귀어본 적도 없는 주제에—."

"……동물 귀는 닥치고, 기계나 조작해."

새하얀 벽에 에워싸인 구형 공간— 배틀 스페이스.

그곳을 한눈에 내려다볼 수 있는 유리로 구분된 전망실에서 자동인형(오토마타)이 소피스를 내려다보고 있었다.

이 전투는 『달』 내부에 갖춰진 시설인 가상공간을 이용한 이미지 배틀.

통괄자(기어 리더) 리 프리카가 기록한 정보를 바탕으로 적의 행동 패턴을 구축한 것이었다.

그 상대는 룩스만이 아니다.

마기알카를 제외한 『칠용기성』 멤버들의 모든 전투를 기록해두었으며, 리샤를 비롯한 신왕국 주요 전력들의 데이터도 갖추었다.

그 결과 알게 된 것은 그들의 힘을 얕볼 수 없다는 사실.

당해낼 수 없는 상대라면 대책을 세워 도망친다.

소피스의 이상은 싸우지 않고 승리하는 것이지만, 과연 『칠용기성』은 호락호락한 상대가 아니었다.

"하아, 하앗……!"

소피스는 《브리트라》의 신장을 발동해서 그대로 룩스의 《바하무트》를 격추했다.

이로써 적으로 앞을 막아설 가능성이 있는 상대는 거의 다 쓰러뜨렸다.

"제법이네YO, 소피스. 이제 대책도 완벽해YO!"

가상공간을 해제하고 전망실에서 내려온 리 프리카가 소피스 곁으로 다가갔다.

그녀의 머리에 쫑긋 튀어나온 자동인형의 특징인 여우 귀가 기쁜 듯이 살랑살랑 움직였지만—.

"유감스럽지만, 가상은 결국 가상일 뿐. 특히 그 배신자 일족의 생존자 룩스는 상당히 성가셔. 전투 도중에 새로운 전술을 고안해내는 능력은, 여기서는 측정할 수 없어."

소피스는 빈틈없는 표정으로 냉랭하게 대답하며 장갑을 해제했다.

그리고 로브를 걸친 후 그대로 리 프리카와 함께 방을 나가 회랑으로 향했다.

"상황은 이쪽이 유리하지만, 단 한 번이라도 주도권을 빼앗겨서 포위당하면 나라고 해도 빠져나갈 수 없어……. 특히, 싱글렌과는 맞붙고 싶지 않아."

"여전히 무모한 짓을 하는군YO. 그보다, 정말로 괜찮은 겁니KA? 세계를 적으로 돌려도—."

"……."

불안한 듯 고개를 숙이는 리 프리카를 보며 소피스는 침묵했다.

"무서워. 아직도 몸이 떨려."

억양 없는 무감정한 말투이긴 해도 소피스는 본심을 드러냈다.

그렇다. 무서웠다.

하지만 이제는 무를 수 없는 일이다.

제7 유적『달』의 기능을 사용해서 나머지 두 마리의 종언신수(라그나뢰크)를 조종, 신왕국을 포함한 각국을 위협했다.

앞으로 소피스가『그랑 포스』를 유적에 수납해서『대성역(아발론)』에 도달할 때까지 끼어들지 말라고.

막대한 혼란을 일으켰다는 것은 알고 있다.

그래도— 이것이 세계를 위한 최선의 행동이라고 소피스는 확신했다.

그 배신자 일족을 포함한 그 누구에게도『대성역』은 넘겨줄 수 없다.

일찍이 평화를 바라였으나, 그로 인해 배신당하여 목숨을 잃은 여동생 우르크 엑스퍼가 이루지 못한 꿈을 위해서 소피스는 싸우고 있다.

『성식』의 손에 세계가 멸망하기까지 앞으로 2개월.

세계 연합도,『창조주(로드)』황족들도 죽기 살기로 저항하리라.

그런 만큼 라그나뢰크와『달』의 공격만으로는 억누르지 못할 가능성이 있다.

아니, 남은 세력들이라면 앞으로 드러나게 될 소피스의 빈틈에 반드시 대비책을 마련할 것이다.

더는『용비적』의 힘도 빌리고 싶지 않았지만, 잘 활용하지 않으면 승리할 수 없다.

"우르크……. 네가 미처 다하지 못한 일, 쉽지 않네."

무표정한 소피스의 입가에 자조 섞인 미약한 미소가 떠올랐다.

머지않아 마르카팔 왕국의 폐도 겔세라에 『대성역』의 입구가 나타난다.

일곱 『그랑 포스』의 수납을 마치고 문을 열 때야말로 최대의 틈이 생기는 순간임을 적도 파악하고 있으리라.

제7 유적 『달』.

천상에 가장 가까운 하늘 아래.

신왕국의 왕도를 내려다보며 소녀는 새롭게 결의를 다졌다.

Episode 1 협정을 바라는 자

『달』이 일정한 주기로 신왕국 상공을 순회하고 있다는 내용의 서한이 라피 여왕에게서 온 것은 겨우 며칠 전 일이다.

얼마 전 세계를 향해 선전포고한 『열쇠 관리자』의 생존자.

동시에 토르키메스 연방의 『칠용기성』인 소녀 기룡사 소피스 엑스퍼와 그녀에게 고용된 용병 『용비적』.

제7 유적 『달』의 기능인 뿔피리 음향장치에 라그나뢰크에게마저 간단한 명령을 내리는 힘이 있다는 사실은 『창조주』인 리스테르카 레이 아샤리아가 회의에서 밝혔다.

그녀는 이미 나머지 라그나뢰크 두 마리의 특징도 알려주었다.

그중 한 마리의 이름은 『이블리스』.

악마형 환신수(어비스)— 디아볼로스를 더욱 거대하고 강력하게 만든 것처럼 생겼지만, 그것과는 비교되지 않을 정도의 능력을 지녔다.

그 두려운 능력의 정체는— 정신오염.

사람의 마음속 상처를 최대한으로 헤집으며 은밀한 욕망을 폭발시키는 힘이다.

이블리스가 발산하는 음파 및 안광 자체가 강력한 최면 효과를 가졌으며, 거기에 노출된 대상은 자신이 옳다고 믿어 의심치 않으며 동료의 목숨을 빼앗는다.

마음이라는 보이지 않는 개념을 조종하는 만큼 대처하기 까다로우며, 이 능력만은 기룡의 장벽으로도 막을 수 없다.

유일한 약점은 거리를 충분히 벌리면 오염 효과가 약해지므로 원거리 전투로 활로를 찾을 수 있다는 것이지만, 그 강대한 환신수를 저격이나 포격만으로 쓰러뜨리는 것은 어려운 수준이 아니라 불가능에 가깝다.

그리고 나머지 한 마리의 이름은『데우스 엑스 마키나』.

거대한 기계장치처럼 생긴 그 라그나뢰크는 공간장악 능력을 지녔다.

쉽게 말해서 자신을 포함한 적, 아군 혹은 물질을 전이시키는 힘이다.

세리스의 신장기룡《린드부름》의 신장인《지배자의 신역(디바인 게이트)》과 유사하지만, 효과가 미치는 범위와 유효도가 차원이 다르게 넓다.

더욱이 그 표면은 장갑기룡처럼 여러 겹의 환옥철강(미스릴다이트)으로 뒤덮여있는 까닭에 일반적인 공격은 거의 통하지 않는다.

심지어 순수한 물리 공격도 즉사 수준이라 더없이 위험한 상대다.

어쨌거나 한 마리만으로 도시 하나를 하룻밤 사이에, 국가조차 며칠 안에 괴멸시킬 수 있을 정도의 위협이다.

소피스에게 신왕국을 비롯해서 여러 나라를 인질로 잡혀

반격을 봉쇄당한 세계 연합. 그들은 대책을 마련하고자 연일 군사 회의를 열었지만 뾰족한 수는 나오지 않았다.
『칠용기성』 및 각국의 군대는 침묵할 수밖에 없는 상황이었기 때문에, 잠시 자국 경비와 휴식 시간을 보내게 되었다.

†

"이제 곧 첫눈이 내릴 것 같네요."
차갑고 건조하며 고요한 공기.
왕립 사관 학원(아카데미) 안뜰에서 아이리는 그렇게 중얼거리며 하늘을 올려다보았다.
구름 한 점 없는 높은 하늘 한가운데에서 빛나는 태양.
하얀 스툴을 걸친 아이리는 오빠 룩스와 함께 벤치에 앉아 점심을 먹고 있었다.
옆에서 핫도그를 먹던 룩스는 온화한 목소리로 대답했다.
"언제 나가게 될지 모르니까, 감기 안 걸리게 조심해야겠어."
"뭐, 지금만큼은 푹 쉬세요. 또 죽기라도 하면 곤란하니까."
"아, 아하하……."
도끼눈을 뜬 여동생의 비꼬는 말에 룩스는 쓴웃음을 지을 수밖에 없었다.
얼마 전 요루카를 구하려고 무리를 하다가 죽기 일보 직전까지 간 탓에 호되게 설교를 들은 것도 그립다.
그 뒤로 며칠.

『칠용기성』 및 신왕국에서 거듭 열리는 군사 회의에 룩스는 왕도와 성채 도시(크로스 피드)를 오가느라 잠이 부족했다.

그럼에도 불구하고 앞서 말한 배신자— 소피스 엑스퍼를 상대하기 위한 유효한 수단은 찾지 못했다.

일단 룩스도 군사 회의에서 해방된 뒤로는 교착상태로 부득이하게 대기하는 신세가 되었다.

『달』이 광학 위장 기능으로 숨어버린 이상 아무리 기를 써도 선공은 불가능했다.

게다가 소피스는 세계 연합이 수색하려는 기미를 보이기만 해도 각국의 안전을 보장해줄 수 없다고 협박했다.

국가나 국민의 희생을 각오해야 하는 이상, 이쪽도 걸맞은 승산이 없는 한 움직일 수 없다.

다만 그런 이유 때문인지는 알 수 없지만, 다른 유적 공략도 정체 중이라 전투는 거의 벌어지지 않았다.

유적 밖으로 튀어나와 해를 끼치는 환신수를 가끔 퇴치하는 정도였다.

유적의 주인이라는 고대종 『창조주』들이 준 과제는 지난번에 일어난 한 사건으로 전부 달성해냈다.

라그나뢰크의 체내에 깃든 일곱 개의 거대 크리스털— 『그랑 포스』.

이제 2개월 앞으로 다가온 『성식』에 의한 세계 붕괴를 막기 위해서는 구시대의 유산이 잠든 전설의 땅 『대성역』에 도달해야 한다.

그리고 소피스가 나타나면서 남은 과제도 명확해졌다.

『창조주』 리스테르카가 가진 유적과 라그나뢰크의 정보를 현재 상황과 맞춰보면 다음과 같았다.

제1 유적·『탑(바벨)』—종언신수 『메타트론』 격파, 해방 완료.

제2 유적·『미궁(던전)』—종언신수 『펜리르』 격파, 해방 완료.

제3 유적·『방주(아크)』—종언신수 『포세이돈』 격파, 해방 완료.

제4 유적·『갱도(홀)』—종언신수 『데우스 엑스 마키나』 생존, 미해방.

제5 유적·『거병(기가스)』—종언신수 『위그드라실』 격파, 해방 완료

제6 유적·『모형 정원(가든)』—종언신수 『이블리스』 생존, 미해방.

제7 유적·『달』—종언신수 『피닉스』는 이미 사망, 유적 해방 완료.

그리고 『대성역』— 『성식』은 『대성역』에서 기능 정지 명령을 내리지 않는 한 몇 번이고 재생 가능하며, 지금은 부활을 기다리는 중.

남은 라그나뢰크는 『성식』을 포함하면 최대 세 마리이지만, 『그랑 포스』를 얻는 것만이라면 두 마리의 격파가 과제다.

각 『그랑 포스』를 유미르 교국의 『미궁』과 신왕국의 『모형 정원』에 수납하기만 하면 이 싸움도 드디어 끝나게 된다.

“그나저나 『창조주』가 제시한 과제 세 개— 제7 유적 『달』

발견, 『용비적』 섬멸, 배신자 색출은 그 소피스 엑스퍼 일당을 쓰러뜨리면 전부 해결되는 상황인데요…….”

“응. 쉬운 일이 아니지. 각국 대표들도 말은 안 해도 알고 있을 거야.”

아이리가 독백처럼 꺼낸 말을 듣고 룩스는 복잡한 표정으로 대답했다.

각국 대표들이 반격 수단을 떠올리지 못하는 것이 아니다.

떠올리더라도 쉽게 실행할 수 없을 뿐.

“위협을 무시하고 반격을 시도한다면, 공격당하는 건 유미르 교국이나 아티스마타 신왕국 중 하나겠죠.”

그 점을 헤아린 아이리는 마찬가지로 체념 섞인 탄식을 흘렸다.

현재 남아 있는 미해방 유적은 신왕국의 『모형 정원』과 유미르 교국의 『갱도』 뿐이므로, 『달』이 둘 중 한 곳 근처에 숨어 있다고 생각하는 것이 자연스럽다.

만약 세계 연합이 기다리다 지쳐 반격에 나선다면, 두 나라 중 하나가 가장 먼저 『달』의 공격 목표가 될 가능성이 농후했다.

이대로 소피스의 말을 따르다가는 그녀가 『대성역』을 점령하게 될 것이다.

즉 어느 단계에서 이쪽도 희생을 각오하고 반격에 나서야만 하는 때가 온다는 이야기였다.

“최악의 경우— 『창조주』들은 신왕국과 유미르를 제외한 나라를 규합해서 반격에 나서겠죠. 그렇게 되면, 신왕국은…….”

『달』의 주포와 환신수의 대군, 라그나뢰크 두 마리의 총공격을 받고 괴멸할 우려가 있다.

언젠가 군사 회의를 마친 후 룩스는 『칠용기성』 싱글렌에게 이런 지적을 받았다.

『내게 충성을 맹세하면, 재량껏 선처해줄 수도 있다. 이대로 신왕국이 멸망하는 꼴을 잠자코 지켜보기만 하면, 영웅이라는 이름이 땅에 떨어지지 않겠나?』

요약하자면, 세계 연합은 이대로라면 언젠가 국가의 희생을 각오하고 반격을 시작할 것이다.

그때 가장 먼저 피해를 보게 되는 것은 신왕국임을 그들도 알고 있다.

남은 미해방 유적은 신왕국과 유미르에만 있으므로, 『그랑 포스』를 수납해야 하는 이상 두 국가 중 한 곳에 숨어 있을 가능성이 컸다.

당연히 세계 연합 회의에서 두 나라는 『달』을 강습하자는 제안에 반대했다.

그러나 『대성역』을 해방하기 위한 싸움의 구심점인 『창조주』들은 강행하겠다는 뜻을 굽히지 않았다.

따라서— 상황이 한계까지 치닫는다면, 신왕국과 유미르는 연합으로부터 버림받게 될지도 모른다.

이미 동맹파기 직전까지 와 있는 상황이었다.

물론 룩스는 싱글렌의 제안을 거절했다.
아니, 그렇다기보다도 거절하리라는 것조차 꿰뚫어 본 싱글렌 쪽에서 멋대로 철회해 버렸다.
여전히 만만치 않은 남자였다.
맏형 후길처럼 그에게 얽힌 비밀은 여전히 밝혀지지 않은 채였다.

"야, 한가하면 여기 장식하는 것 좀 도와줘—."
"지금은 바빠서 안 돼. 전교생 숫자만큼의 과자를 이번에는 우리끼리 만들어야 하거든."
"겉모양은 수수하게 하는 게 좋을 것 같아. 성야제니까—."
"학원장님께 부탁하면 어떨까? 분명 좋은 생각을 제시해주실 거야."
"그러네요. 올해는 왕자님 역할도 있으니……."

작은 목소리로 정세를 확인하는 룩스와 아이리 주위에서, 안뜰을 꾸미고 있는 여학생들이 즐겁게 잡담하는 소리가 들려온다.
"……뭐랄까, 이런 시기인데도 변함없네요. 학원 여러분들은."
아이리가 한숨과 함께 쓴웃음을 흘렸지만 말투와는 달리 표정은 부드러웠다.
"괜찮지 않아? 다들 어떤 상황인지 모르니까."
룩스는 고개를 끄덕이며 미소 지었다.

『성식』이 초래하는 세계 붕괴의 위기와 신왕국이 처한 궁지에 대한 정보는 혼란을 피하고자 일부 인원들에게만 알려두었다.

국민만이 아니라 이 사관 학원에 재학 중인 거의 모든 학생들에게도 알리지 않았기 때문에 그녀들은 연말 행사인 『성야제』를 준비하느라 여념이 없었다.

그리고 무엇보다도 지금은 움직이고 싶어도 움직일 수 없는 상황이므로 신경을 곤두세우고 있어 본들 어찌할 도리가 없다.

오히려 몸과 마음을 차분하게 만들 마지막 기회일지도 모른다.

룩스도 몸이 둔해지지 않을 정도의 훈련은 하고 있지만 그 이상으로 무리하는 건 아이리가 제지했다.

"그럼 오빠, 대기 중이라지만 그렇다고 너무 긴장을 풀진 마세요. 전투는 물론이거니와 다른 일 쪽도……."

"응. 명심할게……. 그런데, 다른 일이라니, 뭐 말이야?"

"몰라요. 가슴에 손을 얹고 생각해보세요."

아이리는 퉁명스럽게 이야기를 마치고 자리를 떠났다.

남겨진 룩스가 고개를 갸웃거리고 있으니 멀찍이서 두 사람을 지켜보고 있던 여학생들이 슬금슬금 다가왔다.

"룩스 군. 7일 후에 열릴 성야제 때는 우리랑 보낼래요?"

"뭐엇?!"

"뭐 어때요. 요즘 일이 바빠서 쉬지도 못했잖아요?"

"가끔은 『기사단(시바레스)』 사람들만이 아니라 학우들하고도 우정을 다져봐요."

지금껏 기다리고 있었는지 눈 깜짝할 사이에 학년을 불문하고 여러 여학생에게 포위당했다.

"저기…… 그게, 아직 『칠용기성』 관련으로 뭔가 하게 될지도 모르니까, 너무 긴 시간은—."

"그런 말 하지 말고요. 룩스 씨한테 신청한 의뢰도 꽤 많이 쌓인 거 알아요?"

"……."

최근 학원에서는 거의 못 하고 있는 잡일 이야기를 꺼내니 양심이 살짝 아팠다.

'역시, 리샤 님 일행이나 『기사단』 일만 하는 건 불공평하려나…….'

그렇게 생각한 룩스가 자신을 에워싼 여러 소녀에게 대답하려고 했을 때—.

"—거기까지다!"

팔에 『성야제 운영위원회』라는 완장을 찬 삼인조— 샤리스, 티르파, 녹트 세 사람이 룩스와 여학생들 사이에 끼어들었다.

"이런! 삼화음(트라이어드)이 나타났잖아?!"

"도망치자, 지금이라면 안 늦었—."

당황해서 떠들어대는 여학생들의 도주로를 티르파와 녹트가 차단했다.

"No. 여러분의 얼굴은 이미 기억하였으므로, 도망치면 죄가 무거워질 뿐입니다."

"그래, 그래—. 몰래 추월하는 죄는 무겁다구~?"

"그는— 룩스 군은 이미 격무 중이고 휴식 시간을 쪼개가면서 학원 의뢰를 수행하고 있어. 그건 우리가 너희들에게도 알렸을 거다. 이 이상 그에게 폐를 끼친다면 성야제 이벤트 참가를 금지할 수도 있다만?"

끝으로 샤리스가 그렇게 덧붙이자 여학생들은 몹시 허둥대며 머리를 숙였다.

"죄, 죄죄죄죄죄송합니다! 순간적인 충동이었을 뿐이에요!"

"부탁드려요. 제발 그것만은……!"

"알면 됐어. 자, 다른 학생들에게도 확실히 말해달라고. 그게 너희가 할 수 있는 속죄이니까."

"네, 네에엡!"

그 대답을 끝으로 소녀들은 헐레벌떡 달아났다.

안뜰 벤치 주변에는 트라이어드와 룩스만 남았다.

"역시 연말이 되니 소란스럽군. 무법 행위를 저지르는 학생도 늘어나고 말이지."

"아니, 무법이라뇨……."

아무리 그래도 과장이 심하다는 생각이 들지만, 완전히 부정할 수 없다는 점이 대단하다.

"코랄이 있었을 때는 그래도 괜찮았는데 말야—. 보좌관 교환 기간이 끝나는 바람에 다들 남자애한테 굶주렸다구."

"무슨 이야기인진 잘 모르겠지만, 도와줘서 고맙습니다."

일단 궁지에서 구해준 것에 대해 룩스가 감사 인사를 하자 눈앞의 녹트는 살짝 고개를 저었다.

"No, 입니다. 사실 입막음 당했습니다만, 이것도 아이리가 지시한 겁니다. 그래 보여도 룩스 씨가 너무 무리하지 않게끔 여러모로 신경 쓰고 있다고요."

"그랬, 구나……."

역시라고 해야 할까, 룩스가 무리하는 만큼 아이리도 걱정하는 모양이다.

특히 지난번에는 어쩔 수 없는 상황이었다지만 도를 넘게 무리하고 말았으니 무엇으로든 보상해줘야 할 것이다.

"아무리 그래도, 저렇게 돌려보내도 되는 건가요?"

"돌려보내도 되는 거냐니? 오호라~ 사실은 그 아이들과 하룻밤을 보내고 싶었나 보군? 이거야 원, 주제넘은 짓을 해버렸는걸."

"루크찌도 남자애구나~."

"Yes. 아이리에게는 괜한 오지랖이었다고 보고해둘까 합니다."

"잠깐, 그런 거 아니라고요! 그러지 마세요!"

음흉하게 웃으며 놀리는 샤리스와 티르파, 무표정하고 담담하게 추가타를 날리는 녹트를 보며 룩스는 당황했다.

"그게 아니라, 그 뭐야, 너무 사사건건 단속하면 다른 사람들과의 사이 같은 게……."

그 한마디를 듣고 트라이어드는 순간적으로 멍하니 입을 벌리며 살짝 놀란 표정을 지었다.

그 후, 샤리스는 장난스럽게 미소 짓고는 룩스의 이마를 콕

찌르며 말했다.

"하여간 기막힌 후배라니까. 그렇게 많은 짐을 혼자 짊어지고 있으면서, 아직도 우리를 걱정하다니. 이건 좀 거친 치료가 필요하겠는데."

"Yes. 아무래도 아이리의 지시를 따라서 그 작전을 결행할 필요가 있어 보이는군요."

"각오하라구, 루크찌. 앞으로 일주일 동안 마음 편히 보내겠다는 꿈은 안 꾸는 게 좋을 거야."

"어……?"

곤혹스러운 표정으로 어찌할 줄 모르는 룩스를 보며 세 사람은 수상하게 미소 지었다.

최후의 안식이 될지도 모르는 성야제가 시작하기 전부터 일대 파란이 찾아올 낌새를 보이고 있었다.

†

"어디보자……. 그럼, 먼저 요루카한테 가볼까."

트라이어드에게서 메모를 받은 룩스는 거기에 이름이 적힌 사람들을 만나보기로 했다.

이 메모에 적힌 사람들은 성야제 당일까지 자기 쪽에서는 먼저 룩스에게 아는척하지 않을 거라고 했다.

왜 또 그런 짓을 하는 걸까?

룩스는 그렇게 생각했지만, 이것은 그녀들이 상의한 끝에 결정한 사항이라고 했다.

룩스의 휴식을 방해하지 않으려는 것일까?

아니면 또 다른 의도가 있는 것일까?

메모에 적혀 있는 것은 가깝고 친숙한 사람들의 이름뿐이었다.

리샤, 크루루시퍼, 피르히, 세리스, 요루카, 아이리, ……렐리 학원장.

트라이어드의 관리하에, 성야제 전에 그녀들을 한 번씩만 만나러 가달라는 부탁을 받았다.

오늘 해야 하는 잡일 의뢰는 학생들을 간단히 도와주는 정도라서, 몇 개를 재빨리 해결한 다음 가장 먼저 요루카에게 가보기로 했다.

학원 부지 내에는 구호실이라는 작은 병동이 있다.

장갑기룡 훈련이나 환신수와의 전투가 일상인 이상 필연적으로 부상자가 생기기 마련이고, 그중에서도 상처가 심각한 사람은 일단 집으로 돌려보낼 때가 있다.

그러나 아주 드물게 특수한 사정 탓에 돌아갈 수 없는 사람도 있다.

그런 중상자의 일시적인 거처 역할을 해주는 병동에, 룩스는 꽃과 과일을 들고 찾아갔다.

말할 것도 없이 지난번 전투에서 중상을 입은 요루카를 문병하려는 것이었지만, 룩스는 방문을 열려다 말고 갑자기 멈칫했다.

“……윽?! 잠깐만. 설마 이 흐름은…….”

그렇다.

이 학원에 온 뒤로 셀 수 없을 만큼 여학생들에게 저지른 흐름이다.

여자가 있는 방에 섣불리 들어가면 안 된다.

가뜩이나 요루카는 평소에 입고 다니는 옷조차 노출이 심한데, 다쳐서 붕대를 감고 있다면— 붕대 말고는 알몸일 가능성이 크다.

“으, 내가 무슨 생각을……!”

룩스는 그런 상상에 두근대는 가슴을 안고 신중하게 방 안의 상황을 예측했다.

다름 아닌 요루카니까, 노크 후 OK 사인이 돌아온 것만으로는 안심할 수 없다.

맨살을 훤히 드러낸 채로도 거리낌 없이 룩스를 불러들일 게 분명하므로 옷을 제대로 입으라고 당부해야 한다.

“어쩐지, 요루카랑 둘이서만 보려고 하니까 조금 부끄러운걸…….”

약하게 뺨을 붉히면서 룩스는 지난번에 나눈 이야기를 떠올렸다.

『저, 주인님을 사랑하게 되었는지도 모르겠사옵니다.』

뜨거운 숨결을 섞어 말하며, 몸을 바짝 붙이고 입을 맞추던 소녀의 얼굴.

사람의 시선으로 볼 수 있게 된 것 같다는 그녀.

오직 룩스에게만, 태어나서 처음으로 사람의 감정을 느낄 수 있게 된 것 같다는 요루카. 그리고 룩스 또한 그런 그녀를 이제까지 이상으로 인간으로 보게 되었다.

요즘 들어서 다른 소녀들을 향한 마음도 점점 강해지는 판국에 그런 일을 겪게 되니 참기 힘들었다.

'진정해, 지금은 그럴 때가 아니야. 나는 『칠용기성』으로서, 리샤 님의 기사로서 신왕국을 구하는 것에 집중해야 한다고.'

심호흡을 여러 차례 반복해서 떨리는 가슴을 진정시킨 다음 룩스는 병실 문을 노크했다.

"저기, 요루카? 병문안 왔는데— 들어가도 될까?"

말을 건넸지만 대답이 없었다.

자는 건가 싶어서 방문에 귀를 대보았지만 잠들었을 때의 숨소리 같은 건 들리지 않았다.

몇 번 더 말을 건네도 반응이 없어서 살짝 문을 열고 들여다보니 안에는 아무도 없었다.

"어라……?"

분명 지난번에 심하게 다친 탓에 절대안정을 취해야 하는 것으로 아는데, 화장실이라도 간 걸까?

그렇게 생각했을 때, 방 안쪽에 있는 창문 밖에서 반나체 상태로 한 손으로 기공각검(소드 디바이스)을 휘두르는 소녀의 모습을 보았다.

"아아 그렇구나. 검 훈련을— 아니, 뭐 하는 거야 요루카?!"

룩스는 황급히 병실로 들어가 테라스 쪽 창문을 열고 밖으로 나갔다.

믿을 수 없게도 그녀는 팔과 다리가 하나씩 부러졌음에도 불구하고 검 훈련을 하고 있었다.

심지어 이 한겨울에 춥지도 않은 것인지, 아니면 움직이느라 더워진 것인지 옷을 거의 입고 있지 않았다.

천이라고 부를 만한 것은 가슴과 허리를 감싼 붕대 정도가 전부라서 왠지 모르게 배덕적인 음란함마저 느껴졌다.

그런 요루카 곁으로 달려가자 흑발 소녀가 생긋 웃으며 돌아섰다.

"어머나 주인님, 무슨 일로 여기까지 오셨는지요? 제 힘이 필요한 용건이라면, 불러주셨으면 즉시 달려갔을 텐데요."

안대로 왼쪽 눈을 가린 요루카가 때 묻지 않은 미소를 활짝 지으며 룩스를 바라보았다.

그 알몸에 가까운 몸을 앞에 둔 룩스는 어디에 눈을 둬야 할지 난감했다.

"아, 아니야! 아무리 그래도 환자인 너한테 뭔가 부탁해야겠다는 생각은 안 한다고."

"그렇사옵니까. 하긴 이런 몸으로는, 주인님께 아무런 도움도 못 드리겠군요."

요루카가 그렇게 대답하며 불현듯 쓸쓸한 표정을 짓자 룩스는 당황하며 해명했다.

"아니, 그런 뜻이 아니라……. 저기, 지금의 요루카라도, 내

힘이 되어줄 수 있는데……."

"요컨대 주인님께서는 제 몸을 쓰러 오셨다는 말씀이시군요. 그렇다면 병석에 누워서라도 도와드릴 수 있사옵니다."

"……."

요염하게 미소 짓는 요루카를 보면서 룩스는 복잡한 표정으로 굳어버리고 말았다.

뭐랄까, 조금 인간다워졌다고 생각했는데 역시 요루카는 요루카다.

곳곳의 나사가 두세 개는 어긋나 있다.

"그, 그건 됐으니까, 저기…… 하여간 방으로 돌아가자. 날씨도 춥고, 그런 몸으로 무리하다간 덧날지도 몰라."

룩스는 최대한 맨살을 보지 않도록 조심스럽게 요루카를 부축해서 병실 침대로 데려갔다.

그때 노출이 심한 그녀의 몸과 밀착한 탓에 부드러운 가슴의 감촉과 체온을 느끼고 심장이 세차게 쿵쾅거렸다.

다행히 부러진 부위에 덧댄 부목은 어긋나지 않아서 의사의 도움은 필요 없을 것 같았다.

일단 안심한 룩스는 다시 요루카의 몸을 보았다.

역시 몇 번을 봐도 지독한 부상이었다.

치명상은 가까스로 피했지만, 골절이나 창상만이 아니라 타박상 등을 입고 곳곳에 붕대를 감고 있었다.

"나을 때까지 푹 쉬어야 한다는 거, 잊으면 안 된다?"

"네. 명심하겠사옵니다."

여느 때처럼 미소 지으며 의외로 순순히 고개를 끄덕이는 요루카.

아마도 의도적으로 무리하려 한 것은 아니리라.

전투적인 재능만 뛰어난 그녀에게는 딱히 할만한 일이 없을 뿐이다.

그러나 재활을 하기에는 아직 이른 시기다.

요루카를 위해서 요양 중에 소일거리로 할 만한 무언가를 생각해주는 게 좋을 것 같았다.

"그러고 보니 요루카는 책 같은 것에 흥미 있어? 몸을 안 움직이고도 따분함을 해결할 수 있는데."

룩스가 묻자 만면 가득 웃음을 지으며 요루카가 대답했다.

"네. 고서를 절단하는 건 특기여요."

……그만두자.

"어, 그럼 친구랑 잡담한다거나……."

"주인님의 동생분께서 몇 분을 데려오셨지만, 어째서인지 다들 얼마 안 있어서 달아나고 말았사와요. 겨우 대화 상대가 되어주신 건, 동생분과 녹트 씨 정도여요."

"그랬구나."

역시 독특한— 나쁘게 말하자면 터무니없는 사고방식의 소유자인 탓에 평범한 여학생들은 요루카를 따라갈 수 없는 듯했다.

아니, 그 이전에 사교술이 뛰어난 아이리와 녹트조차 어려워할 정도이니 대강 짐작할 수 있다고 해야 할까.

그렇다고 해서 요루카에게 이대로 아무 해결책도 제시하지 않고 돌아가 버리면 모르는 사이에 또 무리할지도 모른다.

저번 데이트 때를 생각하면 낚시 자체는 잘 하는 것 같았지만 취미로 삼을 정도의 관심은 없는 듯했다.

어떻게 해야 좋을지 고민하던 룩스는 문득 어떤 점을 떠올렸다.

"그럼, 옷차림을 좀 바꿔보는 건 어떨까? 분명 아이리가 의복 카탈로그를 갖고 있었을 거야."

꽃다운 나이의 여자애다운 취미인 동시에 또래 소녀들과 이야깃거리로 삼을 수도 있다.

그리고 아이리나 녹트가 도와준다면 심하게 몸을 움직이지 않아도 가능하다.

"옷차림을, 바꿔요?"

"응. 어때? 의상 목록을 보고 주문하면 아이리나 녹트가 입는 걸 도와줄 거야. 요루카가 평소에 입고 다니는 검은 옷도 예쁘지만, 여러 옷을 입은 네 모습에 관심이 있거든."

요루카가 무리한 짓을 하지 못하도록 그 방향으로 밀어붙이자고 꾸미는 룩스.

"그렇……군요. 주인님께서 바라신다면, 그것도 나쁘지 않겠사와요. 의상을 다양하게 준비해두면, 잠자리 시중을 들 때의 선택지도 늘어날 테고요—."

"응, 그럼 그렇게 하자. 그러니까 이젠 상처가 다 나을 때까지 무리하면 안 된다?"

마지막 말은 잘 못 들었지만, 웬일로 요루카가 관심을 보였기 때문에 룩스는 추진하기로 했다.

요양 이야기가 일단락되자 드물게도 요루카가 먼저 말을 꺼냈다.

"그러고 보니, 주인님의 옥체는 괜찮으신지요?"

"응……?"

갑작스러운 질문이라 제대로 알아듣지 못한 룩스는 고개를 갸웃했다.

"제 불찰로 일어난 일 말이옵니다. 저를 구하기 위해 주인님께서는 치명상을 입으셨고, 『성식』이라는 존재에 의해 죽음의 문턱에서 되돌아오셨지요."

"……."

그렇다.

싱글렌과 《리바이어선》이 구사한 진 전진의 참격을 맞고 죽음에 직면한 룩스는 『성식』의 도움을 받았다.

본디 세계를 붕괴로 이끌 존재로 알려진 『성식』.

기억이 모호하지만, 그 성식이 누군가를 구하기 위해 나타날 때가 있다.

『창조주』이자 구시대의 황족인 리스테르카 레이 아샤리아는 세계 붕괴의 위기로만 인식하고 있지만, 그게 전부인 건 아닌 걸까?

룩스는 그 점이 마음에 걸렸지만, 요루카가 신경 쓰는 부분은 다른 것이리라.

“주인님도 저처럼—『세례』를 받으신 적이 있으신지요?”

“…….”

구시대의 비약, 엘릭시르를 투여하면 어마어마한 활성작용으로 육체가 강화돼서 환마인(녹터널)이라는 존재로 『진화』한다.

신체기능, 감각, 재생능력 모두 환신수에 버금갈 정도로 올라가며 인간을 초월한 힘을 발휘하게 된다.

그러나— 그 힘은 억지로 끌어내는 것인 탓에 오래 유지되지 않는다.

그뿐만이 아니라 마인으로 변했을 때 과도하게 무리하면, 다시 인간으로 돌아왔을 때 그 반동으로 생명력을 전부 소모하여 죽어버리게 된다.

하지만 그때 룩스는 신체에 어떤 변화도 없이 상처만 회복되었다.

“세례를 받은 기억은 없지만, 혹시 받으면 마인으로 안 변하는 거야?”

“거기까지는 저도 모르겠사와요. 『세례』란 엘릭시르를 신체 일부에 융합시키는 시술이지만, 그 과정에서 끔찍한 고통을 겪게 되지요. 저처럼 한쪽 눈에만 세례하는 경우라 해도, 평균적으로 2할 정도밖에 살아남지 못한다고 헤이즈가 말했답니다.”

“일단, 내 몸에 별 위화감은 없는데…….”

오히려 몸 상태는 좋다고 해야 할 정도다.

『칠용기성』이 된 뒤로 계속해서 격전을 치른 탓에 피로가 누적돼 있었는데, 그게 엘릭시르 덕분에 회복된 기분이었다.

만약, 룩스의 육체에 뭔지 모를 묘한 비밀이 있다면—.

"윽……."

싸아— 모래 폭풍이 룩스의 시야를 뒤덮으면서 병실 풍경을 지운다.

또 이 증상인가.

요즘 들어 자꾸만 뇌리에 떠오르는 기억에 없을 광경.

뭔가 몸에 위화감이 있다고 한다면 그 정도였다.

"주인, 님?"

"……응. 아니, 아무것도 아니야."

요루카의 목소리를 듣고 룩스의 정신이 현실로 돌아왔다.

아무튼, 지금으로선 자세한 것은 아무것도 알 수 없었다.

"그럼, 무리하지 말고 복장 연구, 열심히 해."

"네. 주인님의 기대에 응해드릴 수 있게끔, 동생 분과 녹트 씨와 상담해보겠사옵니다."

긍정적인 대답을 듣고 룩스는 병실에서 나왔다.

일단 요루카와 한 상담은 잘 풀린 것 같아서 한시름 놓았다.

오래 머무르는 것을 피하고 일단 방으로 돌아온 후, 곧바로 리스트에 실려 있는 친애하는 동료 소녀를 찾아가기로 했다.

룩스가 떠난 후 요루카는 의미심장하게 혼잣말하며 병실 창문 밖을 보았다.

"이로써— 주인님께 어떤 선물을 드려야 할지, 전망이 섰군요."

시선 끝에 펼쳐진 정원에서 세 명의 소녀들이 지켜보고 있었음을 룩스는 끝까지 눈치채지 못했다.

†

요루카와 헤어진 후, 오후에 학원에서 의뢰한 잡일을 두 개 정도 마치니 해가 서녘으로 기울어 있었다.

룩스는 겨울인 탓에 해가 빨리 저무는 학원 연습장으로 세리스를 만나기 위해 걸음을 옮겼다.

여느 때처럼 연습장에서 훈련 중일 것으로 예상했지만, 그곳에는 장의를 입은 트라이어드 삼인조가 피로에 찌든 모습으로 있을 뿐이었다.

“어서 와~ 루크찌, 늦었구나—.”

“아쉽게도, 네가 찾는 소녀는 다른 곳에 있어.”

“Yes. 세리스 선배라면, 이미 목욕을 하러 여자 기숙사로 돌아가셨습니다.”

티르파, 샤리스, 녹트 순으로 룩스가 묻기도 전에 대답을 돌려주었다.

이 시간에 연습장을 찾아온 시점에서 세리스를 만나러 온 거라고 예상한 것이리라.

하지만.

“고맙습니다. 하지만 그건 그렇다치고— 다들, 어떻게 된 거예요?”

세 사람 다 숨을 헐떡헐떡 가쁘게 쉬면서 연습장 바닥에 쓰러져 있거나 주저앉아 있었다.

일상적인 장갑기룡 훈련을 한 뒤로는 보이지 않는 기진맥진한 모습에 룩스는 놀랐지만, 세 사람은 걱정할 것 없다면서 강한 척 웃음을 보였다.

"공주님께 장갑기룡을 강화 받은 것까진 좋았는데, 그 뒤로 《엑스》급 기룡에 익숙해지느라 고생하는 중이라고. 이것만큼은 세리스가 지도해준다 해도 하루아침 사이에 해결될 문제가 아니라서 말이지."

숨을 한껏 몰아쉬면서 바닥에 엎어진 샤리스가 미소 지었다.

각자의 몸에 맞춰 리샤가 기룡을 조율해준 덕분에 트라이어드는 드디어 강화형 범용기룡의 장착에 성공했지만, 역시 능숙하게 다루는 것은 어려운 듯했다.

그래서 세리스와 함께 훈련하다가 녹초가 되어버린 모양이었다.

무리도 아니다.

세리스는 장갑기룡 운용은 물론이거니와 기초체력이나 정신집중, 그리고 체술이나 검술에 이르기까지 어렸을 때부터 혹독한 영재교육을 받아왔다.

그것은 현재의 룩스가 동참하더라도 따라갈 수 없을 정도다.

"자, 이런 꼴사나운 모습은 별로 보여주고 싶지 않아. 세리스한테 가보라고. 분명 이미 자기 방에 있을 테니까."

"고맙습니다. 그나저나 괜찮으시겠어요? 여기에 그대로 있으면 몸이 식을 텐데……."

룩스가 걱정스러운 눈길로 묻자 샤리스는 힘없이 고개를 저었다.

"마음만 받아두겠어. 그녀들이 맺은 협정을, 관리를 맡은 우리가 위반할 수는 없으니까."

"네……?"

"아~! 샤리스도 참, 그건 비밀 약속이잖아~!"

샤리스가 수수께끼 같은 말을 하자 당황하는 티르파.

그런 두 사람을 무시하듯 녹트는 주저앉은 채 담담히 말했다.

"Yes. 하여간 우리는 괜찮으므로 세리스 선배에게로 가십시오."

"아, 알겠습니다. 다들, 무리는 하지 마세요."

고개를 갸우뚱하며 대답한 후 룩스는 여자 기숙사로 향했다.

3학년들이 쓰는 층으로 올라가는 길은 온통 선배 여학생들만 있어서 조금 긴장했다.

지금은 혼자 있을 터인 세리스의 방문을 노크했지만 대답은 없었다.

자리를 비웠나 생각했는데 안에서 기척이 느껴졌다.

문고리를 돌리고 문을 여니 교복을 입은 세리스가 서 있었다.

"—하지만 저는 결국 부정할 수 없었습니다. 저도 그에게 선물을 줄 기회를 얻고 싶다는 마음을. 기사단장으로서, 이런 시기에 한눈을 팔아선 안 된다는 것은 알고 있습니다만……."

"세리스 선배?"

상담할 사람이 없을 때 하는 혼잣말인 걸까?

눈앞에는 고양이도 작은 새도 꽃도 없는 것 같은데, 그렇다고 누군가 다른 사람이 있는 것 같지도 않다.

룩스가 괜히 불안해하며 이름을 부르자 세리스는 황급히 뒤를 돌아보았다.

"……윽?! 루, 룩스?! 언제부터 거기 있었나요? 말없이 방에 들어오는 건 불허합니다!"

"죄, 죄송합니다. 노크해도 대답을 안하셔서……."

쓴웃음을 지으며 사과하는 룩스를 보며 뺨을 붉히는 세리스.

평소에는 늠름한 그녀도, 역시 이럴 때는 귀엽다.

"저, 무슨 고민이라도 있으세요? 저라도 괜찮다면 들어드릴 수 있는데……."

그렇다.

룩스는 세리스가 어떤지 확인하기 위해 이곳에 왔다.

무슨 이유에서인지 성야제 당일까지 룩스에게 먼저 아는척하지 않겠다는 그녀들을 순서대로 한 번씩 찾아가서, 반대로 상황을 살펴보는 게 목적이었다.

"아, 아니요! 이건 고민이라기보다는, 자기단련의 일환이라서……!"

이렇게 금세 강한 척하는 모습도 귀엽고 기특하다.

"그런가요. 앗, 잘 보니 벽에 거울이 걸려 있잖아요?! 기어이 자신과 대화를 하게 된 건가요?!"

"그, 그런 표현은 불허하겠습니다! 마치 인형조차 절 상대해주지 않는 것처럼 들리잖아요!"

고민을 털어놓을 상대가 없는 탓에 마침내 또 다른 자신과 이야기하기 시작했나 하고 룩스는 생각했지만, 아무래도 그건 아닌 듯했다.

"그러니까, 이건 단순한 예행연습이에요. 조만간 치르게 될 실전에서, 저 자신의 의견을 전달하기 위한……."

"혹시, 보좌관 일에 관련된 겁니까?"

세리스는 세계 연합의 국가별 대표자인 『칠용기성』에서 룩스의 보좌관을 맡고 있다.

최근 며칠간은 직접적인 전투가 없는 대신 군사 회의가 자주 열렸으니, 소피스 엑스퍼와 계속 대립 중인 한 앞으로도 의논할 기회는 많을 것이다.

그리고 영토 내에 해방되지 않은 유적이 존재하는 신왕국은 반드시 궁지에 몰리게 된다.

세리스는 그 순간이 왔을 때 전력이 되어주는 것은 물론, 회의에서 발언하는 것으로도 룩스에게 힘이 되어주려 하는 것이었다.

어쩐지 조금 전에는 다른 이야기를 하고 있던 것 같지만.

"그것도 하고 있어요. 단독 전투는 제 특기이긴 해도 전략적인 관점으로 보면 아직 한 사람 몫을 한다고 할 수 없으니 신왕국의 불리한 상황은 뒤집을 수 없다고 생각합니다만, 각국의 역사나 전력에 대해서 배워두면 저도 조금은 룩스에게 도움이 될 거라고 판단했습니다."

"……."

"루, 룩스, 왜 그러죠? 제가, 뭔가 이상한 말이라도—."

"아니에요. 세리스 선배는, 역시 대단한 사람이구나 싶어서요."

그렇게 대답하는 룩스의 뺨이 풀어지면서 미소가 번진다.

학원 최강의 기룡사로서, 그리고 『칠용기성』의 보좌관으로서 충분히 활약하는 것만으로도 훌륭하건만. 그 이상을 생각하여 자기 자신을 갈고닦는다.

그 꾸준하고도 밀도 높은 노력은 아무나 할 수 있는 것이 아니다.

"그래도 너무 무리하지는 마세요. 지금처럼 절박한 상황에서 말하기는 좀 그렇지만, 세리스 선배도 조금씩 주변 사람들에게 상담할 수 있게 되었잖아요?"

"으…… 정말이지, 룩스는 치사하군요. 그 누구보다 무리하는 당신이 그런 말을 해도, 설득력이 없다고요."

"아니, 딱히 그렇다는 자각은 없는데……."

룩스는 그렇게 대답하는 도중에, 무리라는 의미로 본다면 확실히 그럴지도 모르겠다고 다시 생각했다.

역시, 초록은 동색이라는 말은 맞을지도 모르겠다고.

"그럼, 기왕 말 나온 김에 지금 바로 바람이라도 쐬러 가실래요? 저도 막 오늘 맡은 의뢰를 마친 참이거든요."

"그, 그런가요?! 그럼 가보고 싶은 곳이 있습니다만……."

웬일로 세리스가 먼저 제안했기 때문에 룩스는 불만 없이 받아들였다.

방한용품과 차를 담은 보온병을 들고 여자 기숙사 옥상으로 올라갔다.

싸늘한 겨울 하늘 아래, 넓은 옥상에는 단둘뿐이다.

"여기는, 그러니까…… 작년에 제가 찾아낸 장소입니다. 아무에게도 고민을 털어놓지 못하고 쌓아두기만 할 때는, 자주 혼자서 생각에 잠기곤 했거든요."

오늘은 구름이 없는지 밤하늘에 흩뿌려진 수많은 별빛이 또렷하게 보였다.

맑은 공기로 가득한 군청색 하늘을 보고 있으니 어쩐지 가슴이 뜨거워지는 것 같았다.

"……아름답네요."

틀에 박힌 미사여구였지만, 그보다 나은 말을 룩스는 생각해낼 수 없었다.

단순히 선명하기만 한 것이 아니라, 이 하늘과 별빛이 마음을 깨끗하게 정화하여 자신의 존재를 띄워 올려주는 것 같다. —그런 생각이 들었다.

자신은 결국 보잘것없는 존재에 불과하다는 생각이 들었다.

그것을 충분히 이해하면서, 저 별들처럼 생명의 불꽃을 불태우고 있는 것이라는 생각이 들었다.

세리스는 옆에서 하얀 입김을 토해내며 조용히 미소를 짓고 하늘을 올려다본다.

"저…… 걱정하지 않아도 괜찮습니다. 조금씩, 저도 바뀌고 있으니까요."

"네……?"

"훈련 말이에요. 요즘 들어 트라이어드가 강해지고 싶다면서 저와 함께 훈련하기 시작했습니다. 그 영향을 받아 다른 『기사단』 멤버들에게도 조금씩 말하게 되었고요. 도중에 지쳐서 중단하긴 하지만, 이제는 예전보다 마음을 트게 되었습니다. 진짜 제 모습을, 보여줄 수 있게 되었죠."

"다행이네요……."

"룩스는 그게 걱정돼서 이렇게 절 찾아온 것이지요? 다른 사람들과의 교류 문제로 후배에게 걱정을 끼치다니, 선배로서 한심한 모습을 보였군요."

"아뇨, 그렇지는—."

"아니요, 이제는 당신이 절 만나러 와준 게 기쁘답니다. 계속 홀로 싸워온 저는, 누군가가 제 버팀목이 되어주려 한다는 게 이렇게나 행복한 일일 줄은 몰랐어요."

"……."

가져온 홍차를 홀짝이면서 별을 보는 세리스의 옆모습.

희미한 빛에 밝혀진 늠름한 소녀의 얼굴이 무척 아름다워 보였다.

"으……?!"

그 순간 갑자기 찬바람이 불어서 룩스는 몸을 떨었다.

그 모습을 본 세리스는 두르고 있던 머플러를 바로 풀더니, 룩스 옆으로 바싹 다가가 그의 목에 둘러주었다.

"세, 세리스 선배?!"

"그, 그게…… 다른 뜻은 없습니다! 대기 중에 감기에 걸리게 놔두면, 다, 당신의 보좌관으로서 실격이라고 생각했을 뿐이에요."

세리스는 뺨을 발갛게 물들인 채 지리멸렬하지만 의연한 태도로 말하면서 룩스 옆에 딱 달라붙었다.

그래서 호의를 고맙게 받아들이는 것을 제외한 선택지는 떠오르지 않았다.

'그나저나, 아무렇지도 않게 가슴이 닿았는데…….'

교복을 한껏 밀어내는 세리스의 볼록한 가슴이 서로 밀착하게 되면서 닿았다.

잔뜩 껴입은 옷 너머로도 분명하게 느껴지는 부드러운 탄력 때문에 룩스의 심장이 세차게 두근거렸지만, 그런 줄 모르는 세리스는 미소 지었다.

"역시…… 그랬던 거네요."

"네……?"

세리스가 갑작스럽게 꺼낸 말에 룩스는 고개를 갸웃했다.

그러자 이 사랑스러운 연상 보좌관은 다정하게 웃으면서 말을 이었다.

"예전의 저는 사명감을 따라 계속해서 노력했습니다. 제 스승이셨던 웨이드 선생님…… 당신의 조부님께 범한 실수를 만회하기 위해서, 잘못된 길을 가지 않고 정의를 관철하겠노라고……."

그것은 룩스와 만나 본심을 드러낼 수 있게 되기 전의 세리스.

사대 귀족 가문의 장녀로서, 기룡사로서, 너무나도 강한 책임감을 느끼고 과거의 트라우마에 사로잡혀서 부단히 노력하던 그녀.

"그때는 몸은 힘들지언정 마음은 편했습니다. 훈련에 몰두하고 있을 때, 올바르기 위해서 규범대로 행동하고 있을 때는 제가 지은 죄를 잊을 수 있었으니까."

"그런 죄는—."

세리스의 죄는, 엄밀히 말하자면 처음부터 존재하지 않았다.

구제국의 악행을 룩스의 조부에게 말한 것을 책망할 사람은 없다.

결과적으로 룩스에게 불행이 닥치리라는 것은 예상도 못했을 것이며, 그로 말미암아 일어난 사건은 단순한 우연일 뿐이다.

"네. 하지만 이제는 그런 심리적인 안정을 찾기 위해서 훈련하는 게 아니에요. 그것보다 훨씬 중요한, 앞으로 나아가야 하는 이유를 찾아냈으니까."

"……."

세리스는 그렇게 말하며 룩스에게 밀착한 채 무척 다정한, 온화한 열기를 머금은 눈길을 보냈다.

"당신 덕분이에요, 룩스. 당신에게 존경받는 선배가 되려고, 당신이 보내는 신뢰에 부끄럽지 않은 보좌관이 되려고 노력하는 것은 무척 보람찬 목표임을 깨달았습니다. 그러니까, 트라이어드를 포함한 다른 사람들과도 속을 터놓을 수 있게 된 거예요. 고마워요—. 당신과 이 학원에서 만나서, 진심으로 행복하답니다."

"……으?!"

평온한 목소리와 행복해 보이는 세리스의 미소.

그 모습을 가까이에서 본 순간, 룩스의 심장은 더욱 세차게 쿵쾅대고 혈류가 빨라졌다.

기뻤다.

구제국이 건재하던 시절에는 안식처를 찾지 못해 필사적으로 인정받기 위해 노력하였고, 그 이후로는 날품팔이 왕자로 살아온 자신에게 그런 말을 해주다니.

가슴이 한껏 벅차올라 아무 말도 나오지 않았다.

세리스가 잘 지내는지 보러 왔는데, 오히려 그녀에게 격려를 받게 되었다.

그런 세리스의 존재를 고맙게 생각하는 동시에 가슴 속에 따스한 기운이 가득 차올랐다.

"아니…… 저야말로, 감사합니다. 『성식』과의 싸움에 종지부를 찍을 때까지, 앞으로 두 달간 제 버팀목이 되어주세요."

"그건…… 허가할 수 없습니다."

"네……?"

틀림없이 흔쾌히 고개를 끄덕여줄 거라고 생각했기 때문에 룩스는 자기도 모르게 당황했다.

그러나 그녀의 토라진 듯한 옆모습을 보고서 진의를 깨닫고 서둘러 정정했다.

"어, 그러니까, 앞으로도 쭉 잘 부탁드리겠습니다."

© 2017 Ayumu Kasuga

"―네, 허가하겠습니다. 제가, 당신의 선배로 있을 수 있게 해주세요."

세리스가 살짝 흘린 미소에 룩스는 눈길을 빼앗기고 말았다.

그녀와의 거리가 가까워지자 순간적으로 어떤 충동이 확 고개를 들었다.

그러나 세리스는 일단 말을 끊은 후 조용히 자리에서 일어났다.

애달픔이 느껴지는, 조금 아쉬워하는 듯한 미소를 지으며 말을 잇는 세리스.

"나중에 보지요, 룩스. 이, 이대로 계속 이러고 있다가는, 그게, 다른 사람들을 배신하게 될 것 같으니까요."

"배신이라니, 무슨 말씀―?"

"그, 그건 비밀입니다! 저한테도 일단, 룩스에게 말할 수 없는 건 있어요. 저와 같은 마음을 품은, 그녀들과 나눈 약속이기에……."

세리스가 당황한 말투로 대답하자 룩스는 고개를 갸웃했다.

혹시, 트라이어드가 언급한『협정』이라는 것과 관계있는 걸까?

"성야제 때 당신에게 줄 선물은, 그 머플러로 하겠어요. 그럼, 이만 내려가지요."

그 이야기를 끝으로 두 사람은 옥상에서 여자 기숙사로 내려간 후 헤어졌다.

그저 별을 바라보며 이야기를 나눈 시간.

그것뿐이지만, 앞에서 기다리는 고난을 헤쳐나가기 위한 기운을 얻었다.

룩스는 홀로 심호흡을 한 다음 복도 창문으로 밤하늘을 올려다보았다.

세리스 덕분에 룩스의 마음속 벽은 부서졌다.

그래서 그녀들의 호의가 단순한 우정이나 경애 단계를 넘어섰다는 것도 이해할 수 있었다.

세계가 위기에 직면한 지금은 긴장을 풀 수 없는 탓에 말하지 않을 뿐이다.

하지만— 이 싸움이 끝난다면.

만약『성식』이 초래할 세계 붕괴를 극복해낸다면.

"대답을, 해야 하겠지……."

그렇게 홀로 중얼거리며 하며 룩스는 자기 방으로 돌아갔다.

기숙사의 불은 꺼졌지만, 그래도 하늘의 별들은 하염없이 반짝거렸다.

Episode 2 이중 함정

그리고 다음 날 아침.

잠에서 깬 룩스가 세수를 하고 식당에 가니 학원장 렐리가 기다리고 있었다.

웬일로 여기 있나 싶었는데, 당분간 학원 잡일은 뒤로 미루고 성야제 준비에 전념해달라고 부탁했다.

참고로 학원은 제법 의욕이 넘치는지 가장용 의상을 준비하거나, 장갑기룡을 동원해서 자재를 운반하고 건축하는 등 시민들이 보면 불평할 법한 일까지 하고 있었다.

정말 이 학원은 괜찮은 걸까?

보안 쪽이 불안해진 룩스는 자기가 할 일이 없냐고 렐리에게 물어보았지만, 웃음과 함께 돌아온 것은 다음 한마디였다.

『시민들의 피난 경로 확보나 성벽 주위의 감시강화라면 진작부터 시장과 협력해서 하고 있어. 이런 건 말이지, 갑자기 닥쳐서 준비해본들 늦기 마련이란다.』

정론일지도 모른다.

유적의 위협이 늘어난 이후로 몇 개월 전부터 성채 도시에서도 방위력을 강화하였지만, 애초에 그 『달』과 라그나뢰크 두 마리가 상대여서는 언 발에 오줌 누기나 다름없다.

현재 전황을 알렸다가 시민들이 공황 상태에 빠지는 것도 곤란하므로 지금으로선 그게 최선이리라.

참고로 조만간 각국에서『칠용기성』멤버를 한 명씩 교대로 학원에 파견할 예정이었다.

남은 유적이 해방되지 않은 상태라 표적이 되기 쉬운 신왕국과 유미르 교국에 며칠 단위로 증원을 보내기로 했는데, 신왕국의 경우에는 성채 도시가 그 거점이었다.

"아참, 그보다 다른 사람들을 만나봐야 하는데—."

렐리와 헤어진 후 룩스는 자신의 사명을 떠올렸다.

뭔가 위화감이 느껴진다 생각했더니, 지금 리샤를 비롯한 다른 소녀들은 수수께끼의『협정』이라는 것 때문에 긴급한 일이 아니면 성야제까지 먼저 아는척하지 않는 상황이었다.

'항상 떠들썩해서 그런가, 역시 좀 허전하네.'

너무 많은 사람 사이에서 부대끼다 보면 때로는 힘들지만, 그만큼 즐겁기도 하다는 것을 룩스는 새삼 인식했다.

크루루시퍼는 역시나 위험한 상황에 놓인 유미르 교국의 보좌관이기도 하므로 오늘은 오후에나 학원에 돌아온다.

그렇다면 리샤와 피르히, 아이리 중에서 선택해야 한다.

일단 장갑기룡 공방에 있을 확률이 높은 리샤부터 찾아가 볼까 생각했을 때— 안뜰에 있던 여학생들이 말을 걸었다.

"얘, 룩스 군. 저 사람 좀 어떻게 해줘."

"그래. 같은『칠용기성』멤버잖아?"

"갑자기 무슨— 아……."

여학생들이 가리키는 벤치 쪽을 본 룩스는 할 말을 잃었다.

상인과 연금술사 의상을 합친 것처럼 보이는 특이한 복식.

고리 모양으로 묶은 오렌지색 머리카락이 특징적인, 원숙한 웃음을 입가에 머금은 자그마한 여성.

전 세계 최대의 상회를 지휘하는 대재벌이자 『칠용기성』의 대장 기룡사, 마기알카 젠 반프리크가 거기에 앉아 있었다.

부대장 싱글렌과는 다르게 룩스와 적대적인 사이는 아니지만, 다른 의미로 상대하기 어려운 소녀다.

"마기알카 대장. 저…… 여기서 뭐 하고 계시는 겁니까?"

"허어, 전직 왕자 주제에 무례한 녀석이로구먼? 모처럼 학원에 행차한 내게 술을 따르지 못할까."

어떤 의미에서는 예상대로라고나 할까, 트집을 잡는 마기알카.

그보다도 가만 살펴보니 대낮부터 와인에 흠뻑 취한 상태였다.

잔에서 풍기는 풍부하고 향긋한 향기로 추측하건대 꽤 값비싸고 오래 숙성된 것을 마시고 있는 듯했다.

"뭐 하고 있느냐고? 영 형편없는 인사말이로고. 그대가 곤죽으로 만들어버린 로자 그랑하이드의 치료가 끝나서, 네 여자의 치료 허가를 내주러 와주었거늘."

"네……?"

마기알카의 발언이 잘 이해되지 않아 룩스는 고개를 갸웃했다.

그러자 취기로 뺨이 빨갛게 달아오른 마기알카가 슬그머니 룩스에게 몸을 기댔다.

"아니, 뭐 하시는 겁니까?!"

"흐흠. 어차피 한가한 김에, 그대의 체술 실력이나 좀 볼까 해서 말일세. 싫다면 재주껏 빠져나가 보시게."

"큭……!"

실제로 취한 상태인데도 정확하게 팔을 꺾어 눌러서 움직일 수가 없었다.

피르히의 스승이자 무술의 달인이니만큼 맨손으로는 상대가 안 됐다.

덤으로 마기알카의 비어 있는 손이 룩스의 가슴이나 배를 더듬어대는 통에 간지러워서 닭살이 돋았다.

"세상에, 룩스 씨도 못 이기다니—."

"어떡하지?! 트라이어드를 부를까?!"

"아아! 어쩜 좋아! 하지만 여기서 떠나면, 많은 볼거리를 놓칠지도 모르는데—."

그 한편에서는 룩스를 여기로 부른 여학생들이 멀찍이 떨어져서 떠들어대고 있다.

"뭐야, 저 사람들 숨어서 구경하고 있잖아!"

구경꾼으로 변한 여학생들을 보고 룩스가 절망하자, 갑자기 반대 방향에서 한 소녀가 부리나케 다가왔다.

"어? 피이?"

"루우. 오랜만."

무표정한 얼굴에 어렴풋하게 기뻐하는 기색을 드러내며 소꼽친구 소녀가 인사한다.

부드러운 분홍색 머리카락과 교복 위로도 알 수 있을 정도로 풍만한 가슴.

어딘가 앳된 느낌이 남아있는 이목구비가 특징인 소녀가 룩스와 마기알카 앞에 섰다.

그러나 이전에 헤이부르그 공화국에 잠입했을 때와 『탑』 부근에서 치른 전투.

『악한 왕』 카렌시아 하즈마이스와의 사투로 몸에 심한 부담이 가서 한동안 요양해야 할 터다.

"그런데 피이. 몸도 걱정되긴 하지만 나한테 와도 되는 거야?"

그녀들은 지금 전투나 다른 특수한 상황을 제외하면, 『협정』이라는 것을 따라 자신들 쪽에서는 먼저 룩스에게 다가가지 않겠다고 약속한 게 아니었던가—.

"괜찮아. 루우를 지키는 건, 내가 할 일이니까."

"아, 그렇구나……."

피르히는 룩스의 호위 임무를 자진해서 맡았다.

다시 말해 이 상황은 마기알카의 마수에서 룩스를 구하기 위한 특례인 모양이다.

"나 원, 이게 웬 훼방꾼인가. 오랜만에 괜찮은 남자와 즐길 수 있겠다고 생각했거늘. 하는 수 없지. 이번에는 제자에게 양보하고, 나는 밖에서 마셔야겠구먼."

마기알카는 그렇게 말하고 벤치에서 일어나 룩스를 풀어주었다.

그러나 그곳에서 떠나려는 찰나, 재빨리 룩스에게 작은 목소리로 귓속말을 했다.

"밤에는 시간을 비워두게. 그대를 부를 일이 있을 것 같으니."

"……?!"

그것은 분명 한 개인이 아닌 『칠용기성』 대장으로서 꺼낸 말이리라.

싱긋 의미심장한 웃음을 남기고 마기알카는 다른 곳으로 가버렸다.

"루우. 괜찮아?"

"어, 응. 괜찮아."

"그럼, 나랑 가자. 가장 파티 때 어떤 옷을 입는 게 좋을지, 같이 골라줘."

그리하여 피르히의 권유를 받아들여서 성야제 준비 상황을 보러 가기로 했다.

왠지는 몰라도 피르히만은 거리낌 없이 먼저 다가오고 있는데— 이래도 괜찮은 걸까?

"샤리스 대장, 저건 아웃 아니야?"

"……뭐, 그럭저럭 세이프로 봐주자고. 실제로 룩스 군을 궁지에서 구해줬으니 그 점을 무시할 순 없지. 그리고 어차피 룩스 군도 아직 다른 사람을 만나러 가지 않았으니까."

"Yes. 그렇다면 저것을 룩스 씨가 방문한 것으로 카운트하겠습니다."

"……."

그늘에 숨은 트라이어드 삼인조가 속닥대는 소리를 듣고 어이없어하면서 룩스는 학원 내의 특별동으로 향했다.

그곳에 도착하자 학원장 렐리가 웃는 얼굴로 반겨주며 안쪽의 응접실로 안내해주었다.

옆에 있는 주방에서 과자를 굽는 중인지 달콤한 향기가 감돌았다.

그리고 룩스는 그곳에서 렐리와 성채 도시의 동향에 관해 이야기했다.

"이래봬도 학원을 맡은 사람으로서, 시장이나 왕도의 관리들과 매일같이 회의 중이야. 신왕국의 상층부가 상당히 긴장하고 있다는 건 분명하겠지."

"그렇군요. 역시…… 아니 그 이야긴 됐고, 그 차림은 뭐죠?!"

"그야 물론 가장 파티 리허설이지. 나도 참가하는걸. 그나저나 잘 어울리지 않니?"

소파에는 마녀 모자를 쓰고 온통 검은 의상을 입은 렐리가 앉아 있었다.

가슴골이 깊이 파여서 그야말로 마녀다운 요염함이 느껴졌다.

옆에서 과자를 먹고 있는 사람은 토끼 귀 머리띠를 한 피르히.

목에 리본을 달고 몸에는 장의와 느낌이 비슷한, 몸에 딱 달라붙는 검은 옷을 입고 있었으며 등이나 다리가 대담하게 드러나 있었다.

선정적이기는 하지만, 동시에 귀여움을 강조한 의상이 잘 어울렸다.

게다가 그녀의 특징인 커다란 가슴의 존재감까지 어우러지는 바람에 룩스는 시선을 둘 곳이 마땅하지 않았다.

"아니, 학원장님까지 뭘 생각하시는 겁니까?! 아무리 그래도 그 옷차림은 문제—."

"어머? 동생만이 아니라, 이 누나한테도 관심이 있니? 룩스 군도 참 밝힌다니까. 간질간질~."

더없이 음흉하게 웃으면서 룩스의 등을 콕콕 찔러대는 렐리.

룩스가 이러지도 저러지도 못하고 굳어버리자 토끼 귀 피르히가 옆에서 허브티를 따라주었다.

"언니, 스트레스가 살짝 쌓였나 봐. 조금만 참아줘."

"그럴만해……."

아인그람 재벌가의 자매 사이에 끼인 채 룩스는 쓴웃음을 지었다.

과일을 섞은 생크림 과자, 반죽에 허브를 넣어서 만든 쿠키, 피르히의 특기인 산더미 크레이프 등 성야제 때 선보이기 전에 연습 삼아 만들어본 과자를 먹으면서 룩스는 두 자매와 함께 평화로운 시간을 보냈다.

그렇게 응접실 소파에 앉아서 대접받던 룩스의 시선이 불현듯 차를 더 준비하러 간 피르히의 등에 고정되었다.

"어머, 룩스 군도 참. 피이의 어디를 보고 있는 걸까? 뭐, 저렇게 귀여우니까 어쩔 수 없겠지만."

"렐리 씨, 벌써 취하셨나요……? 그, 그런 게 아니라, 피르히의 몸이, 깨끗해서요……. 흉터도 안 보이고, 후유증을 앓는 것 같지도 않네요."

탄력이 느껴지는 피르히의 하얀 등은 분명 매력적이었지만, 룩스의 마음에 걸린 것은 그게 아니었다.

헤이부르그 공화국에서 사투를 벌였을 때 체내에 남은 위그드라실의 씨앗의 힘을 해방한 것을 가리켰다.

『강화』의 힘을 가진 위그드라실의 일부를 이용한 신체 강화.

피르히는 그 힘을 몸을 감싼 신장기룡 《티폰》에까지 적용하는 거친 방법을 사용했다.

그 후유증 탓에 당분간 전선에는 복귀할 수 없을 거라고 룩스는 생각했지만—.

"그렇지……. 룩스 군에게는 말 안 했지만, 피이는 얼마 전에 치료를 마쳤어."

"치료……? 마치다뇨?"

환신수화로 인한 반작용을 치료할 방법이 이 세계에 존재한다는 것일까?

"리예스 섬에서 있었던 일, 기억하니? 근처의 외딴섬에 유폐돼 있던 키리히메 요루카. 그 애가 잠들어 있던 휴면 포드라는 이름의 시설은 유적에서 만들어진 거였어. 심지어— 고대 기술을 이용해서 노화하지 않는 잠에 빠뜨리거나, 『세례』라는 수술까지 할 수 있는 그런 시설이란다."

"……."

"그 애가 동료가 된 뒤에 증언한 내용을 바탕으로 장소를 추측해서 찾아낸 것을 학원으로 옮겼어. 물론 이번에는 신왕국의 허가도 받았고. 그걸 크루루시퍼 양이 가져다준 자료와 대조해서 해독하고 치료용 시스템을 가동했지."

"어느새, 그런 것을—."

아까 마기알카가 로자를 치료했다고 한 것은 그 시설을 이용했다는 이야기일까?

확실히 두 마리의 라그나뢰크라는 위협이 남아 있는 상황에서 『칠용기성』의 전력을 놀리는 것은 좋은 생각이 아니다.

피르히와 로자가 사용했고 다음은 요루카가 들어갈 차례였지만, 휴면 포드를 다시 사용할 수 있게 되기까지는 시간이 걸리기 때문에 기다리는 중이라고 했다.

일이 잘 풀리면 요루카도 앞으로 몇 주 안에 완치돼서 일선에 복귀할 수 있는 모양이었다.

"환신수를 이식한 피이의 몸은 그것으로 어느 정도 치료했어. 어디까지나 겉으로 보이는 부상에 한해서지만. 하지만 만약에 그 포드보다 훨씬 뛰어난 치료기구가 『대성역』에 잠들어 있다면……."

"그럼 피르히의 몸도, 완벽하게 나을 수 있다는 건가요?!"

룩스가 언성을 높이며 렐리를 다그쳤다.

만약 심장에 뿌리를 내린 위그드라실의 씨앗을 제거할 수 있다면 그야말로 꿈같은 일이기 때문이다.

"모르겠어. 하지만 아마도, 완치는 무리일 거라고 봐. 이젠 신체 일부처럼 변해서 기능을 공유하고 있으니까. 하지만 환신수로 인해서 생체 부분에 입은 악영향이나 정신적인 간섭은 거의 다 제거할 수 있을지도 몰라. 더는 뿔피리에 영향받지 않는, 실제로 일반인과 전혀 다르지 않은 몸으로 돌아올 수 있을지도—."

"다녀왔어."

"헙……?!"

차를 새로 준비해온 피르히가 쟁반을 테이블에 내려놓았다.

그리고 룩스 옆에 앉더니 불만스러운 표정으로 언니를 올려다보았다.

"언니, 미워."

여전히 표정 없는 멍한 얼굴로 담담하게 말하는 피르히.

"엑……?!"

그 모습을 본 렐리는 새파랗게 질려서 부정했다.

"그, 그런 게 아니야 피이. 이건 말이지, 어디까지나 가능성을 이야기 했을 뿐이고—."

"그거, 루우한테 말 안 하기로 약속, 했잖아."

"……저기, 피이?"

피르히가 정색하며 고개를 돌리자 렐리는 이마에 땀방울을 맺은 채 꿀 먹은 벙어리가 되고 말았다.

"저, 저기, 그럼 언니는 일이 있어서 일단 가볼게……."

그리고 절망한 표정으로 그대로 방에서 나가버렸다.

피르히는 보기와는 다르게 고집이 세니까, 일이 이렇게 된 이상 방법이 없다고 판단한 것이리라.

'그나저나, 학원장이 학원장실을 비워도 되는 걸까……?'

마녀로 가장한 채 힘없이 어깨를 늘어뜨리고 멀어지는 렐리의 뒷모습에서 룩스는 애수를 느꼈다.

"……차, 더 가져왔어."

"아, 응…… 고마워."

룩스가 정신을 차리고 대답하자 피르히는 새로 준비한 차를 따라주었다.

그리고 룩스는 잠시 뜸을 들이고서 신경 쓰이는 점을 물어보았다.

"있잖아, 아까 왜 렐리 씨한테 화냈는지, 알려줄 수 있어?"

"……."

노출이 심한 토끼 의상의 피르히는 침묵했지만, 잠시 후—.

"나, 딱히 괴롭다고, 생각한 적 없는걸."

평소처럼 느긋한 분위기를 풍기는 무표정한 소꿉친구 소녀는 금색의 무구한 눈동자로 룩스를 보며 대답했다.

"내 몸에는 환신수가 섞여 있지만, 괜찮아. 나는 이 이상, 루우가 위험한 일에 뛰어들지 않았으면 좋겠어. 함께 있는 게, 몇 배는 더 기쁘니까."

"……."

그런 피르히의 대답에 이번에는 룩스가 침묵할 차례였다.

그렇구나, 하고. 조금 전에 렐리가 무슨 의도로 이야기를 했는지 그제야 이해했다.

렐리는 직접 언급하지는 않았지만, 『대성역』의 고대 기술을 통해 피르히가 평범한 인간의 몸으로 돌아갈 수 있을지도 모른다는 가능성을 룩스가 추구해주길 바란 것이었다.

『칠용기성』으로서 큰 공로를 세우면 『창조주』들이 주는 보수도 늘어난다.

그 고대 기술이나 자산은 일단 신왕국 쪽으로 가겠지만, 일등 공신이 된다면 더 큰 혜택을 누릴 권리가 주어질 것이다.

대놓고 말하지만 않았을 뿐, 렐리는 그 이야기를 하면 룩스가 최선을 다할 거라고 확신하고 있었다.

그러나— 피르히는 자신을 구하기 위해서 룩스가 무리하기를 바라지 않았다.

얼마 전, 요루카를 구하려다가 목숨을 잃을 뻔했던 것처럼.

룩스가 위험한 상황에 뛰어들게 놔둘 바에야 차라리 말하지 말라고 렐리에게 당부했으리라.

그래서 피르히는 자기가 잠시 자리를 비운 사이에 렐리가 그 이야기를 꺼냈기 때문에 화난 것이었다.

"……."

룩스는 그런 피르히의 마음을 잘 알았다.

언제나 자신의 곁에서 지탱해준 그녀의 마음을.

하지만—.

"피이. 나중에 꼭, 렐리 씨랑 화해해야 해?"

룩스는 조용히 미소 지으며 말했다.

"나는, 기뻐. 피이의 몸을 낫게 할 방법이 있을지도 모른다는 걸 알게 됐으니까."

"……그래서, 루우에게는 말하고 싶지 않았어."

어쩐지 못마땅한 것처럼 피르히는 무표정한 얼굴로 볼을 부풀렸다.

"하지만 피이, 너무 걱정하지 마. 왜냐하면, 나는 기쁜걸. 피이를 낫게 할 방법이 아직 남아있을지도 모른다니. 그것만으로도 나는 『칠용기성』이 되길 잘했다고 생각할 수 있어."

룩스가 그렇게 말하면서 웃자 살며시 그의 몸을 끌어당기는 피르히.

그녀는 무척 자연스럽게, 그러면서도 다정하게 룩스를 안아주었다.

"루우는, 여전하구나."

솜사탕처럼 포근한 목소리가 룩스의 귓불을 간질인다.

밀착한 탓에 달콤하게 찌그러진 가슴의 감촉을 느끼고 심장이 세차게 두근거린다.

하지만 가슴에 벅차오르는 그녀를 향한 감정은 그런 순간적인 격정을 깨끗하게 밀어냈다.

"그럼, 나도 또 싸울게. 루우가 너무 무리하지 않게, 이번에야말로."

"응. 같이 힘내자, 피이."

설령 위험한 상황에 놓이게 되더라도 그녀가 곁에 있어 주기를 바란다. ―피르히에게 기공각검의 검대를 선물해줬을 때 룩스가 품은 그 마음은 여전히 변하지 않았다.

서로 상대가 가장 소중하기에 무리한 짓이라도 하고 싶다. 아니, 애초에 무리라는 생각을 하지 않는다.

그런 점은 서로 같았다.

이렇게 어렸을 적처럼 곁에 있는 것만으로도 룩스의 마음은 아물어갔다.

지금까지 깨닫지 못한 것이 신기할 정도로— 아니, 사실은 옛날부터 알고 있었다.

룩스 자신이 단순한 소꿉친구, 혹은 친구 이상의 감정을 그녀에게 품고 있다는 것을.

자신은 구제국의 죄인이고, 그녀를 구해주지 못했다는 죄책감 때문에 계속 그 감정을 억눌러왔을 뿐이라는 것을.

고독했던 자신을 구원해준 존재, 처음으로 친구가 되어준 소녀.

'『성식』과의 싸움이 끝날 때까지, 결정해야 해…….'

만약 『대성역』의 기술로 피르히의 몸을 치료할 수 있다면.

룩스의 마음속에서 그 죄책감이 사라진다면.

그때는—.

"……그럼, 피이. 나중에 성야제 때 보자."

한동안 추억에 젖어 시간을 보낸 후, 룩스는 피르히에게 작별인사를 하고 학원장실을 나갔다.

방 밖에서 흐느적흐느적 방황하던 렐리에게 피르히의 화가 풀렸다고 알려주자 날 듯이 기뻐하며 돌아갔다.

"그나저나 요루카가 잠들어 있던 섬에서 찾은 휴면 포드라……. 아마도 정황상, 처음에는 『방주』에서 가지고 나온 걸지도 모르겠어."

그 유적의 시설을 학원까지 옮긴 것은 렐리의 공로지만, 그것을 사용할 수 있는 수준까지 끌어올릴 때는 어떤 인물이 도와주었을 것이다.

다음으로는 그 감사 인사를 하기 위해서 오후에 크루루시퍼를 찾아가기로 했다.

장소는 기룡 격납고 지하실.

원래는 출입이 금지된 장소다.

†

렐리 학원장에게 받은 열쇠로 그 문을 열자 요정처럼 아름다운 소녀가 뒤를 돌아보았다.

"아쉬워라. 모처럼 룩스 군이 찾아와줬는데, 이렇게 운치 없는 장소에 서서 이야기해야 한다니."

미소 띤 얼굴로 말하면서 파란 머리카락을 쓸어 넘기는 인물은 유미르 교국의 백작 영애인 크루루시퍼.

그녀 바로 옆에서는 우우웅…… 하는 작동음을 내는 금속 상자— 휴면 포드가 빛나고 있었다.

룩스의 관점에서 본다면 비스듬하게 놓인 거대한 관이었다.

뚜껑 부분은 투명한 유리로 돼 있어서 내부에서 어떤 치료가 진행 중인지 파악할 수 있었다.

『성식』에게 엘릭시르를 주입받을 때 룩스가 본 광경 속에도 비슷한 게 있었던 것 같다.

"고마워, 크루루시퍼 씨. 이걸 사용할 수 있게 도와줘서."

"반은 네 여동생 덕분이야. 간단한 부분의 사용방법을 해독하는 건 그녀가 꽤 많이 도와줬으니까. 대략적인 번역은 『갱도』에서 했지만."

"그렇구나."

룩스는 자초지종을 파악했다.

크루루시퍼의 모국인 유미르 교국.

그곳에 존재하는 제4 유적 『갱도』 내부의 서고에서 휴면 포드의 사용설명서를 찾아 번역한 것이다.

크루루시퍼가 『열쇠 관리자』로서 유적의 통괄자인 네이 루슈에게 명령할 수 있기에 가능한 결과였지만, 대외적으로는 아이리가 사용법을 해독한 것으로 되어 있다.

세계 연합, 『칠용기성』, 그리고 『창조주』들에게도 휴면 포드를 발견해서 사용 가능한 상태라는 것은 전해두었지만 자세한 과정은 밝히지 않았다.

제7 유적 『달』을 관리하는 소피스와 일촉즉발의 대치 중인 상황에서 크루루시퍼가 비밀리에 네이와 내통 중이라는 사실이 드러나면 어떤 문제로 발전하게 될지 알 수 없기 때문이다.

그리고 피르히의 치료가 끝난 지금은, 다가올 전투에 투입할 전력을 증강하기 위해서 헤이부르그의 대표인 로자 그랑하이드가 포드에 들어가 있었다.

“그녀의 알몸을 너무 빤히 보지 말아줄래? 룩스 군이 절조 없는 남자애라는 건 알지만.”

“아, 아니거든! 따, 딱히 그런 의도로 본 게 아니라—?!”

크루루시퍼가 짓궂게 속삭이자 룩스는 당황해서 시선을 돌렸다.

“정말인가 몰라? 어쩐지 요즘 들어서 우리를 보는 눈빛도 조금 바뀐 것 같으니까.”

“……”

부정할 수 없었다.

그 이전에 그녀들이 강하게 밀어붙이는 것도 이유라고 반론하고 싶었지만, 그랬다간 더욱 장난이 심해질 것 같아서 관두었다.

남녀 사이의 줄다리기에서 룩스가 크루루시퍼에게 이길 수 있을 리가 없다.

“그럼, 여기 관리는 다른 사람에게 맡기고 밖으로 나갈까?”

“그래도 돼?”

“응. 그녀들도 그러려고 와주었으니까. 모처럼 네 쪽에서 먼저 만나러 와 줬는데, 이런 지하실에서 이야기하다가 헤어지는 것도 아깝잖니.”

“그녀들이라니?”

“경계심이 부족하구나. 룩스 군이라면 진작 눈치챘을 줄 알았는데—.”

“앗……”

퍼뜩 깨달은 룩스가 뒤를 돌아본 순간 방 밖에서 소리가 들렸다.

'역시, 트라이어드인가…….'

반쯤 기막혀하면서도 이곳의 감시를 잘 해줄 거라고 룩스는 생각했다.

크루루시퍼의 권유를 따라 격납고 지하에서 나와서 그대로 방과 후를 이용해서 시가지로 나가기로 했다.

†

"어쩐지, 이렇게 느긋하게 거리를 걷는 게 꽤 오랜만인 것 같아."

교복 위에 외투를 걸친 룩스는 크루루시퍼와 함께 거리를 바라보았다.

큰길이 십자형으로 뚫린 성채 도시 크로스 피드.

그 중앙에 위치하는 1번 지구.

날품팔이 생활 시절에 셀 수 없을 만큼 돌아다녔건만, 지금은 왠지 모르게 낯설게 느껴진다.

세계 붕괴 예정일까지 앞으로 2개월도 채 남지 않았기 때문일까?

아니면 최근에 계속 외국을 돌아다니며 사투를 벌였기 때문일까?

낯익을 터인 거리의 풍경을 몹시 오랜만에 보는 것 같았다.

"같은 겨울인데도 신왕국은 따뜻하구나. 옷을 두껍게 안 입어도 돼서 좋네."

차분한 어조로 말하며 크루루시퍼가 머플러를 고쳐 매었다.

일주일 단위로 신왕국과 유미르 교국을 오가고 있으니 두 나라의 기후 차이도 잘 느껴질 것이다.

하루 만에 국경을 넘나드는 건 정상급 기동력을 자랑하는 《파프니르》라 해도 역시 시간이 걸린다.

기룡 적성치가 압도적으로 높은 크루루시퍼도 휴식하지 않으면 버틸 수 없다.

그 정도로 고단한 일이지만, 크루루시퍼는 유미르 교국에서 메르의 보좌관이 되기를 잘 했다고 말했다.

"역시, 차이 같은 게 잘 느껴져? 유미르 교국의 분위기라든가."

"글쎄. 지금까지는 그런 걸 깊게 생각해본 적 없지만, 그 사람들…… 우리 가족들과 속을 터놓게 되고, 메르랑 집사인 알테리제, 자동인형 네이 루슈와 친구가 된 뒤로는 잘 알겠더라."

잠시 말을 멈춘 그녀는 룩스를 보며 어쩐지 따스하게 느껴지는 미소를 지었다.

"유미르 교국이, 에인폴크 가문이 내 고향이라는 것을. 싸우고, 사선을 넘어서 돌아갈 때마다 그렇게 생각할 수 있게 되었어. 내가 여전히 가족들에게 소외당하고 있다고 생각하고 있다면, 분명…… 이런 감정을 느낄 수 없었겠지."

"잘 됐네. 크루루시퍼 씨가 그렇게 말할 수 있게 돼서."

소녀의 말을 듣고 룩스는 안도의 미소를 지었다.

그러자 크루루시퍼가 요염하게 웃더니 슬그머니 뺨을 가까이 밀어붙였다.

"뭘 남의 일이라는 것처럼 말하는 걸까? 이것도 전부 네가 도와준 덕분이잖니? 친가로 돌아갈 때마다 알테리제가 얼마나 시끄러운지 몰라. 『두 분의 관계는 실제로는 어디까지 진전되셨습니까?』— 라면서."

"그건 크루루시퍼 씨가 사람들을 속인 탓이잖아?!"

자못 즐거운 듯 크루루시퍼가 속삭이자 룩스는 당황하며 반박했다.

하지만 그 사건 이후로 시간이 꽤 지난 지금은 그녀의 말 속에 숨은 뜻을 알 수 있었다.

그것이 그저 약혼자를 찾는다는 명분만으로 하는 말이 아니라는 것을.

다른 누구도 아닌 크루루시퍼 본인의 소망이라는 것을.

"그렇긴 해. 하지만 어쨌거나 두 달 뒤까지는…… 『성식』을 쓰러뜨릴 때까지는 진전이 없을 거야. 아쉽지만, 그녀들에게 처음으로 협정 이야기를 꺼낸 사람은 나거든."

"트라이어드도 그러던데, 그 협정이 대체 뭐야?"

"—비밀이야. 은인인 너한테도 말할 수 없는 건 있어. 다른 사람들과 한 약속이니까."

뭐랄까, 크루루시퍼는 여전하다고 생각했다.

느긋하고 멍한 피르히와는 다르게 항상 룩스를 놀리고 내키는 대로 가지고 논다.

하지만 그런 그녀와의 낯간지러운 친교가 신기하게도 기분 좋았다.

"그러니까 지금은 적당히 봐줄게. 그때가 되면, 내 진심을 보여주겠어."

"왠지 무서운걸, 크루루시퍼 씨."

어쩐지 의미심장하게 느껴지는 크루루시퍼의 미소를 보며 룩스는 식은땀을 흘렸다.

복잡한 얼굴로 거리를 걷고 있는데 풍채 좋은 여자 점주가 불쑥 말을 걸었다.

"어머, 룩스 아니야? 뭐 하는 거니? 공주님 호위를 나 몰라라 하고 데이트를 하다니, 너도 여간내기가 아니구나."

"아…… 오랜만이에요, 점주님."

언제였더라. 성야제 시기에 준비를 도와준 적 있는 식당의 주인아주머니였다.

룩스가 학원에 입학하기 전, 작은 가방을 물고 달아난 고양이를 쫓아갔을 때 이후로 제대로 만나지 못했는데—.

"점주님은 무슨 점주님이야. 이제 너한테 일을 시킬 생각은 없단다. 『기사단』의 기룡사로서 성채 도시나 신왕국을 지키는 게 훨씬 큰일이잖니. 그보다 배 안 고프니? 모처럼 이렇게 만났는데, 뭐든 좀 먹고 가려무나."

"……그럼, 그 말씀 감사히 받겠습니다."

"오오! 이게 누구야! 잘 지냈냐?"

룩스가 가게 안에 들어가자 자리에 앉아 있던 농가의 젊은 아들이 뛰어왔다.

뒤이어서 술집에서 일했던 동료가, 지나가던 대장간 아들이 룩스를 알아보고 잇따라 인사를 건넸다.

그러나 룩스의 예상과는 다르게 잡일 의뢰를 하는 사람은 없었다. 평소 그의 활약을 칭찬하는 말을 할 뿐이었다.

"어쩔 수 없네. 오늘은 룩스 군의 또 다른 고향을 만끽해볼까? 날품팔이로 생활하던 시절의 이야기를 듣고 싶어. 룩스 군이 술집에서 여자애를 꼬드긴 이야기 같은 게 궁금하거든."

눈을 번뜩이면서 크루루시퍼가 싱긋 웃었다.

또 룩스를 놀릴 소재를 모으려는 걸까.

"저기, 살살 부탁할게……."

룩스는 쓴웃음을 짓고는 크루루시퍼와 나란히 앉아 날품팔이 생활 시절을 함께 보낸 반가운 사람들과 이야기꽃을 피웠다.

룩스가 날품팔이 왕자로 생활하며 인정받았던 과거의 나날들.

그것을 또 다른 고향이라고 해준 크루루시퍼의 말이 귓가에 남아 있었다.

†

오랜만에 평온한 시간을 보낸 후 룩스는 크루루시퍼와 헤어져서 1번 지구 청사로 걸음을 옮겼다.

트라이어드가 준 리스트를 따라서 이번에는 리샤를 방문할 생각이었다.

리샤가 직접 말해준 것은 아니지만, 신왕국이 주최하는 신년 퍼레이드 때 하게 될 축사 연습을 이곳에서 하고 있다는 이야기를 듣고서 가만히 있을 수가 없었다.

게다가 이번에는 성야제를 꾸미고자 장갑기룡을 청사에 전시해두려는 듯했다.

그 최종조정을 위해서 리샤는 전시품을 체크하고 있었다.

"리샤 님! 수고 많으십니다!"

룩스는 나무로 만든 높은 발판 위에서 작업하는 리샤 바로 밑에서 소리쳤다.

그러자 집중하고 있던 리샤가 퍼뜩 정신을 차리고 당황한 모습으로 그쪽을 보았다.

보석처럼 빨간 눈동자, 사이드 테일로 묶은 금발이 특징적인 신왕국의 왕녀.

체구는 작으나 이글이글 타오르는 열량을 숨긴 태양 같은 소녀다.

지금은 기룡을 개발할 때 애용하는 하얀 가운을 걸치고 한쪽 손에는 기공각검을 들고서 조율하는 중이었다.

"루, 룩스?! 왜 여기에—."

"저녁 식사를 준비해왔는데, 잠시 쉬시는 게 어떨까요? 리샤 님께서 좋아하시는 애플파이도 가져왔어요."

그리고 식당에서 준비해준 바구니는 불에 달군 돌에 온도가 유지되고 있었다.

하지만 그렇다 해도 일찍 먹는 것이 좋다.

그렇게 생각해서 과감하게 부른 것이었는데—.

"자, 잠깐 기다려라! 아니지, 지금 이 몰골로는 도저히— 우왓?!"

어쩐지 당황한 것처럼 가운이나 얼굴에 손을 뻗다가 기우뚱하며 발판 위에서 중심을 잃었다.

그것을 예상한 룩스는 재빨리 바구니를 옆에 두고서 땅을 박찼다.

3~4ml(메르) 정도 높이에서 떨어지는 리샤를 양팔로 멋지게 받아냈다.

"으……?! 여, 여봐라 룩스! 괜찮으냐?!"

"네, 괜찮습니다. 리샤 님이야말로—."

"이, 이런 바보를 보았나! 갑자기 말을 걸어서 놀랐잖느냐?! 그리고 무리해서 구해주려다가, 네가 다치기라도 하면……."

"갑자기 불러서 죄송합니다. 하지만 구해드리는 건 당연하다고요. 이래봬도 저는 리샤 님의 기사이니까요."

룩스가 리샤를 안은 채 미소 짓자 신왕국의 공주는 뺨을 발그레 붉히며 수줍은 듯 고개를 돌렸다.

"나 참…… 이래서 안 된단 말이다. 갑자기 네가 찾아오면, 기뻐서 동요하게 되니까……."

"네……?"

작은 목소리로 나직하게 중얼거린 탓에 뒷부분은 잘 들리지 않았다.

"아, 아무것도 아니다! 그보다 식사를 가져왔다고 했지. 손을 닦아야……."

"수건도 가져왔으니까 그걸 쓰세요."

리샤를 내려놓고 바구니를 주운 후 작업장에서 조금 떨어진 벤치에 앉아 함께 저녁을 먹었다.

고기와 뼈로 국물을 우려낸 채소 수프.

베이컨과 달걀 샌드위치, 디저트로 애플파이 등을 먹어치운 후 그대로 휴식을 취했다.

그동안 리샤가 전시 및 조율하던 장갑기룡을 보았다.

"저게, 성야제를 대비해서 리샤 님께서 맡으신 일인가요?"

"그래. 어마마마께서 내 실적을 알리기에 좋은 상징이 될 것이라면서, 내가 조율한 장갑기룡을 청사 앞에 전시하는 게 어떻겠냐고 말씀하셨다."

리샤가 기룡사로 활약할 뿐만 아니라 장갑기룡 개발 쪽에서도 성과를 올리고 있다는 것은 알려져 있다.

평소에는 기밀을 유지하기 위해서 그 사실을 공표하진 않았지만, 이번에는 특별히 신형 장갑기룡을 전시하게 되었다고 한다.

"뭐, 어쩔 수 없지. 내가 딱히 공주다운 일을 하는 게 아니니까. 하지만 단순한 장식이라 해도 볼품은 중요하니까, 지금까지 입수한 고문서의 설계도를 응용해서 특수하게 만든 것을 세워보았느니라."

그렇게 말하며 의기양양하게 팔짱을 끼는 리샤.

룩스 앞에는 범용기룡 세 종류— 비상형 《와이번》, 육전형 《와이엄》, 특장형 《드레이크》가 나란히 서 있었다.

"어라……? 그런데 이건, 일반적으로 볼 수 있는 거랑 형태가 좀 다르네요?"

"역시 내 기사로다. 눈썰미가 뛰어나."

룩스가 지적하자 리샤는 흥이 오른 듯 득달같이 대답했다.

"일단은 일반 장갑기룡을 개조한 특수형이다. 이런 것도 개발하면서 끊임없이 진화시키고 있다는 견본이지."

"그랬군요. 역시 합성한 기룡을 전시하는 건 위험하겠죠."

룩스가 갓 전학했을 때 리샤는 이미 비상형과 육전형을 결합한 《키메라틱 와이번》을 개발해두었다.

그것과 비교하면 이 범용기룡은 거의 변경된 점이 없었다. 아니, 오히려—.

"그 이전에 이거, 제대로 움직이긴 하나요? 어째 멀쩡한 기룡한 기라기보다도, 제각각 뿔뿔이 분해된 것처럼 보이는데……."

"움직이고말고. 그리고 그 세 기는 어디까지나 모형이다. 실전에서 사용할 수 있는 내 『신형』은 이미 기룡 격납고 지하에 있지."

그 자신만만한 미소에서 추측하건대, 아마도 그 《키메라틱 와이번》을 능가하는 엄청난 물건을 완성한 것이리라.

이 전시품은 완성작을 개발할 때까지의 중간 과정을 늘어놓았을 뿐인 듯했다.

"뭐, 그래도 사실은 별로 내키지 않는구나……. 내 작품을 여기에 전시하는 건."

"어째서죠?"

룩스가 고개를 갸웃하자, 리샤는 어쩐지 떨떠름해 보이는 표정으로 기룡을 올려다보았다.

"이번에 신왕국의 세금을 올릴 거다. 최근 연이어서 전투를 벌인 탓에 징병도 해야 하고, 병사를 빌려준 사대 귀족들에게도 대가를 줘야 하지. 그래서 군사비의 증액은 피할 수가 없다."

"그러니까 이건 세금을 올리는 것을 백성들에게 납득시키기 위한 『전시품』이라는 건가요?"

"어마마마— 라피 여왕 폐하께서 떠올리신 생각은 아니야. 측근인 나르프 재상이 제안인지, 사대 귀족의 조그와라는 남자의 간계인지는 모르겠다만. 내 개발 성과도, 결국은 정치적인 선전에 쓰이게 되었다는 거다."

원래는 조용한 행사인 성야제에, 왕녀 리샤가 만든 기룡 오브제를 전시한다.

군비 확장으로 올라가는 세금 때문에 생길 불만이나 의심을, 국민을 지키기 위해 최전선에서 싸우고 있는 리샤에게 불식시켜달라고 제안한 것이리라.

그러기 위해서 성야제를 활용하는 거라고 표현하는 게 정확할지도 모른다.

룩스가 할 말은 아니지만, 국가를 다스리는 방법으로는 흔한 일이다.

실제로 세계적인 위기에 직면한 이상 지금은 어쩔 수 없다.

"그건 잘못된 일이 아니에요. 실제로 개발에서도 전투에서도, 리샤 님께선 성과를 거두고 계시잖아요."

"그렇지……. 맞는 말이야. 하지만 뭐랄까. 왕녀로서 그런 정치적인 일을 할 때면, 나처럼 단순하고 바보스러운 녀석은 이런 생각이 드는 거다. 이건, 백성을 배신하는 게 아닌가 하는."

리샤는 장갑기룡을 보며 푸념했다.

"거기까지 생각하고 계신다면, 리샤 님은 훌륭한 왕녀세요."

"그, 그러냐?"

"제가 몸담았던 과거의 구제국과는 아주 달라요. 게다가 만약 그렇게 생각하신다면, 리샤 님께서 그렇게 행동하시지 않으면 되는 거예요."

룩스는 망설이는 왕녀에게 그렇게 조언해주었다.

"그, 그래?"

"리샤 님께서 현재의 국정에 대해 생각하시는 것을, 가능한 범위에서 모두에게 전달하면 돼요. 그러면 여왕 폐하께서도 성채 도시 사람들도 분명 이해해줄 겁니다."

"그런가……. 그렇군."

잠시 머뭇거리던 리샤의 표정에서 망설임이 걷혔다.

"좋아! 그러기로 정했으니, 조금 더 노력해야겠구나. 미안하지만 네 도움도 좀 받아야겠다!"

"네. 기꺼이."

기운을 차린 리샤를 도와서 전시용 신형 장갑기룡 조율을 마쳤다.

애초에 적당히 골라서 배치만 하면 되는 일이라 크게 번거롭지는 않았다.
아무리 대기 기간 중에 하는 『왕녀의 일』이라고 해도, 흔하지 않은 장갑기룡 기술자의 솜씨를 신왕국도 독점할 생각은 없는 것이리라.
대강 작업을 마치자 마차가 데리러 와주었기 때문에 그것을 타고 학원으로 돌아갔다.
돌아가는 도중, 룩스와 리샤는 흔들리는 마차 안에서 성야제 분위기로 장식된 성채 도시의 야경을 보았다.
『성식』이 가져올 위기를 이 나라 백성들은 모른다.
그러나 유적의 활성화 등으로 환신수의 위협이 고조되고 있다는 정보는 전달했는데도 이렇게 평화로운 것은 전적으로 신왕국의 노력 덕분이리라.
신왕국군이나 리샤를 비롯한 사람들이 국토를 방위하고 안전을 확보해주는 덕분에 이렇게 무사히 성야제를 보낼 수 있는 것이다.
그것만으로도 룩스는 충분히 기뻤다.
"리샤 님, 거리가 참 예쁘죠?"
"그래. 하지만— 나는 조금 불만스럽구나."
"네……?"
지금까지 기분 좋아 보이던 리샤가 볼을 살짝 부풀리며 불만을 드러냈다.
"어째서 넌 이럴 때 나를 찾아온 게냐. 도와준 건 고맙다만, 뭐냐, 기왕 올 거면 아무 일도 하지 않을 때 와주었다면, 단정한 모습으로 널 만나줬을 텐데…….”

“…….”

“이렇게 기름과 땀으로 얼룩진 모습은, 추레하잖느냐…….”

리샤는 창피한 듯 외면하면서 괜스레 자기 앞머리를 만지작거렸다.

룩스는 그제야 자기가 리샤를 불렀을 때 그녀가 발판 위에서 당황한 이유를 알았다.

리샤는 기룡과 관련된 일이 없는 시간에 깔끔한 모습으로 룩스를 만나고 싶었던 거다.

하지만 룩스는 전혀 신경 쓰지 않았다.

기룡을 정비할 때 쓰는 윤활유와 금속 냄새는 아무렇지 않았다.

그래도 룩스를 만나는 자신의 차림새를 신경 쓰는 리샤의 모습이 귀엽고 기특했다.

룩스는 반사적으로 살며시 손을 뻗어서 리샤의 부드러운 금발을 쓰다듬었다.

“……후앗.”

그러자 리샤는 놀란 듯 눈을 동그랗게 뜨고는 멍하니 룩스를 올려다보았다.

“하나도 추레하지 않아요. 신왕국의 왕녀로서 노력하고 계시는 리샤 님은 무척 아름답고, 멋지신걸요.”

그것은 거짓 없는 룩스의 본심이었다.

남들 앞에서 좋은 모습만 보이려 하는 왕후 귀족들이 얼마나 많던가.

어렸을 때부터 구제국 내에서 얼마나 많이 보아왔던가.

남들이 보지 않는 곳에서 누군가를 위해 더럽고 힘든 일도 마다하지 않고 애쓰는 것만큼 고귀한 행동은 없다.

구제국의 폭정과 지배 밑에서 마음을 앓던 룩스가 실존하기를 바랐던 이상적인 왕족.

그것이 지금의 리샤였다.

"어? 리샤 님……?"

대답이 돌아오지 않아서 신경 쓰인 룩스가 리샤의 얼굴을 보니 그녀는 입을 멍하니 벌린 채 빨간 사과처럼 변해 있었다.

그렇게 몇 초 동안 멍하니 있다가.

"……그렇지, 않으니라."

리샤가 퍼뜩 정신이 돌아온 것처럼 숨을 삼키고 말을 이었다.

"나 또한 네가 없었다면, 신왕국의 왕녀로서 국민이나 학원 사람들과 마주할 용기를 가지지 못했을 거다. 장갑기룡 개발도, 그저 눈앞에 놓인 사명에서 달아나기 위한 핑계일 뿐이었지."

그렇게 단언한 리샤는 고개를 들고 룩스의 얼굴을 물끄러미 바라보았다.

"내가 왕녀로서 나 자신과 마주할 수 있게 된 것은…… 네 덕분이다. 룩스가, 나를 지탱해주었기 때문이지."

"리샤, 님……."

"여봐라, 룩스. 이 싸움이 끝나더라도, 너는…… 아니, 아무

것도 아니다.”

리샤는 문득 쓸쓸하게 느껴지는 나지막한 목소리로 무언가 말하려다가 중간에 입을 다물었다.

그런 그녀를 진지한 얼굴로 잠시 바라보던 룩스는 힘차게 고개를 끄덕이며 이 사랑스러운 작은 왕녀의 손을 쥐었다.

“끝까지 함께 하겠습니다. 그러니 안심하세요, 리샤 님.”

“그, 그러냐……. 앗, 너무 달라붙지 마라. 그, 한참 일을 했으니, 냄새가 신경 쓰일 거 아니냐?”

“네? 괜찮아요. 땀 냄새가 좀 나긴 하지만, 향기로운— 헉!”

실언했다.

그것을 깨달았을 때는 이미 늦었다. 삶은 문어처럼 얼굴이 온통 새빨개진 리샤가 버럭 노성을 질렀다.

“시끄럽다, 닥치지 못할까! 네 녀석은 대체—!”

“죄, 죄송합니다!”

그렇게 리샤의 폭발을 한바탕 받아준 후, 두 사람의 웃음소리가 마차 안에서 울려 퍼졌다.

야경을 밝혀주는 거리의 불빛이 보석처럼 반짝였다.

†

“리샤 님, 열심히 하고 계시는구나.”

리샤와 헤어진 후 여자 기숙사의 자기 방으로 돌아온 룩스는 실내복으로 갈아입고 휴식을 취했다.

룩스가 『칠용기성』으로 각국을 바삐 돌아다니는 동안에도 리샤는 격무를 수행하면서 기룡 개발만이 아니라 왕녀로서도 적극적으로 노력하고 있었다.

겉으로 드러나는 공적은 아니지만, 트라이어드의 장갑기룡을 강화하거나 『기사단』 멤버의 신장기룡을 수리하는 등 뒤에서 상당히 활약하고 있다는 것은 의심할 여지가 없다.

"나도, 바깥 문제만 신경 쓸 게 아니라, 기사로서 리샤 님께 힘이 되어드려야 하는데……."

진심으로 이상적인 주인을 섬기게 되었다고 생각했다.

그와 동시에 한결같은 그녀의 모습에 어딘지 모르게 끌리고 있다는 사실도 깨달았다.

『이 싸움이 끝나더라도, 너는…… 아니, 아무것도 아니다.』

"설마…… 그럴 리가."

리샤가 꺼내려다 만 쓸쓸하게 느껴지던 한마디에는 다른 감정도 포함된 것 같았다.

앞으로도 계속, 곁에서 자신을 지탱해줬으면 좋겠다는.

하지만 만약 그게 룩스의 착각이 아니라면, 이 궁지에서 벗어나 『대성역』을 해방한 후에 룩스는—.

"……아차, 지금은 이런 고민을 할 때가 아니지."

거울 앞에서 표정을 살짝 긴장시키며 룩스는 다시 기합을 넣었다.

지금은 잠시 소강상태에 접어들었지만 너무 방심해서는 안 된다.

이 상황이 언제 반전해서 긴 사투로 변하게 될지 모르니까.

소녀들을 방문하는 것은 끝났다.

부상이 심각한 요루카는 당분간 움직일 수 없겠지만, 그래도 그녀를 비롯한 세리스, 피르히, 크루루시퍼, 리샤.

결전의 주축이 되어줄 소녀들과 마음이 연결되었다.

이제, 어느 정도 마음에 걸리는 점이라면 딱 하나뿐—.

룩스가 생각에 잠겨 있는데 똑똑, 문을 두드리는 소리가 들렸다.

"헬로~ 루크찌 오늘은 잘 보냈어~? 목욕탕 비었다구—?"

"고마워, 티르파."

트라이어드의 티르파가 친근한 목소리로 소식을 전해주었다.

룩스가 대답하면서 방문을 열고 얼굴을 내밀었다.

"어때, 다른 사람들이랑은 이야기 잘 했어?"

"응. 리샤 님도 만나 뵀으니까, 이제 남은 건 한 명이네."

"글쿠나. 그럼 마침 잘됐네. 녹트에게도 말해둬야지."

무언가 꿍꿍이가 있는 것처럼 입가를 가리고 수상하게 웃는 티르파.

룩스가 의아한 얼굴로 쳐다보자 표정을 읽은 티르파가 대답했다.

"아니 그게~ 녹트가 마침 상담을 요청했거든—. 지난번 전투 이후로 아이리의 태도가 좀 이상하잖아. 마음이 딴 곳에 있는 것 같달까. 그리고 뭔가 생각할 게 많아 보이기도 하구."

"무슨 일이, 있었던 걸까?"

배신한 『열쇠 관리자』 소피스 엑스퍼에게 납치당했다가 돌아온 것은 알지만, 그때는 『아무 일도 없었다』라고 대답했다.

컨디션이나 태도에 변화가 있는 것 같은데, 무슨 고민이라도 있는 걸까?

'그러고 보니, 신성 아카디아 황국의 리스트를 발견했을 때도 혼자 끙끙 앓았지.'

아이리는 그 외모에 어울리게 차분하고 머리 좋은 소녀다. 하지만 유일한 가족인 룩스에 관해서 만큼은 남들보다 더 걱정하는 성격이었다.

'아니지, 그건 분명 내 탓이야…….'

룩스의 관점에서 보자면 잡일 의뢰로 바쁜 것은 일상적인 일이고, 성가신 문제에 휘말려서 위험을 겪는 것도 그 상황에서는 부득이한 선택이다.

그러나 아이리의 관점에서는 룩스가 매번 무모한 행동을 하는 끝에 죽음의 문턱을 밟고 오는 것으로만 보이는 것이리라.

실제로 그게 맞기 때문에 반론의 여지가 없었다.

'하지만, 앞으로 조금밖에 안 남았어. 이제 곧 끝날 거야.'

세계의 붕괴를 막아야 하는 까닭에 앞으로 무모한 짓을 하지 않겠다고 단언할 수는 없었다.

하지만 룩스는 물론 아이리를 남겨두고 죽을 생각은 없었다.

한 번 더, 제대로 이야기를 해둬야 한다.

룩스는 그런 생각을 하면서 대욕탕 문을 열고 들어갔다.

더운물을 끼얹은 다음 몸을 씻으려고 샤워장으로 가는데,

큼지막한 대리석 기둥 쪽에서 소리가 들렸다.

"어라……?"

이상하다.

트라이어드에게 듣기로는 이 시간에는 분명 그 혼자 쓰기로 되어 있을 텐데.

'설마…… 침입자?'

순간적으로 발소리를 죽이고 룩스는 숨을 삼켰다.

보통 때라면 말도 안 되는 일이지만, 만약 룩스를 노리는 암살자가 있다고 가정하면 이야기가 달라진다.

신왕국의 『칠용기성』인 룩스가 『용비적』 등의 암살 대상이 될 가능성은 충분하다.

어떻게 보자면 늘 누군가와 함께 있는 룩스가 홀로 무방비하게 있는 얼마 안 되는 시간이다.

실제로 옷은 물론 기공각검도 풀어놓고 왔기 때문에 이 상황에서 습격당하면 막을 재간이 없었다.

면도칼 하나조차 무기로 삼을 수 있는 요루카라면 또 다르겠지만—.

"……하아. 벌써 시간이 이렇게 되다니."

그때, 룩스의 추측을 증명하듯 기둥 반대편에서 한숨이 들렸다.

그 소리를 들은 룩스는 숨을 죽이고 상대의 동향을 살폈다.

'역시, 있어……! 한 명이야.'

이 상황에서 싸워서 우위를 점하려면 선공뿐이다.

상대가 룩스를 눈치채지 못한 사이에 제압할 수밖에 없다.
'좋아—.'
심호흡을 몇 차례 한 다음 룩스는 각오를 다졌다.
두 팔을 묶기 위한 수건을 한쪽 손에 들고 기둥 쪽으로 천천히 접근했다.
짙은 연기처럼 자욱하게 낀 수증기 속에서 그 그림자가 돌아보는 순간 룩스는 움직였다.
"꼼짝 마!"
기선을 제압하려고 일부러 거칠게 말했다.
"—흡?!"
팔을 붙잡아서 당기자 거리가 좁혀지며 침입자의 정체가 드러났다.
매끄러운 은발이 흔들리고, 티 없이 맑은 회색 눈동자가 깜짝 놀라 크게 열린다.
순간적으로 거울에 비친 자기 모습으로 착각한 그 인물은—희고 아름다운 나신이었다.
"……어라?"
"누, 누구……?!"
소녀의 가녀린 손목을 붙잡은 채 룩스의 사고가 굳어버렸다.
그것은 다름 아닌 룩스의 여동생, 아이리였다.
"—꺄아아아아악!"
날카로운 소녀의 비명이 울려 퍼지자 겨우 몇 초 만에 발소리를 요란하게 내며 몇 명의 소녀가 달려왔다.

"왜 그래, 아이리! 무슨 일이야!"

"……아, 아뇨, 시끄럽게 해서 죄송해요. 미끄러져서 넘어질 뻔했는데, 괜찮아요. 다치진 않았어요."

아이리는 그렇게 대답해서 대욕탕까지 들어온 동급생들을 돌려보냈다.

그 바로 옆, 우윳빛 욕탕 속에 룩스가 숨어 있었다.

"이젠 괜찮아요, 오빠."

"푸핫!"

룩스가 물속에서 머리를 내밀자 아이리는 뺨을 붉게 물들이며 고개를 돌렸다.

"……이쪽은 보지 마세요. 또 보면, 그때야말로 사람을 부를 테니까요."

"아, 응. 미안해……."

실제로 알몸을 봐버린 룩스는 변명의 여지가 없었다.

아이리가 병약했을 때는 자주 함께 목욕하곤 했지만, 역시 옛날과는 몸매가 달랐다.

가슴의 볼륨 쪽은, 거의 성장하지 않은 것 같기도 한데—.

"저속한 상상을 하면 바닥에 가라앉힐 줄 아세요."

"아무 생각도 안 했습니다……."

등을 돌리고 있는데 어떻게 룩스의 마음을 읽는 것일까?

역시 혈육이기 때문일까.

하지만 아이리가 온정을 베풀어준 덕분에 사감에게 끌려가는 처사만큼은 가까스로 면했다.

"……녹트가 꾸민 짓이군요. 번역 작업이 조금 길어지는 바람에 저 혼자 늦게 들어가게 되었으니까."

"나는 영락없이 암살자나 불청객이 숨어든 줄 알고……."

룩스가 변명하자 아이리는 기막힌 듯 탄식했다.

"그런 일은 일어날 수 없어요. 오빠는 자기가 어떤 처지라고 생각하는 건가요?

서로 등을 돌리고 앉은 상황에서 룩스는 물어보았다.

"그게, 무슨 소리야……?"

그러자 전혀 예상하지 못한 대답이 돌아왔다.

"요즘 오빠가 목욕할 때마다 녹트가 《드레이크》에 장비된 레이더로 주위를 감시하고 있어요. 늘 홀로 대욕탕에 들어가는데, 무방비한 그 상황을 누가 노리기라도 하면 곤란하니까요."

"그, 그랬어?"

"뭐, 제가 개인적으로 요청한 거긴 해도 학원장님께 허가는 받아뒀어요. 도대체가 오빠는 경계심이 너무 부족해요. 이 학원에 사니아 선배 같은 스파이가 침투 중일지도 모르는데, 아무 대책도 없이 그래도 되는 건가요?"

"으음…… 그건, 그렇지."

너무 요란하게 경계망을 펼쳐서 학생들을 자극하는 것을 피하는 동시에 적의 동향을 탐지하기 위해서 녹트가 감시를 맡아주었다는 이야기인 것 같은데—.

"……아니, 잠깐만! 그럼 이상하지 않아? 녹트는 지금 나랑 아이리가 같이 있는 걸 안다는 건데……."

녹트는 목욕탕에 늦게 들어간 아이리를 막지 않았고, 그 상황에서 룩스에게 목욕탕이 비었다고 알려준 사람은 같은 트라이어드 멤버인 티르파다.

가령 그녀들 사이에서 착오가 생겼다 해도 《드레이크》로 탐지 중이라면 녹트도 이 상황을 알아차렸을 텐데—.

"그래서 제가 화내는 거예요. 나중에 녹트한테 따끔하게 한마디 해줘야지……."

등 뒤에서 아이리가 뺨을 부풀리고 있다는 것을 돌아보지 않아도 알 수 있었다.

말하자면 이것은 분명 트라이어드의 작전이다.

무언가 고민하고 있지만 털어놓지 않는 아이리의 속내를 룩스가 물어봐주길 바란다는 의미이리라.

'방식은 여전히 엉망이지만 말이야…….'

룩스는 내심 기막혀하면서도 그녀들의 기대에 부응하기로 했다.

아이리를 만나봐야겠다고 생각한 것은 룩스도 마찬가지였으니까.

"그러고 보니 아이리는 요즘 어떻게 지내? 요 며칠 동안 난 계속 신왕국 군사 회의에 참석하느라 학원에 거의 없었잖아."

"딱히 특별한 건 없네요. 평소처럼, 오빠가 일으킨 사건을 뒤치다꺼리하느라 정신없이 보내고 있어요."

"아, 아하하……."

어색한 웃음으로 반응한 후 대화가 끊겼다.

목욕물이 뒤섞이는 소리와 하얀 수증기만이 시간을 새긴다.

어렸을 적부터 함께 살아온 여동생이라고 해도 단둘이 같은 욕조에 몸을 담그고 있는 것은 조금 부끄러웠다.

하지만 그러는 동시에 룩스는 기묘한 그리움을 느꼈다.

어렸을 때의 아이리는, 병약하지만 룩스에게 찰싹 달라붙어서 어리광을 부리는 솔직한 아이였다.

나이를 먹어가면서 언변이 뛰어난 어른스러운 아이로 자랐지만, 마음 깊은 곳은 지금도 변함없다고 생각했다.

"있잖아, 아이리에게 걱정만 끼치고 속을 썩이는 건 정말 미안해. 이 싸움이 끝나면, 이제까지 못 해준 만큼 꼭 보답할 테니까……."

"그런 식으로, 매번 저를 어린애처럼 취급하지 마세요."

룩스가 비위를 맞추려고 하자 즉시 신랄한 대답이 돌아왔다.

분명 여느 때처럼 어이없어하는 도끼눈을 뜨고 있겠지.

"딱히 오빠에게 바라는 건, 이 이상 아무것도 없으니까요."

"그, 그렇구나. 그건 그것대로 좀 아쉬운걸……."

룩스가 미묘하게 동요하면서 씁쓸하게 웃자 아이리는 바로 부정했다.

"아니에요. 그런 뜻이 아니라, 과하게 충분하다 싶을 정도라는 거예요. 원래대로라면 신왕국의 백성들에게 기피당해야 할 존재인 우리 황족의 처우를 개선하려고, 저는 사교성을 보이고 유적 고문서를 해독하는 능력으로 노력해왔어요. 하지만— 오빠는 다른 사람들과 교류하고 충돌하면서 서로 이해하게 되었고, 인정받기에 이르렀죠."

"그건, 우연이야. 모두가 잘 대해주었고, 아이리가 학원에 있어 준 덕분인걸."

조금 낯간지러워하는 말투로 대답하며 룩스가 머리를 긁었다.

하지만 아이리는 조금 전과 똑같이 담담하게, 차분한 목소리로 말을 이었다.

"그러니까— 그 반대라구요. 전 오빠한테 무언가를 바라는 게 아니라, 오빠의 바람에 부응해줄 수 없어서, 괴로워요. 장갑기룡을 운용할 체력과 기술을 지니지 못한 저는, 신왕국이 궁지에 몰린 이 상황에서도 힘이 되어둘 수가 없어요. 제 힘으로 오빠를 지킬 수 있다면, 싸우고 싶었는데……."

"아이리……."

변했지만, 변하지 않았다.

아이리는 그때나 지금이나 줄곧 룩스의 안위를 걱정하는, 오빠를 생각하는 동생이다.

이 세상에 남은 유일한 가족의 순수한 마음을 알게 된 룩스는 진하게 감동했다.

그 마음만으로 충분했다.

자신이 무엇을 위해 싸우는 것인지, 그 목적만 확실하다면 망설임은 없었다.

"전에도 말했지만, 아이리가 기다리고 있어서 나는 싸울 수 있는 거야. 저번에 『달』에 납치당했을 때도 억장이 무너지는 줄 알았어. 그러니까, 지금 이대로면 충분해. 함께 싸워주는 것보다 훨씬 큰 힘을 받고 있으니까."

"하아…… 그렇게 여자들이 듣기 좋은 말만 해주고, 앞으로 어쩌려는 거예요? 성야제 때 여학생들이 오빠에게 주려고 하는 선물들, 제가 정리하지 않으면, 아주 난리가 날 걸요?"

목욕물에 어깨까지 담근 아이리가 도끼눈을 뜨고 뒤돌아보면서 기가 찬다는 듯 말했다.

어느 틈에 일이 그렇게 된 걸까?

렐리가 하겠다고 언급한 이벤트가 벌써 조금씩 무서워진다…….

"그, 그런 고로 못 미더운 오빠니까, 부족한 나를 부디 잘 부탁할게."

룩스가 쓴웃음을 지으며 부탁하자 아이리도 미소 지으며 농담으로 대답했다.

"……하여간 오빠는 답이 없다니까요. 제가 없으면 아무것도 못 하니까요."

그렇게 남매는 가족 간의 정겨운 시간을 즐겁게 보냈다.

†

옷 갈아입는 데 시간이 걸린다고 해서 먼저 대욕탕을 떠난 것은 룩스였다.

잠시 혼자 남게 된 아이리는 생각에 잠겼다.

결국— 진짜 고민을 오빠에게는 말하지 못했다.

지난번 전투 당시 제7 유적『달』에 납치당했을 때,『칠용기성』의 배신자 소피스가 어떤 거래를 제안했다는 이야기를.

룩스가 이 이상 위험한 짓을 하게 둘 수는 없었다.

『이 싸움을 피를 보지 않고 끝낼 방법이 있어. 그 열쇠는, 자각은 없을지도 모르지만 당신이 쥐고 있지. 다음에 우리가 당신을 불렀을 때, 거기에 응해줬으면 해.』

그때 얼굴에 붉은 문신을 한 흑발 소녀는 아이리에게 그렇게 말했다.

『용비적』과 내통해서 신왕국이 리샤에게 맡긴『그랑 포스』를 탈취한 것을 생각하면, 그녀는 틀림없이 적일 터다.

『당신 입장에서는 신왕국의 배신자가 되는 선택일지도 몰라. 하지만 세계를 생각하면 이게 가장 좋은 방법일 거야.』

『열쇠 관리자』인 소피스와 그녀의 여동생 우르크 셉티로 알려진『달』의 자동인형 리 프리카는, 그녀들 나름대로 세계를 구하려 한다는 생각을 보였다.

『만약 당신이 우리를 배신한다면「달」의 기능―「광월(狂月)(루나틱 콜)의 종」을 발동해서 모든 환신수와 종언신수를 모아 신왕국을 쳐부수겠어. 당연히 당신 오빠도 죽게 되겠지. 그래도 괜찮다면 거래를 거부해도 돼.』

그녀들은 세계 연합도『창조주』들도 믿지 않으며 단독으로

『대성역』의 해방을 꾀하고 있다.

현재 제7 유적 『달』의 무장과 남은 라그나뢰크의 위협 때문에 각국은 자유롭게 움직일 수 없는 상황이었으나, 현재 아이리는 그녀들이 세운 계획의 열쇠를 쥐고 있었다.

여기서부터는 아이리의 개인적인 추측이지만, 아마도 『그랑포스』를 수납해서 유적을 해방하는 것은 아카디아 일족에게만 가능한 것 같았다.

다시 말해 그녀들이 『대성역』을 차지하는데 필요한 마지막 조건이 되어달라는 이야기일 것이다.

그 계획에 협력하겠다는 약속만 지키면 해를 끼치지 않겠다면서.

그 제안을 거부한다면 『달』의 기능으로 라그나뢰크에 명령해서 신왕국을 멸망시킬 터.

하지만 그녀들이 세계지배를 노리는 악일 경우, 아이리의 선택이 원인이 되어 당연히 모든 것이 끝나리라.

그래도— 그녀들은 아이리가 자살을 결심했을 때 아무 짓도 하지 않고 넘어가 주었다.

『웬만하면 여동생을 죽이고 싶진 않아. 과거에 그 「모형 정원」에서 내 소중한 여동생— 우르크를 속여서 갈가리 찢어버린 그 배신자들과 같은 짓은 하지 않겠어.』

물론 그녀의 이야기가 지어낸 것일 가능성도 부정할 수는 없다.

교섭할 때는 밀어붙이기만 하는 게 능사는 아니다. 때에 따라서는 물러날 때 잘 풀리는 경우도 흔하다.

궁지에 몰린 아이리에게 온정과 이해하는 모습을 보여줘서 협력을 재촉한 것일지도 모른다.

그럴 가능성도 충분했다.

거기까지 고려하였음에도— 아이리는 그녀들의 거래에 응하기로 마음먹은 것이었다.

그 선택이 옳다고는 생각하지 않았다.

자신의 행동이 들통나면 신왕국 측에 처형당할지도 모른다.

우선은 『대성역』이 해방되기 전에 그녀들의 목적이 무엇인지 확실하게 알아내야만 한다.

"제 싸움은, 지금부터로군요."

아무에게도 밝힐 수 없었지만, 얼마 전 그녀들이 보낸 편지에 명시된 약속 시각이 코앞으로 다가왔다.

아이리는 대욕탕에서 나와 교복으로 갈아입고 건물 사각지대에서 《드레이크》를 운용 중인 녹트에게 신호했다.

레이더를 해제하라고 전달한 후 녹트를 만난 아이리는 오빠를 대욕탕에 불러낸 것에 불평하고, 마지막으로 할 일이 생각났으니 잠시 혼자 있게 해달라고 말했다.

학생은 출입이 금지된 비밀방에 용건이 있다고.

"Yes. 방에서 기다리고 있겠으니, 아이리는 감기에 걸리지 않도록 조심하시길."

학원 외곽은 경비 기룡사가 지키고 있으니 문제없다.

『칠용기성』 마기알카도 지원군 자격으로 학원에 체류 중이지만, 렐리와 술판을 벌이다가 고주망태가 된 것을 확인했다.

이것으로 이제 방해받을 걱정은 없었다.

입구 열쇠는 낮에 『기사단』에 출입했을 때 슬쩍해두었다.

아이리는 이미 아무도 없을 제4 기룡 격납고로 걸음을 옮겼다.

Episode 3 달 아래의 두 마리 용

왕립 사관 학원에 세워진 제4 기룡 격납고.

지하실에는 중요한 기룡이나 서고 등의 시설이 있지만, 높은 옥상에는 아무것도 없다.

그저 낮은 울타리에 둘러싸인 휑뎅그렁한 직사각형 공간이 펼쳐져 있을 뿐이다.

아이리는 출입금지 장소인 그곳에 서서 온몸으로 차가운 밤바람을 맞았다.

학원 내에서 달이 잘 보이는 높은 곳.

그곳이 거래를 제안한 소피스 엑스퍼와 만나기로 한 장소였다.

약속대로 격납고 주위에는 아무도 없었다.

다른 사람들에게도 이 사실은 알리지 않았다.

"기껏 목욕을 마친 참인데 몸이 식어버리겠네."

"—그렇다면 이야기를 빠르게 끝내겠어. 나도 추우니까."

"……흡?!"

주위에 아무도 없어서 투덜거리던 아이리는 갑자기 뒤쪽에서 들려온 목소리에 깜짝 놀라며 숨을 들이켰다.

뒤를 돌아보자 거기에는 노출이 심한 장의와 신장기룡 《브리트라》를 장착한 갈색 피부의 소녀— 소피스 셉티, 아니 소피스 엑스퍼가 서 있었다.

"대체, 언제부터……."

"그렇게 오래 기다리진 않았어. 하지만, 지금부터는 피차 시간이 없지."

그것은 꾸물거리다가는 누군가에게 들킬 위험성이 높다는 의미일 것이다.

하지만 소피스는 초조해 보이지 않았으며, 그저 담담하고 억양 없는 어조로 계속 말했다.

"지금까지 모습이 보이지 않았던 건 《브리트라》의 신장 덕분인가요?"

타오르는 불꽃 같은 그러데이션이 들어간 울금색 신장기룡.

기묘한 곡선을 그리는 실루엣을 보며 아이리가 물었지만 소피스의 반응은 쌀쌀했다.

"그건 말할 수 없어. 나는 비밀이 많은 여자거든."

"……."

사실상 정답이라고 대답하는 게 아닌가 싶은 기분이었지만 아이리는 지적하지 않았다.

처음 만났을 때는 긴박한 상황이었기 때문에 무서웠지만, 의외로 재미있는 여자애일지도 모른다는 생각이 들었다.

"확인할 것은 하나. 당신은 지금부터 나와 『모형 정원』에 들어가서 『그랑 포스』를 수납, 해방할 거야. 몇 시간 뒤에 돌아올 예정인데, OK?"

"잠깐, 잠깐만요! 남은 크리스털 두 개는 아직 라그나뢰크 안에 있을 텐데, 그건 어떻게 된 거죠?"

아이리는 소피스와 대화하는 동안 정보를 최대한 알아내려고 일부러 물어보았다.

다짜고짜 『모형 정원』을 해방할 예정이라는 이야기에 놀랐지만, 만약 『모형 정원』의 라그나뢰크를 이미 쓰러뜨린 거라면— 아니면 간단히 쓰러뜨릴 수단이 있는 거라면 내막을 알아둬서 나쁠 것은 없다.

그것이 룩스 일행의 돌파구가 되어줄지도 모르니까.

"그건…… 큭?"

소피스가 정색한 표정으로 대답하려는 찰나, 그녀의 허무한 두 눈이 크게 뜨였다.

그 직후 눈에 보이지 않는 속도로 소피스와 《브리트라》가 바로 옆으로 나가떨어졌다.

"……?!"

한 박자 늦게, 이번에는 아이리가 놀랄 차례였다.

격납고 옥상은 사방의 벽이 낮으므로 그대로 추락— 하는 줄 알았지만, 소피스와 《브리트라》는 공중에서 뚝 멈춰섰다.

"……교섭결렬. 유감스럽지만, 내 소망은 이루어지지 않았네."

허공을 딛는 것처럼 공중에 떠서 《브리트라》를 장착한 소피스가 중얼거렸다.

그 동체는 용미강선(와이어 테일)이 칭칭 감긴 채 다른 장갑기룡에게 구속당해 있었다.

"왜 네년이 이곳에 있지? 졸부 대장."

"앗……?!"

소피스의 나지막한 목소리를 들은 아이리가 그녀의 시선이 향하는 방향을 보았다.

어느새 옥상에 서서 소피스와 대치하기 시작한 사람은 선명한 분홍색 신장기룡을 착용한 오렌지색 머리카락의 여성이다.

마기알카 젠 반프리크.

세계를 좌우하는 반프리크 상회의 수장이자 『칠용기성』 대장을 역임 중인 대부호 소녀.

—아니, 겉모습만 어려 보이는 묘령의 여성이 오만한 웃음을 머금고 서 있었다.

몸에 딱 맞는 작은 장의 위에 늘 입고 다니는 상의를 걸치고 있다.

그녀의 임전 태세는 아이리도 처음 보았다.

하지만 아이리가 당황한 이유는 지금까지 아무 기척도 없던 옥상에 갑자기 마기알카가 나타났기 때문만은 아니었다.

'저 신장기룡은, 대체—?!'

그녀가 거느린 기룡은 지금까지 아이리가 보아온 것과는 형태가 너무나도 달랐다.

일단 넓은 기룡 격납고 옥상의 5분의 1을 차지할 정도로 거대했다.

게다가 그 기룡에는 다리가 없었다.

상반신만 존재하는 거대한 다중장갑은 마기알카의 몸 자체를 직접 덮고 있지 않았다.

그녀의 등 뒤에 우뚝 서 있는 수호신처럼 그 모습을 드러내고 있을 뿐이었다.

마기알카의 주위를 둘러싼 거대한 반원형 장갑은 《드레이크》를 연상하게 했지만, 그 프레임에서 튀어나온 일곱 개의 기둥 같은 장갑 팔뚝이 엄청난 물량과 위압감을 자랑했다.

흡사 1인 군대.

고작 한 기의 장갑기룡이 기룡사들의 중장병(팔랑크스) 진형을 방불케 하는 위용을 자랑하고 있었다.

"이 모습을 숨기느라 고생 좀 했지. 여하간 한 번 장갑을 전개하면 움직일 수 없는 녀석이라 말이야. 그런 연유에서 자기소개가 늦었다네— 배신자여."

"……『달』의 데이터베이스에 실려 있었어. 그게 특장형 신장기룡 《요르문간드》인가."

"명색이 대장인데, 지금까지 싸우는 모습을 보여주지 못해서 미안허이. 허나, 이래봬도 책임감은 강한 편이라 배신한 부하의 뒤처리를 하기 위해서 왔지. 순순히 투항하면 처벌도 가벼워질 것이네만?"

도발적으로 웃으면서 마기알카는 턱을 쳐들었다.

"뒤처리? 나는 아무도 배신하지 않았어. 처음부터 나는 나를 위해서만 싸웠으니까."

《요르문간드》의 길고 두꺼운 와이어 테일에 구속당한 소피스는 싸늘한 말투로 대꾸했다.

"그런가, 그럼 교섭결렬이로구먼. 내 거래를 걷어찬 죄는 무겁다는 걸 명심하시게."

"……."

마기알카가 요사하게 웃자 살갗을 찌르는 긴장감이 감돌았다.

그러나 지금부터 치열한 전투가 벌어질 거라고 예상했을 때, 불현듯 마기알카의 시선이 아이리 쪽으로 옮겨갔다.

"늦어서 미안하네, 룩스의 누이여. 이 신장기룡의 기척을 지우고 전개하는 것은 조금 어려워서 말이지."

"아, 아니에요……. 하, 하지만 어떻게 여기 계신 거죠? 마기알카 씨는 렐리 학원장님의 거처에서 주무시고 계셨던 게……."

"그건 변장한 내 보좌관이라네. 롤로트라는 이름의 집사인데, 아직 어린 소년이지만 수완이 좋고 여장도 잘 어울리지."

익살스럽게 대답하는 마기알카를 보고 약간 깨는 기분을 느끼며 아이리는 계속해서 의문을 제기했다.

"아뇨, 그보다도 어떻게 저랑 그녀 사이를 눈치채고……."

"나를 누구라고 생각하는가? 그대가 한 번 『달』의 녀석들에게 납치당한 시점에서 무슨 일이 있었을 거라고 생각하는 것이 타당하지. 이제까지의 경위를 보고 유적 해방에 그대를 이용하려는 것 같다고 보았는데, 예상이 적중한 모양이로구먼."

"……."

마기알카의 추측을 듣고 아이리가 숨을 죽인 순간 공중에 떠 있던 소피스의 《브리트라》가 갑자기 소리 없이 움직이기 시작했다.

기척도 없이 꺼낸 기룡조인(대거) 세 자루를 마기알카에게 투척하더니 그 뒤를 좇아 비행했다.

"윽……?!"

쐐액! 공기를 가르는 소리와 함께 와이어에 구속된 《브리트라》가 날았다.

—빠르다.

아이리가 그렇게 소리 낼 새도 없이 마기알카의 눈앞에 대거가 닥친다.

간발의 차이로 《요르문간드》의 거대한 팔을 휘둘러 그것을 튕겨내고 두 번째 장갑 팔을 당기며 강철 주먹을 불끈 쥐는 마기알카.

상반신만 존재하며 지면에 고정하는 설치형 신장기룡인듯 한데, 일곱 개의 팔에 장비된 각종 무장을 통해 다채로운 공격방법을 예상할 수 있었다.

역시 피르히의 스승이라는 걸까. 아이리는 그렇게 생각했지만, 《용교박쇄(파일 앵커)》처럼 끌어당기는 기능은 없는 듯했다.

그러나 거대한 장갑을 두른 마기알카의 자세를 읽어 들이는 것처럼 배후에 우뚝 선 《요르문간드》도 똑같이 따라 움직였다.

팔로 호를 그리는 방어 자세에서 적을 부수는 주먹을 휘두르기 위한 자세로 전환.

그 동작에서 뿌려낸 혼신의 정권지르기가 그대로 《브리트라》에 꽂힌다.

"—《바람의 위광(마하푸라나)》."

"……?!"

그러나 어마어마한 충격이 대기를 관통한 직후 마기알카의 표정이 험악하게 변했다.

장갑에 뒤덮인 거대한 바위 같은 주먹이 소피스의 눈앞에서 멈춰 있었다.

"그것이 《브리트라》의 신장인가? 이 이상 주먹이 닿지 않는 것은 장벽 탓이 아니로군. 내 주먹은 그렇게 녹록하지 않을 터야."

"네년과는 교섭의 여지가 없어. 미안하지만, 여기서 죽어줘."

마기알카의 물음에 소피스는 대답하지 않았다.

다만 그 대신이라는 것처럼 중형 기룡(캐논)식포를 들고 겨냥했다.

"그런 장난감 총으로 내 《요르문간드》의 장벽을 부술 수 있을 거라고 생각하는가? 이 기룡은 한 번 설치하면 쉽게 움직일 수 없는 대신에 압도적인 공격과 수비를 자랑한다네."

등 뒤에 존재하는 일곱 팔뚝에 장비된 무장이 꿈틀거리며 암흑 속에서 연한 빛을 띤다.

손이 빈 팔이 두 개, 손목 아랫부분이 기관총으로 된 팔이 하나, 검 모양 팔이 하나, 대포형 팔이 하나, 대거가 꽉 들어차 있는 상자가 하나, 끝으로 《브리트라》를 휘감고 있는 와이어 테일로 된 것이 하나.

거대한 일곱 개의 장갑 팔이 각 장갑기룡의 대표 무장으로 구성되어 있다는 것일까.

"당신과 시시한 이야기를 할 여유는— 없어."

그것을 보고도 겁먹은 기색도 없이 소피스가 중얼거린 순간, 아이리는 짧게 숨을 삼켰다.

조금 전 소피스가 던져서 마기알카가 튕겨냈을 대거가 방향을 틀더니 뒤쪽에서 탄환처럼 날아온 것이었다.

"……음?!"

순간적으로 반응한 마기알카가 팔 여섯 개를 휘둘러서 그것을 떨어뜨렸다.

그 순간 소피스가 중형 캐논을 발사해서 장갑의 벽에 보호받는 마기알카를 저격했다.

—굉음, 그리고 섬광.

"앗……!"

사방을 뒤덮은 폭연이 걷혔을 때, 아이리는 《브리트라》의 허리춤에 안겨 있었다.

《브리트라》는 와이어 테일에 구속돼서 제대로 움직일 수 없었을 터다.

그럼에도 불구하고 아이리 쪽이 그녀에게 끌려가 공중에 떠올라서 붙잡히고 말았다.

"역시 덩치 때문인지 방어가 튼튼하네. 하지만 이미 승패는 정해졌어."

허무한 표정을 지은 소피스가 《브리트라》의 장갑 팔을 움직여 대거 끝을 아이리의 목덜미에 갖다 댔다.

직접 공격에는 태연하던 마기알카가 아이리라는 인질을 잡힌 상황이었다.

“과연. 예상대로 《브리트라》의 신장은 움직임을 조종하는 궤도 제어로구먼? 내 주먹을 비껴낸 것도 그렇고, 떨어져 있는 아이리를 끌어당긴 것도 그렇고. 지정한 대상을 자유롭게 움직이는 힘이 있어. 허나, 동시에 몇 종류나 조작할 수 있는 것은 아닌 모양이로구먼.”

자기 머리를 집게손가락으로 톡톡 두드리며 마기알카가 미소 지었다.

그러나 소피스는 고찰하는 상대를 무시하고 요구사항을 말했다.

“알아차린들 무슨 의미가 있지? 내 《브리트라》를 구속한 와이어 테일을 풀어. 안 그러면…….”

“그래, 동시에는 못 한다 이거지. 네 녀석이 그 구속을 풀지 않은 이유도 거기에 있지. 만약 와이어 테일을 푸는 데 신장을 썼다면, 내 공격을 궤도 제어로 막을 수 없으니까 말이야. ……요약하자면, 예상대로 내 《요르문간드》의 화력은 네 녀석의 장벽을 어렵잖게 돌파할 수 있다는 이야기렷다.”

“…….”

그 말을 듣고도 소피스의 안색은 조금도 변하지 않았다.

하지만 즉시 움직이려 하지 않는다는 것은 마기알카의 지적이 옳다는 방증이었다.

“와이어 테일을 풀지 않으면 달아날 수 없지만, 그러려고 신장을 쓰면 내 공격을 방어할 수 없게 되지. 따라서 네 녀석은 그 소녀를 인질로 붙잡아서 내 공격을 원천봉쇄하기 위한 방패를 만든 게야. 내 생각이 맞는가?"
"그러는 당신은, 굳이 구구절절 설명하며 시간을 끌고 있지."
마기알카의 도발적인 미소에 소피스는 냉소로 대응했다.
"조금 전 캐논의 폭음 때문에 곧 학원의 기룡사들이 달려오겠지……. 미안하지만 생각대로는— 안 될 거야."
그 순간 《브리트라》의 장갑이 빛을 머금더니 휘감긴 와이어테일이 저절로 느슨해졌다.
신장 《바람의 위광》의 궤도 제어 능력을 이용한 구속 해제.
그 빈틈을 지우려는 것처럼 소피스는 장갑 팔로 아이리의 허리를 붙잡은 채 자기 앞으로 내밀었다.
"—윽?!"
적의 방패가 된 아이리의 몸이 긴장으로 딱딱하게 굳었다.
비행형 신장기룡인 《브리트라》는 와이어만 풀리면 하늘로 날아오를 수 있다.
《요르문간드》는 다른 예를 찾아볼 수 없는 설치형 거대 기룡이므로 그대로 도망칠 수 있다고 계산한 것이리라.
설마 마기알카가 무작정 공격하진 않을 테지만, 아이리는 어떻게 움직여야 할지 망설였다.
그러나— **그 설마가** 현실이 되었다.
"호오, 머리는 제법 좋은 것 같구먼. 허나— 어설퍼."
"뭐?"
소피스의 얼굴에 당황한 빛이 떠오른 순간 《요르문간드》의 거대한 머리에 에너지가 집중되었다.

파직파직 소리를 내면서 역장의 빛이 소용돌이치더니 용의 포효로 변해 해방되었다.

“—기룡포효(하울링 로어)!”

“거짓, 말……?!”

아이리를 방패로 내세웠음에도 불구하고 일반 장갑기룡보다 몇 배는 강력한 충격파의 소용돌이가 들이닥친다.

기룡을 장착 중이라면 몰라도 맨몸으로는 틀림없이 살아남을 수 없는 위력.

《브리트라》는 궤도 조작 신장 《바람의 위광》을, 몸을 구속하던 와이어를 푸는 데 사용해서 막을 수 없다.

‘—흑?! 오빠!’

아이리가 눈을 질끈 감으며 비는 순간 그녀의 몸이 뒤로 당겨졌다.

“아……?”

당황하며 눈을 뜨니, 소피스는 방패로 내밀었던 아이리를 《브리트라》 뒤쪽— 장벽 뒤에 숨겼다.

그러나 완벽하게 막아내진 못한 탓에 격납고 옥상 밖으로 밀려나갔다.

아이리의 몸에서 중력의 감각이 사라졌다.

“……그럴 줄 알았지. 그 여동생이 죽으면 『모형 정원』을 해방할 수 없으니 말이야. 그대가 굳이 위험까지 무릅쓴 보람이 없어지게 되겠지. 그 사실을 아는 이상— 방패로 삼아본들 허세조차 못 된다네.”

"……윽?!"

처음부터 꿰뚫어 보고 있었다는 듯한 말투에 아이리는 내심 전율했다.

『칠용기성』 부대장인 싱글렌은 기룡사로서 압도적인 실력을 지녔지만, 이 마기알카는 상대의 전략을 읽는다.

순식간에 간파해서 빈틈을 찌르고 망설임 없이 실행한다.

무술가로서의 기술과 호흡을 파악하는 눈썰미만 뛰어난 것이 아니었다.

대상인으로서의 통찰력과 도박을 두려워하지 않는 성격.

그런 의미에서 그녀는 분명히 대장에 걸맞은 실력을 갖추고 있었다.

씨익, 심술궂게 웃은 마기알카가 두 팔을 움직이자 《요르문간드》가 추가로 공격할 자세를 취했다.

사용자의 움직임에 연동하는 것처럼 등 뒤의 거룡의 팔이 삐걱거리더니 소피스를 향해 철퇴 같은 일격을 휘둘렀다.

범선의 마스트처럼 거대한 장갑 팔의 중량을 실은 손날치기.

정통으로 맞으면 큰 타격을 입을 게 확실한 일격이 펼쳐지자 이에 반응하는 것처럼 소피스의 두 눈이 빛을 띠었다.

"—《금강저(바즈라)》."

그 직후 흐린 하늘을 꿰뚫고 빛의 기둥이 떨어졌다.

칠흑같은 어둠을 세로로 찢으며 눈부신 뇌격이 《요르문간드》에 정통으로 꽂혔다.

"—크!"

천하의 마기알카도 장벽으로 전부 막아내지 못하고 인상을 썼다.

'지금 그건, 설마―.'

그 모습을 본 아이리는 재빨리 상황을 판단했다.

아마도 《브리트라》의 특수 무장 같은 게 상공에서 마기알카를 노린 것으로 보였다.

그러나 아이리가 확인할 수 있는 것은 거기까지였다.

《브리트라》의 손에 풀려나며 옥상 가장자리에서 떠밀린 아이리는 10메르 이상 높이에서 속절없이 추락하며 피할 길 없는 죽음의 운명을 앞두고 있었다.

―절망.

땅에 떨어진 과일처럼 뭉개지는 자신의 모습을 떠올리며 아이리가 자기 몸을 끌어안은 순간, 그녀의 몸이 둥실 공중에 떠오르고 애타게 찾던 목소리가 들렸다.

"―아이리!"

"오빠?!"

귀에 익은 오빠의 목소리에 눈을 뜬 직후, 추락하는 아이리의 몸을 검은 거룡이 감쌌다.

그대로 옆으로 날아서 착지하고 근처 수풀에 내려주었다.

"어째서, 오빠가 여기에……?"

"이야기는 나중에 해. 지금은 저 소피스를 어떻게든 해야만 하니까……."

룩스는 긴장을 늦추지 않고 무승부에 가까운 전황을 노려보았다.

타이밍 좋게 룩스가 올 수 있었던 것은 마기알카가 보낸 용성 통신 덕분이었다.

기룡 격납고 옥상의 소리에 반응한 룩스가 《바하무트》를 장착한 직후 그녀의 목소리가 갑자기 도착한 것이다.

『곧 그대의 누이가 격납고 옥상에서 떨어질 걸세. 잃고 싶지 않다면 잘 붙잡게나.』

—라고 말이다.

특장형 신장기룡 《요르문간드》는 용성 전달 범위도 넓다.

그래서 소피스가 아직 룩스를 감지하지 못한 거리에서 작전을 전달할 수 있었다.

거기까지는 작전대로였지만, 아이리를 무사히 구한 직후 룩스 안에서 망설임이 하나 싹텄다.

"……우으."

격납고에서 추락한 《브리트라》의 장갑은 이미 해제되어 있다.

소피스는 《요르문간드》의 혼신의 일격과 추락한 충격 때문에 이미 정신을 잃었다.

"—룩스, 거기서 비키게. 내가 마무리를 짓지."

마기알카가 격납고 위에서 장의 차림으로 뛰어내렸다.

설치형인 《요르문간드》는 이미 해제했지만, 그 손에는 단검형 기공각검을 쥐고 있었다.

그러나 룩스도 장갑을 해제하고 마기알카 앞을 막아섰다.

"—기다려주십시오!"

“뭐지? 누이의 목숨을 노린 적을 감쌀 셈인가?”

마기알카가 그렇게 물어도 룩스는 물러서지 않았다.

“그녀를 여기서 죽일 수는 없어요. 그 이유는, 저보다 당신이 더 잘 알 텐데요.”

“그건 무슨 뜻이지? 나의 연인이여. 지금 그 녀석은 『성식』을 포함한 라그나뢰크 세 마리를 위협의 도구로 삼아서 세계의 적이 되지 않았는가. 생사에 시비를 가릴 여지는 없을 텐데?”

“아뇨, 있습니다. 왜냐하면, 같은 배신자이자 유적을 통괄하는 자동인형 리 프리카가 아직 『달』에 남아 있으니까요. 만약 소피스에게 무슨 일이 생기면—.”

“모든 걸 포기하고 자폭할지도 모른다, 이건가? 뭐— 확실히 일리 있는 말이로구먼.”

처음부터 알고 있었다는 것처럼 마기알카는 기공각검을 칼집에 되돌렸다.

그리고 격납고에 들어가서 밧줄을 들고나와 소피스를 꽁꽁 묶었다.

“그럼 일단 고문해야겠구먼. 이 녀석이 아는 것을 모조리 실토하게 해야겠어. 그다음에는 거래를 제안해서 『달』에 있는 자동인형의 허를 찌르는 걸세.”

“그것도— 조금만 미뤄주실 수 없겠습니까?”

“어째서지? 그대는 이런 타입이 취향이었는가?”

놀리는 듯한 마기알카의 질문에도 룩스는 끝까지 진지하게 대답했다.

"저는 그녀가 단순한 악인이라고는 생각하지 않아요. 당신도 보았을 겁니다. 그녀가 제 몸도 아끼지 않고 아이리를 구하려는 모습을."

"……."

아이리는 룩스가 지적하는 내용을 듣고 퍼뜩 깨달았다.

짐작 가는 점은 있었다.

하나는 《요르문간드》가 사용한 강력한 하울링 로어의 충격파로부터 감싸준 것.

그리고 다른 하나는 추락할 때 보여준 모습이다.

《브리트라》의 특수 무장으로 보이는 《금강저》의 일격으로 마기알카에게 카운터를 먹인 후, 신장의 궤도 제어 능력으로 아이리를 구하려고 했다.

그래서 한순간 몸이 공중에 떠오른 것이다.

전투 자자체는 마기알카의 승리로 끝났지만, 만약 소피스가 처음부터 아이리를 버렸다면 결과가 달라졌을지도 모른다.

적어도 충분히 달아날 가능성은 있다.

"듣기 좀 그렇구먼. 나는 그대의 누이를 버린 게 아닐세. 이 배신자 녀석들은 유적을 해방하기 위해서 아카디아의 권속인 그대들의 피가 필요했을 게야. 그렇기 때문에 그대의 누이를 지난번에 납치한 것일 테니까."

"……알고 계셨나요? 아니— 틀림없나요?"

유적에 거대 크리스털 『그랑 포스』를 수납할 수 있는 것은 아카디아 일족뿐일 가능성이 크다는 것.

그것은 문헌으로 확실하게 남아 있거나 누군가가 알려준 것은 아니다.

아이리가 지금까지 해온 경험을 통에 예상한 것일 뿐이다.

그래서 아이리가 재차 질문하자 마기알카는 고개를 끄덕였다.

"나도 확인해본 건 아니네만, 거의 확실할걸세. 그 『창조주』인가 하는 패거리는 일부러 조용히 있는 것 같네만. 내 말이 틀린가? 룩스의 누이여."

그렇게 대답하며 마기알카는 자신만만하게 팔짱을 꼈다.

지적받은 아이리는 그 말이 맞다며 고개를 끄덕일 수밖에 없었다.

"뭐, 그 문제는 이 녀석을 고문해보면 증명할 수 있겠지. 자, 신병을 넘겨주겠나."

"아직, 그렇게 판단하는 건 이르다고 봅니다."

룩스는 마기알카의 제안을 거부했다.

"이 정도 부상이라면 당분간 싸울 수 없을 테니, 기공각검만 빼앗으면 아무것도 할 수 없을 겁니다."

"총명한 그대치고는 요령부득한 발언이로구먼. 그래서 어쩌겠다는 게야? 이 녀석을 지금 바로 죽이는 것은 확실히 위험할지도 모르네. 허나, 죽지 않을 정도로 고통을 줘서 실토시켜야 할 일이 산더미가 아닌가?"

그 말처럼 알아내야 할 정보는 수없이 많았다.

하지만 룩스는 그것을 위해서 그녀를 고문한 끝에 내치는 것이 탐탁하지 않았다.

"하지만 저는…… 무력해진 그녀에게 고통을 주고 싶지 않아요. 우선은 대화를 해보는 게, 그리고 가능하다면 설득을 시도해보는 게 맞다고 봅니다."

"……허 참."

마기알카는 고개를 절레절레 내두르며 어깨를 으쓱 추어올리고는 한숨을 내쉬었다.

추위로 하얗게 물든 입김이 어둠 속에 녹아내린다.

"그대는 여전하구먼? 적에게 그렇게까지 온정을 베풀 필요는 없을 터이거늘."

"만약 그녀가 아이리를 유적을 해방하기 위한 도구로 사용하는 게 목적이었다 해도, 위험을 무릅쓰면서까지 구해주려고 하진 않을 겁니다. 그녀를 설득하게 해주세요. 대화를 해보면, 가능할지도 모릅니다."

룩스가 재차 요청하자 잠시 침묵이 흘렀다.

그리고 전투로 인한 소음을 들었는지 격납고 앞에 학원 위병들이 찾아왔다.

"별일 아닐세. 적은 이미 떠났어. 그대들은 원위치로 돌아가 경계에 임하게나."

마기알카는 그렇게 말하며 위병들을 돌려보낸 후 다시 룩스 쪽으로 돌아섰다.

"『칠용기성』의 대장으로서 그대의 부탁을 거절할 수도 있네만, 그랬다간 미움받게 될 것 같으이."

그리고 왠지 모르게 교태롭고 요사한 웃음을 짓는 마기알카.

"어차피 고문하든 말든, 학원에서 이 녀석을 관리하는 이상 놈들에게 공격당한 위험은 따라올 것이야. 그렇다면 반대로 『달』의 패거리들에게 대한 인질로 삼아 교섭하는 것도 한 방법이지 않겠는가?"

"그러면……."

"그래, 이 녀석은 내 그대에게 맡김세. 살려두는 자체가 위험한 존재이지만, 최대한 미뤄보도록 하지. 허나, 기한은 일주일 후. 다가올 성야제가 끝난 다음 날 아침까지라는 것 명심하게나. 그때까지 그대가 설득하지 못하면 그 녀석을 『달』을 협박하기 위한 인질로 쓸 게야. 그리고 그때까지 중요한 정보를 못 얻으면 그대에게도 책임을 물을걸세."

"……알겠, 습니다."

이것만 해도 마기알카는 한계까지 양보해준 것이리라.

룩스가 고개를 끄덕이자 마기알카는 격납고 지하에 감옥을 준비하겠다는 말을 끝으로 렐리가 있는 곳으로 갔다.

단둘이 남게 되자 아이리가 겨우 입을 열었다.

"오빠, 괜찮겠어요? 제가 할 말은 아니지만, 그녀는 위험해요. 만약 놓치거나, 구출을 허용한다면, 학원과 신왕국은……."

최우선 목표로 결정돼서 이번에야말로 당하게 될 것이다.

"그건 그렇지만, 어차피 누가 되었든 심문은 해야 하니까 해볼 수밖에 없어. 아이리, 너한테는 또 걱정을 끼치게 되겠지만."

"정말이지, 그렇게 잘 아는데도 하겠다니. 정말 오빠의 바람기는 구제할 길이 없네요."

"야, 이상하게 받아들이지 마. 나는 그냥—."

"알아요. 오빠의 생각 정도는."

"어……?"

후우, 하고 작게 탄식하고서 아이리는 칠흑 같은 밤하늘을 올려다보았다.

"형편이 다르다는 이유만으로 악인 취급 받아온 것은 우리도 마찬가지이니까, 하다못해 이야기 정도는 들어주고 싶은 마음이잖아요."

"……."

그렇다.

지금은 아무 일도 없었던 것처럼 신왕국에 인정받고 있는 룩스와 아이리도, 얼마 전까지는 백성들에게 있어서 적에 가까운 위치였다.

"게다가 그녀는 제 목숨을 두 번이나 구해주었어요. 그래서, 그 이야기를 하자는 결심이 섰답니다. 그때, 제가 『달』에 납치당한 후에 무슨 일이 있었는지……."

지하 감옥이 준비될 때까지 룩스는 아이리의 이야기를 들었다.

소피스는 『달』에서 『용비적』과 함께 있었다는 것.

아이리를 유적을 해방하는 열쇠로 이용하는 게 소피스의 목적이라는 것.

그녀는 과거에 『모형 정원』에서 여동생을 잃었다는 것.

룩스를 비롯한 아카디아 혈족을 『배신자 일족』이라고 부른다는 것.

그리고, 그녀는 자신이 『대성역』에 도달하는 게 세계를 위한 일이라고 생각한다는 것.

어쨌거나 일주일 안에 그녀에게서 정보를 캐내고 설득하기란 어렵다.

그러나 하지 않는다면 그 앞에서 기다리는 것은 죽고 죽이는 혈전뿐이다.

"안녕하세요. 처음 뵙겠습니다, 룩스 님, 아이리 님. 마기알카의 비서 겸 호위인 롤로트라고 합니다."

아이리의 이야기가 끝난 직후 집사복을 입은 자그마한 소년이 나타나 인사했다.

짙고 짧은 갈색 머리카락이 특징적이고 언행이 온화한 앳된 소년.

장갑기룡 적성은 그리 뛰어나지 않아 보좌관은 아닌 것 같지만, 그녀의 측근으로 활동하는 듯했다.

아이리가 얼마 전 『달』에 납치됐을 때 마기알카의 명령으로 학원을 감시했고, 이번에는 경계하는 소피스의 눈을 속이기 위해 마기알카로 변장해서 렐리 곁에 있었던 모양이다.

간단히 인사를 나누었을 때 마기알카와 렐리가 도착했다.

"렐리의 허가를 받아 준비를 마쳤다네. 옮길 일손이 부족해서 그러니, 그대들도 좀 도와야겠구먼."

"……알겠습니다."

마기알카를 따라 다섯 명이 함께 기룡 격납고 지하로 내려가 안쪽에 자리 잡은 비밀방으로 몰래 이동했다.

격납고 자체는 기룡을 격납해두는 장소인 만큼 위병 기룡사도 경계하고 있으므로 적도 쉽게 접근할 수 없다.

소피스를 학원에 숨기는 것보다 이게 더 안심된다는 판단하에 결정한 것이었다.

“그럼, 나는 성야제가 끝난 뒤에 인수하러 오겠네. 할 수 있는 게 있다면, 그때까지 해두게나.”

“네. 배려해주셔서 감사합니다.”

소피스를 지하에 감금한 후 룩스는 마기알카와 헤어졌다.

잠든 것처럼 움직이지 않는 소피스에게는 수갑을 채웠으며, 감옥은 아이리와 교대로 감시할 예정이었다.

“그럼, 오늘은 이만 쉬게. 아이리도 고생 많았어.”

“……설마 오빠, 여기서 자려는 거예요?!”

학원장이 모포와 소파를 빌려줬기 때문에, 룩스는 오늘 밤은 소피스를 가둔 석조 감옥 앞에서 자기로 했다.

“일단, 책임이 있으니까. 만에 하나 탈주를 허용한다면 그때야말로 끝장이기도 하고.”

소피스가 갇힌 방 안에는 난로도 마련되어 있지만, 방 밖은 솔직히 말해서 추웠다.

하지만 감옥 앞 복도에서 불을 지필 수도 없는 노릇이니 참아야만 할 것이다.

기룡 격납고 지하 자체는 기본적으로 학생의 출입이 금지되어 있지만, 그중에서도 이곳은 엄중하게 잠긴 문 뒤에 존재했다.

구제국 시절에 쓰던 감옥이 네 개 있는데, 룩스는 거기로 이어지는 통로에 낡은 소파를 두고 잘 생각이었다.

"하아…… 알았어요. 모쪼록 죽지 않게 조심하세요. 지금은 한겨울이라구요."

"조심할게. 그럼 잘 자, 아이리."

"안녕히 주무세요, 오빠."

끝에 가서는 포기한 듯한 말투로 대답하고서 아이리는 돌아갔다.

감옥 문은 닫혀 있지만, 감시용으로 틈이 나 있어서 소피스의 모습을 확인할 수 있었다.

그저 기절했을 뿐, 생명에는 별 지장 없는 듯했다.

양팔, 양다리는 사슬로 연결해뒀고 소지품은 아이리가 확인했으니 숨겨둔 무기를 걱정할 필요도 없을 것이다.

하지만 정말로 그녀가 기간 내에 룩스의 설득에 응해줄까?

배신자 일족— 룩스와 아이리가 그렇게 불리는 건 어째서일까.

'성야제까지, 앞으로 6일인가…….'

소피스 엑스퍼와 『용비적』의 위협 때문에 완벽하게 교착돼 있던 상황이 급변할 조짐을 보이기 시작했다.

『성식』으로 인한 세계 붕괴의 시간까지 2개월도 채 남지 않은 지금, 룩스는 새로운 파란의 예감을 느꼈다.

Episode 4 사로잡힌 습격자

섬광처럼 기억이 깜빡인다.

제7 유적『달』.

하늘을 떠다니며 천상에서 세계를 내려다볼 수 있는 거대한 성.

십여 년 전, 소피스 엑스퍼는 그곳에서 깨어났다.

"처, 처음 뵙겠습니DA!『열쇠 관리자』님!"

"……너는, 누구?"

"저는 리 프리카라고, 합니DA요! 흐아— 다행이다! 제대로 눈을 떠주셨군요."

기묘한 캡슐 안에서 소피스가 깨어났을 때 눈앞에 나타난 소녀는 몸에 딱 맞는 드레스를 입었고, 머리에는 기계로 된 여우 귀 같은 게 돋아나 있었다.

소녀는 인간이 아니라 이 유적의 통괄자— 자동인형 리 프리카라고 자신을 소개했다.

소피스는 그때 이미 일곱 살이었지만 다른 것은 기억나지 않았다.

과거의 기억도, 어째서 지금 이곳에 있는지도.

잊었다기보다도 아무것도 떠올릴 수 없는 듯한 느낌이었다.
"머리가, 아파……."
생각하려 했더니 눈앞에서 모래 폭풍이 일어났다.
빛이 깜빡거렸다.
기묘한 기계 요새에서 눈을 뜬, 무엇을 해야 하는지조차 모르는 자신.
그런 생각과는 정반대로 소피스는 『달』에서 보내는 생활에 순응해나갔다.
알게 된 것은 자기가 『열쇠 관리자』라고 불리는 고대 종족이자 유적의 수호자이며, 이 유적을 만들어낸 인간의 후손이라는 사실.
"너는 어째서, 나를 깨웠어?"
"주위에서 움직임이 있었기 때문이에YO. 포드에서 콜드 슬립을 하면 나이를 먹지 않지만, 당신에게는 『열쇠 관리자』의 사명이 있으니KA요. 게다가 원래는 그, 한 쌍이 되는 분과 다음 세대를 낳으셔야만 하거든YO."
"……."
요약하자면 누군가가 유적에 간섭하는 움직임이 있었고, 겸사겸사 대를 이을 자손을 낳게 하려고 깨웠다는 듯했다.
이 기묘한 유적에서 내려가서, 혹은 내려가지 않아도 냉동 보존된 아이의 씨앗을 사용해서 다음 세대를 이어나가야 한다.
소피스는 자신에게 그런 사명이 있음을 알았다.
"귀찮아, 거절하겠어."

하지만 소피스는 그러기 싫었다.

“저기요?! 어째섭니KA?! 갑자기 사명을 포기하다니 예상 밖입니DA요. 선조의 마음을 뭐라고 생각하시는 겁니KA!”

“난 선조에 관해서 잘 모르는걸. 어째 그 정보도 안 남아 있는 모양이고.”

소피스는 권태로운 표정으로 쌀쌀맞게 대답했다.

“가족에 대한 기억도 여동생 것밖에 없어. 그러니까 둘이서 사이좋게 살래.”

언젠가 존재를 깨달은 여동생을 깨워서 소피스는 셋이 함께 생활하기를 바랐다.

소피스, 여동생 우르크, 그리고 통괄자 리 프리카.

자손을 남겨야 한다는 사명도 자신과는 관계없는 일일 것이라고 소피스는 생각했다.

그래도 할 일이 없었기 때문에 리 프리카의 요청을 따라 장갑기룡 조작법도 익혔다.

우르크에게도 기룡사가 될 재능은 있었지만 어울리지 않았기 때문에, 대신에 그만큼 소피스가 훈련에 매진했다.

그렇게 시간이 흘러 소피스가 16세, 우르크가 14세가 되었을 무렵에 전환점이 찾아왔다.

“있잖아, 언니. 나, 지상 세계를 보고 싶어!”

그 한마디가, 효시가 되었다.

그녀들이 모르는 사이에 자아내고 있던 운명, 그리고 숨겨져 있던 운명과의 해후.

기이하게도 수천 년 전에 벌어진 참극의 계기와 같은 발단.

그 소원의 시작이, 이때 다시 일어나려고 했다.

…….

"윽……?!"

춥다.

살을 엘 듯이 차가운 공기에 소피스는 몸서리를 치며 눈을 떴다.

무의식중에 자기 몸을 끌어안으려고 하다가 손목의 움직임을 방해하는 금속의 감촉을 깨달았다.

"나는, 무엇을…… 핫?!"

소피스는 평소에는 거의 동요하지 않는 성격이지만, 그런 그녀도 눈을 부릅뜨고 당황할 수밖에 없었다.

양팔은 만세 자세로 머리 위로 들려 있었으며, 두 다리도 각각 사슬에 묶여 복도 구석에 연결되어 있었다.

허리에 차고 있던 기공각검은 검대째 빼앗겼는지 보이지 않았다.

완벽하게— 적의 손아귀에 사로잡히고 말았다.

"큭……."

하지만 승패는 아직 결정된 것이 아니다.

한없이 가느다란 실일지라도 더욱 저항해야만 한다.

평화를 바라며 죽은 여동생과 이 세계를 위해서.

†

"으음……."

낡은 소파에서 자던 룩스는 이른 아침의 추위에 눈을 떴다.

가져온 회중시계를 열고 확인해보니 이제 막 해가 뜰 무렵이었다.

"……."

지하실 문은 닫혀 있었지만 소피스의 상태가 신경 쓰여서 안을 살펴보았다.

딱히 달라진 점은 없었다.

네 감옥 가운데 맨 첫 번째 방에는 사지가 사슬에 구속당한 갈색 피부의 소녀가 있었다.

"너무 꽉 매진 않았을 텐데, 힘들어 보이네."

룩스 본인도 구제국의 황족이라는 이유로 감옥에 몇 번 들어가 본 경험이 있어서 사슬에 묶이는 게 얼마나 고통스러운지 상상할 수 있었다.

하물며 한겨울 지하는 춥기도 엄청 춥다.

난롯불이 꺼졌기 때문에 새 땔감을 지펴서 불을 살렸다.

'격납고 밖에는 급사들이 쓰는 오두막이 있을 테니, 홍차라도 준비해서 가져다줘야겠다.'

안에 있는 소피스를 감시한 후 룩스는 일단 지하실에서 나왔다.

쟁반에 홍차 잔을 올리고 돌아가자 구속당한 소녀가 신음을 흘렸다.

"우, 으……."

"정신이 들어?"

"여기, 는……. 대체—."

게슴츠레 눈을 뜬 소녀가 묻자 룩스는 미소 지었다.

소피스의 경계를 푸는 게 목적이었지만, 물론 긴장을 늦추진 않았다.

"안녕. 저기, 소피스 씨…… 라고 부르면 될까?"

"……."

대답 대신에 정색한 얼굴과 침묵이 돌아왔다.

룩스가 가장 대처하기 곤란한 반응이었다.

"저기, 어젯밤 일은 기억나? 너는 아이리를 감싸려다가, 마기알카 대장님께 당했는데……."

"……."

또다시 침묵.

"어어…… 물이랑 홍차 좀 가져왔는데, 목마르지 않아?"

"……."

침묵은 여전했지만 소녀의 시선이 슬그머니 자기 머리 위—자신을 구속한 수갑 쪽으로 움직였다.

"아니, 아무리 그래도 그건 아직 풀어줄 수 없어. 힘들긴 해도 아프지는 않지?"

"추워, 얼어 죽겠어."

"어……?"

"이건 단순한 혼잣말. 내게 배신자 일족과 이야기할 입은 없어."

"……."

외면하면서 소피스는 무표정한 얼굴로 그렇게 말했다.

'뭔가, 별난 애네…….'

비슷하게 과묵한 소녀라면 피르히나 녹트가 있긴 하지만, 느긋하고 순진무구한 소꿉친구나 냉정하고 침착한 종자인 그녀와 비교하면 뭔가 좀 달랐다.

"알았어. 자, 천천히 마셔."

아무래도 홍차 쪽을 바라는 것 같아 룩스가 그쪽 잔을 그녀의 입가로 옮겼더니 목이 말랐는지 단숨에 쭉 들이켰다.

"으읍우……!"

"앗, 무리하지 마. 그렇게 한 번에 마시다간—."

소피스가 뜨거운 홍차에 놀라서 몸부림친 탓에 그녀의 옷에 흘렸다.

역시 매달린 자세로는 마시기 힘들고 화상도 입겠다고 생각한 룩스가 두 팔을 위에 고정하는 사슬 한 쪽을 풀어준 순간—.

"내가, 이겼어."

"윽……?!"

무감정한 눈이 빛난 직후, 소피스의 팔을 구속하는 수갑에 연결된 사슬이 룩스의 목에 감겼다.

그대로 잡아당겨 세게 조이는 소피스.

홍차를 벌컥벌컥 마시다가 흘린 것은 그녀의 연기였다.

"크, 윽……."

순간적으로 팔을 끼워 넣어 목이 완전히 졸리는 것만은 막았지만 위험한 상태였다.

소피스도 필사적인지 이를 꽉 물고 두 팔에 힘을 주었다.

"움직일 수 있는 손으로 수갑 자물쇠를 풀어. 그러면 목숨만은 살려주겠어."

"그럴 수는…… 없어."

"고집부리다간 죽어. 어서 패배를 인정해."

"너를 여기서 놓치면, 앞으로 대화할 기회가 없을 거야……. 나는 너랑, 피 튀기는 싸움을 벌이고 싶지 않아."

"이 지경에 이르러서, 무슨 말을—."

소피스의 호흡이 살짝 흐트러진 순간 룩스가 다리를 후렸다.

"우아……."

그 충격 때문에 그녀의 팔에서 힘이 빠지자 룩스는 구속에서 벗어나 그녀를 벽에 밀어붙였다.

죄인의 목걸이가 이상하게 튼튼한 덕분에 사슬이 목을 완전히 조르지 못한 모양이었다.

"크…… 실패했어."

"하아, 하아…… 겨우 빠져나왔네."

그 후에 어찌어찌 소피스의 저항을 뿌리치며 다시 팔을 매달았다.

반격을 각오하긴 했지만 상상 이상으로 성가신 상대였다.

온갖 잡일을 섭렵한 룩스일지라도 교도관 노릇까지는 해본

적이 없었다.

설득하기 전에 어디서부터 이야기를 꺼내야 할지 망설이고 있는데, 생각에 잠긴 룩스를 보는 소피스의 얼굴이 어째서인지 차츰 파랗게 변해갔다.

"위험해. 이건 분명, 동료를 불러서 잔인하게 린치하는 흐름……!"

노출이 심한 의상을 입은 몸을 떨면서 두려워하는 소피스.

"그런 짓 안 해. 그보다, 지금 감시하는 사람은 나 혼자뿐인데—."

그렇게 말한 찰나 실언했다는 걸 깨달았다.

그런 정보를 주면 또 도망가려 할 가능성이 올라갈 텐데.

"나, 남자 혼자서, 나를 감시해?"

하지만 룩스의 말에서 무언가 다른 뉘앙스를 느낀 모양이었다.

"어떡하지. 이건 분명, 이 소년에게 성적인 고문을 당하는 흐름……!"

"안 한다니까! 왜 그런 결론을 내리는 거야?!"

룩스가 심히 당황하며 부정했지만 소피스는 완전히 겁에 질렸다.

"……잠깐만. 그래, 어쩌면 오히려 미인계가 통할지도 몰라."

"속일 생각이라면 좀 더 작은 소리로 말하라고!"

"거기 소년. 사슬을 풀어준다면, 뭔가 무척 좋은 일을 해줄……지도?"

“심지어 방법을 막연하게 말하는 시점에서 무리거든! 애초에 방금 그 난리를 쳤는데, 그런 말을 듣고 넘어갈 사람이 어디 있겠어!”

“……”

하아, 하아…… 룩스가 숨을 헐떡이며 지적하자 소피스는 힘없이 고개를 숙였다.

지금까지 『칠용기성』 회의에서 몇 번 만나보긴 했지만, 한마디도 하지 않았기 때문에 어떤 성격인지는 몰랐다.

물론, 지금 이것도 연기일 가능성은 있지만.

‘역시, 별난 애구나……’

도저히 세계 연합을 적으로 돌리고 농락한 소녀라고는 생각할 수 없었다.

하지만 룩스는 이전보다는 교섭의 여지가 있겠다고 생각했다.

방심은 할 수 없지만, 그렇다고 너무 느긋하게 굴 수도 없었다.

기한까지는 겨우 일주일이니까.

그때까지 룩스가 소피스를 설득하지 못하면, 마기알카는 그녀를 인질로 삼아 리 프리카와 싸우는 것도 시야에 넣고서 교섭을 시작해버릴 것이다.

그렇게 되기 전에 그녀와 최대한 대화를 해야만 한다.

룩스가 그런 생각을 하고 있자니, 갑자기 소피스의 얼굴이 하얗게 질렸다.

“헉……!”

“……왜 그래?”

또 안 좋은 꼴을 보는 상상이라도 한 걸까. 룩스는 그렇게 생각했지만, 조금 전과는 분위기가 좀 달랐다.

한마디로 말하자면 왠지 모르게 절박해 보였다.

"……지금 당장, 사슬, 풀어줘. 절대 도망 안 갈 테니까, 빨리!"

표정이 없는 것은 여전했지만 이마에서 땀이 흐르고 있었다.

절박한 목소리도 그렇고, 그녀에게 무슨 일이 일어난 것 같았지만—.

'하지만, 또 함정일 수도 있으니…….'

아무리 그래도 몇 번이나 같은 수법에 당할 수는 없다.

아이리와 교대로 감시하기로 했으니 곧 여기로 올지도 모른다.

그때 상담하는 게 좋을 것이다.

"부탁해, 시간이 없어! 아니, 풀어주는 것도 중요하지만 장소도 가르쳐줘야겠어!"

"엥……?"

하아하아, 하고 숨을 거칠게 쉬는 소피스를 보고서 룩스는 겨우 그녀가 왜 그러는지 이해했다.

그녀는 안짱다리를 한 채 조금 전부터 허벅지를 비비적거리고 있었다.

생각해보니 어젯밤에 기절한 이후로 그녀는 아무데도 가지 않았다.

게다가— 밤 동안에 난롯불을 피워 두었다고 해도 한겨울 지하실은 보통 추운 게 아니다.

맨살이 드러난 면적도 넓었으니, 그런 생리현상이 찾아오는 것은 당연했다.

"조, 조금만 참아봐! 지금 방법을 생각할 테니까."

하지만 이런 경우에는 어쩌면 좋을까?

보통은 방구석에 요강 혹은 볼일용 구멍이 마련돼 있거나, 아니면 교도관을 따라 함께 화장실에 갔던 것 같은데.

'내가 옆에 붙어서 지켜본다 치면, 그건 그것대로 위험하지 않을까?!'

그렇다고 요강을 가져온다고 해도 양손을 자유롭게 풀어주는 것은 조금 위험할 테니까, 필연적으로 그녀가 속옷 대신 입고 있는 장의를 룩스가 벗겨줘야 하는데—.

"내가 잘못했어! 빨리, 부탁할게! 안 도망갈 테니까!"

"지, 진정해! 보내줄게! 하지만, 조금만 기다려! 여러 모로 방법을 생각해볼 테니— 앗……!"

하얗게 질린 얼굴로 파들파들 떨던 소피스의 몸이 갑자기 멈췄다.

그녀의 얼굴을 보니, 새빨갛게 달아올라서 눈가에 눈물을 그렁그렁 매단 채 굳어 있었다.

쪼르르— 하고 물이 흐르는 소리가 어두운 감옥 안에 울려 퍼진다.

뭐랄까, 꽃다운 소녀의 그것을 똑바로 보는 것은 꺼림칙했다.

"저기, 그게, 그러니까…… 미안해."

"……죽어. 너 같은 건, 죽어버려!"

소피스는 지금까지 유지하던 침착한 가면을 벗어던지고 눈

물에 젖은 원망스러운 눈으로 룩스를 노려보았다

'어어, 큰일 났네. 어떡하지? 그녀와 어떻게든 화해하고 이야기를 들어봐야 하는데, 어째 최악의 전개가……!'

룩스도 경황이 없어 갈팡질팡 하고 있는데 감옥 밖에서 발소리가 들렸다.

"오빠. 소피스 씨는 좀 어때요? 일단 잠을 쫓을 홍차를 좀 가져왔는데— 아……."

땡그랑, 아이리가 철제 쟁반을 떨어뜨렸다.

다행히 컵은 깨지지 않았지만, 조용한 침묵이 그 자리를 가득 채우며 뭐라고 형언할 수 없는 분위기가 흘렀다.

"아, 아니야 아이리?! 이건 그러니까, 사소한 엇갈림이랄까. 딱히 내가 무슨 짓을 한 게 아니고—!"

아이리는 눈가에 어두운 그늘을 드리운 채 만면 가득하게 미소 지었다.

"오빠는 나가 계세요."

단 한마디조차 화난 기색을 보이지 않는 게 오히려 무서웠다.

룩스는 맥없이 감옥에서 나가며 아이리에게 모든 것을 맡기기로 했다.

그래도 젖은 것은 하반신뿐이라서 다리에 연결된 사슬만큼은 풀 수 있게 열쇠를 건네주고 처리를 부탁했다.

"하아, 망했네……."

팔자에도 없는 교도관 노릇을 하다가 우연히 일어난 사고이자 불가항력이다.

당연히 악의는 없었지만, 초장부터 갑자기 최악의 결과를 불러온 것이 후회되었다.

뒷일은 아이리에게 맡기고, 룩스는 일단 여자 기숙사로 돌아가기로 했다.

†

"정말이지…… 오빠는 답이 없다니까요."

일단 밖으로 나가 청소 도구를 가져온 아이리는 한숨을 쉬며 작업에 착수했다.

소피스는 노출이 심한 옷 밑에 장의를 받쳐 입고 있었기 때문에 바지와 그 밑의 장의를 벗겼다.

온수에 적신 수건으로 몸을 닦아주고 가져온 여벌옷으로 갈아입힌 다음 즉시 감옥을 청소하기 시작했다.

"환기구가 있으니 냄새는 안 남을 테지만, 혹시 모르니 샤리스 씨한테 향수를 빌려올까요?"

"어째서, 동료를 안 불렀어?"

걸레질을 하던 아이리가 잠시 멈춰서 숨을 돌릴 때, 계속 침묵을 지키던 소피스가 불쑥 물어보았다.

"변태 소년…… 당신의 오빠한테서 들었을 거야. 내가 목을 졸랐다는 이야기도. 그런데 왜 혼자서 작업하는 거지? 위험하다고."

"당신이 그런 말 할 처지예요? 그 경계심 때문에 막 큰 재난을 겪은 참이면서."

"……."

좀 어이없어하는 말투로 아이리가 대꾸하자 소피스는 입을 다물었다.

"딱히 깊은 의미 같은 건 없어요. 그냥, 이 이상 일이 귀찮아지기를 바라지 않을 뿐이죠. 오빠는 행동력은 뛰어난 주제에, 정말이지 여러 면에서 나사가 풀려 있으니까요."

"……."

몸을 닦고 속옷도 갈아입은 소피스는 조금 전처럼 차분한 표정으로 돌아왔다.

그녀는 그저 아이리를 물끄러미 바라보았다.

기묘한 침묵이 흘렀다.

냉전 같은 긴장감이 아니라, 서로 관찰하며 어떻게 나올지 살피고 있었다.

"조금만, 물어봐도 될까요?"

"나를 언제까지고 여기에 가둬둘 수는 없을 거야."

"당신의 부하인 『용비적』들이 구해주러 올 테니까요? 그것도 무리라고 생각해요. 전에 학원에 가둬두었던 인룡 사단장 드라켄을 빼앗긴 것 때문에 경계 수준을 꽤 강화해서—."

"부하가 아니야. 그 패거리는 최근에 일시적으로 고용했을 뿐, 자세한 건 몰라."

"그래요?"

아이리는 살짝 놀라며 대답했다.

한편, 소피스는 실언했다고 생각했는지 다시 무뚝뚝한 말투로 돌아갔다.

"나를 여기에서 내보내준다면 가르쳐줄 수도 있어. 당신에게는 아직 좋은 선택지가 남아 있지. 하지만 이대로라면 선택할 수 없게 돼."

"무슨, 뜻이죠?"

"알려줄 테니 내보내줘. 이제 별로 시간이 없어."

"시간이라는 건, 『성식』 때문에 세계 붕괴할 때까지의 기한을 말하는 건가요?"

"……."

아이리가 되물었지만 소피스는 대답하지 않았다.

그 직후에 학원 사람들의 기상 시간을 알리는 종소리가 희미하게 들려왔다.

"또 올게요. 밖에는 경비가 있으니 무모한 짓은 하지 마시구요."

엄밀히 말하자면 소피스를 전담해서 감시하는 교도관은 없었지만, 일부러 그렇게 말해두었다.

아이리가 떠나자 차가운 침묵이 감옥을 채웠다.

"아무리 적이라지만, 여동생을 공격하는 건 내키지 않아. 오빠인 소년 쪽이 얼간이로 보이니까, 그쪽을 노려야겠어."

아무에게도 들리지 않을 정도로 작게 소피스는 홀로 중얼거렸다.

"하지만, 시간이 없어……. 내가 없어지면, 『용비적』 녀석들이 리 프리카를 이용해서 행동에 나설 거야. 그렇게 되면, 위험해."

그러나 탈주를 결심한 직후에 문득 어떤 사실을 깨달았다.

"화장실, 다음에 가고 싶어지면 어쩌지……."

†

신왕국 서방령 상공에서 대기 중인 제7 유적『달』.

광학 위장으로 모습을 감춰 아무도 눈치채지 못하는 하늘 위에서 큰 혼란이 일어났다.

"아— 진짜, 어떡할 겁니KA?! 소피스가 붙잡히면 아무것도 못 한다고YO! 아이리를 회수할 때는 조심 또 조심하라고 그렇게 강조했더니—."

『달』의 조종을 때려치우고 작달막한 소녀가 팔다리를 파닥거린다.

유적의 통괄자인 자동인형.

머리에 기계로 된 여우 귀가 달린 리 프리카였다.

"뭐야? 우리는『모형 정원』을 해방하러 갈 때 호위를 하러 온 건데, 혹시 계약 파기야?"

그곳에 도적 스타일의 경장비를 갖추고 검은 옷을 입은 여자—『용비적』 인룡 사단장 드라켄 메기스트리가 나타나 말을 걸었다.

"시끄러워YO. 이젠 갈 데도 없는 당신들에게 은신처도 제공해줬다는 걸 잊지 말라고YO."

"그건 그래. 우리 부대도 최근 연이은 전투 때문에 피해가 제법 커. 놈들과 제대로 맞붙을 수 있는 건 앞으로 한두 번이 한계일걸."

"그럼, 어서 고용주를 되찾아오란 말입니DA! 장소는 알고 있으니KA."

"그건 무리라고. 자동인형 아가씨."

어쩐지 기가 차다는 듯 웃으며 드라켄이 고개를 내저었다.

"저번에는 학원 감옥에 갇힌 나를 동료들이 구해주었지. 그런데 이번에는 상황이 달라. 해방 안 된 유적이 두 개 밖에 없어서 전력이 집중돼 있다고. 그 학원에나 왕도에나 항상 『칠용기성』이 한두 명은 머물고 있어. 게다가 그 학원에는 신장기룡 사용자가 많아. 제아무리 우리라 해도 만만한 상대가 아니라고."

"용병 주제에 해보기도 전부터 변명이 많군YO. 그런 걸 보고 무능하다고 하는 겁니DA!"

마스터인 소피스가 부재중인 탓에 초조해진 리 프리카가 눈썹을 매섭게 세우며 독설을 퍼부었다.

그때 마침 관리실 밖에서 똑똑, 노크 소리가 들렸다.

문은 활짝 열려 있었기 때문에 방문 사실을 알리는 게 목적인 신호다.

이어서 들어온 사람은 다부지게 생긴 구릿빛 피부의 사내.

《와이번》 부대를 지휘하는 『용비적』 천룡 사단장, 가투한이라는 청년이었다.

원래는 토르키메스 연방에 고용된 용병 기룡사인데, 박해를 받아 고향에서 쫓겨난 원주민의 생존자라고 한다.

나이는 20대 후반. 경험과 체력의 밸런스가 잘 잡힌 연령에 접어들었다.

"나도 그 대화에 껴도 되겠나? 바인 자식이 자리를 비워서 한가한데."

"어라, 나를 도와주러 오다니 의리 있는데? 무슨 꿍꿍이라도 있는 거야?"

"너처럼 손버릇 나쁜 여자는 필요 없다. 그보다도 정정을 좀 해줬으면 좋겠는데, 고용주 나리."

가투한은 엉겨 붙으려는 드라켄을 피하고 리 프리카에게 말했다.

"무능하다는 취급을 정정하길 바란다면 성과를 거두란 말입니DA. 구체적으로 말하자면, 소피스를 되찾아서—."

"그 문제 말인데, 그녀를 구하겠다는 생각은 접어두지 않겠나?"

"헤……?"

가투한의 돌발적인 질문에 리 프리카는 눈을 동그랗게 뜨고 굳어버렸다.

"무슨 소릴 하는 겁니KA?! 머리까지 바보가 되어버린 건가YO?! 고용주를 버리고, 너희들은 어떻게 할 셈입니KA!"

"진정하라고. 어디까지나 당분간만, 이라는 의미니까."

가투한은 쓴웃음과 함께 대답하며 리 프리카를 달랬다.

“솔직히 말하자면, 네 주인님이 아카디아의 확보에 실패한 시점에서 상황이 꽤 위험해졌어. 애초에 그 자체가 『칠용기성』 대장 마기알카 젠 반프리크의 함정이었고 말이지.”

“…….”

“네 주인님을 붙잡아둔 걸 보면 우리까지 일망타진할 함정이 있다고 생각해도 되겠지. 조만간 그녀를 인질로 교섭을 제안할 거다. 그때 가서 움직여도 된다고.”

“그전에 소피스가 죽으면 어떡할 겁니KA?! 모든 게 끝장이라고YO!”

“그럴 일은 없을 거다. 적어도 그녀가 포로가 되었다면 말이지. 놈들도 그렇게까지 멍청하진 않으니까.”

“그럼 너희들은 필요 없으니 해고하겠습니DA. 짧은 시간이었지만 즐거웠네YO.”

상황을 좀 더 지켜보자는 자세를 고수하는 『용비적』들의 태도에 조바심이 난 리 프리카가 매정하게 대꾸하자 리더라고 볼 수 있는 가투한은 조용히 웃었다.

“그렇게 급하게 결론내지 말지. 구하러 가지 않겠다는 말은 한마디도 안 했잖나?”

“그래. 이래봬도 우리는 의뢰받은 일은 끝까지 해내는 걸로 유명하걸랑.”

“……뭘 바라는 겁니KA?”

밝은 목소리로 끼어드는 드라켄을 경계하며 리 프리카는

눈살을 찌푸렸다.

그러자 가투한도 부드럽게 웃으며 자동인형 소녀에게 한층 다가가갔다.

“딱히 보수를 올려달라는 건 아니다. 그저, 네 주인을 구하는 데 힘을 보태줬으면 할뿐이지.”

“…….”

“선불을 요구하는 게 되겠지만, 우리에게 『세례』를 내려달라고. 수차례에 걸쳐 엘릭시르를 미량씩 투여 받은 지금이라면 그게 가능하지 않나?”

가투한의 요구를 듣고 리 프리카는 경계심을 바짝 품으며 물었다.

“……너희들, 어디서 그런 지식을 얻은 겁니KA?”

“우리는 어느 때건 눈곱만큼이라도 가능성이 큰 선택지를 선택할 뿐이야.”

언제부터 이야기를 듣고 있었는지 지룡 사단장 바인까지 나타났다.

아직 이목구비에 앳된 느낌이 남아있는 소년이었으나, 빈틈이 보이지 않는 자세에서는 용병의 풍모가 느껴졌다.

“세계 연합 녀석들과 『칠용기성』은 강해. 특히 그 학원에 있는 신장기룡 사용자들―『기사단』인가 하는 무리도 평범한 기룡사는 아니지. 환신수를 포함한 우리의 가용 전력을 총동원한다 해도 쉽게 볼 상대가 아니라고.”

그렇게 서두를 놓고, 소년은 자세를 똑바로 가다듬으며 리 프리카를 보았다.

“너도 『열쇠 관리자』인 주인의 도구라면 응당 그렇게 해야 할 거야. 구출 가능성이 1할이라도 올라가는 방법을 선택해야 하지. 내 말이 틀려?”

“…….”

리 프리카는 바인의 질문에 대답하지 못했다.

그야말로 반박할 여지가 없는 정론.

자신은 자동인형으로써 어떤 수단을 동원해서라도 주인인 소피스를 되찾아야 한다.

그런 매뉴얼에 따라 움직여야 한다고, 눈을 떴을 때는 생각했다.

그러나 소피스는 리 프리카가 부하로 행동하기를 원하지 않았다.

『여기서 계속 사는 건 심심하니까, 대화상대가 되어줘.』

소피스와 그녀의 여동생은 자신들을 잠에서 깨운 리 프리카라는 존재에게 대등한 관계를 요구했다.

하지만 타인이 주는 보수만으로 살아온 이 용병들을 과연 신용해도 되는 것일까?

어쨌거나 소피스를 구출하기에는 선택지도 시간도 많이 남아 있지는 않았다.

그것만은 확실했다.

“어쩔 수, 없네YO. 다만, 너희들이 소피스 없이 『대성역』을 어떻게 해볼 수 있을 거라는 생각은 안 하는 게 좋을 겁니

DA. 그리고 『세례』에 실패해서 죽어도 전 몰라YO."

"잘 알았다, 이번 고용주 나리. 그럼 이 『달』의 기능을 통해 『세례』를 받아보실까."

딱히 기뻐하는 기색도 보이지 않고 가투한은 느긋하게 고개를 끄덕였다.

그 냉정한 태도가 리 프리카는 오히려 꺼림칙했다.

어쩌면 이 흐름도 이미 정해진 섭리일지도 모르겠다는, 그런 생각이 들었다.

†

한편, 소피스와 마기알카가 맞붙은 뒤로 어느덧 6일이 흘렀다.

룩스 남매가 소피스를 설득하는 데 애먹는 동안에 왕립 사관 학원은 시끌벅적 활기찬 분위기로 가득했다.

성야제가 코앞으로 다가와 남성에게 줄 선물을 준비하기 시작한 것이었다.

성야제 당일에는 기도를 올리기 위해 소량의 요리와 과자, 그리고 와인을 준비하는 것이 관례이지만, 전날에는 요란한 가장 축제가 허용된다.

특히 지난 며칠간 학생들은 방과 후에 그것을 준비하느라 여념이 없었다.

룩스는 학원 바깥의 잡일에서 잠시 해방되었지만 그 외의 일은 간간이 도와주었다.

물론 트라이어드의 티르파가 무지막지하게 불어난 잡일 의뢰를 체크해주는 덕분에 10분의 1 남짓했지만 그래도 많았다.

"잠까안~! 그 이상 루크찌를 독점하면 금칙 사항에 저촉된다구! 그런 건 정식으로 의뢰하란 말야."

"너무해, 모처럼 그와 접시를 사러 가려고 했더니."

3학년 여학생들이 룩스를 붙잡고 성야제 때 쓸 접시를 골라달라고 부탁했는데, 시간을 너무 오래 끈 게 화근이었다.

그럴 때마다 가끔씩 트라이어드는 남들의 억지에 약한 룩스를 도와주었다.

"No. 입니다. 정식 의뢰를 거치지 않은 룩스 씨의 독점은 5분 이내로 부탁드리겠습니다. 『칠용기성』의 임무에, 추가로 예정된 잡일 의뢰도 해결해야 하는지라."

"……시간을 매번 계산하고 있구나……."

과연 룩스도 트라이어드의 철저한 일처리에는 놀랄 수밖에 없었다.

솔직히 말하자면 요 근래 학원에 없을 때가 많았던 탓인지 이제까지 이상으로 사방팔방에서 여학생들이 불러대는 상황이라, 트라이어드 덕분에 한시름 놓았다.

하지만 그 잡일 내용도 예전과는 또 조금 달라졌다.

예전에 룩스가 인기가 많았던 것은 학원의 유일한 남학생이라는 점과 전 황족이라는 희소성 때문이었다.

그러나 『기사단』에서 활약하며 두각을 드러내자 다음으로는 기룡사로서의 능력이 주목받게 되었고, 이제는 『칠용기성』

으로서 이야기하기를 바라고 있다.

그것도 다 일반 학생들은 『성식』이 초래할 세계 붕괴 위기까지는 모르기 때문이니, 룩스가 세계적으로도 기룡사로서 공로를 세우는 것처럼 보이리라.

그런 생각을 거쳐 단순히 친구라는 점 외에 일종의 선망하는 시선이 섞이는 것이었다.

과거를 생각하면 고마운 일이긴 하지만 소녀들의 들뜬 분위기가 난감하기도 했다.

그런 룩스의 약점을 트라이어드가 메워주었다.

"뭐, 원래는 불러 세워서 대화하는 정도는 우리가 눈총을 줄 일이 아니지만 말이다."

샤리스가 난처한 모습으로 머리를 긁었다.

"어어, 그럼 괜찮은 아닌가요?"

"그럴 수는 없지. 정식 의뢰를 거치지 않은 거라서 『일단 널 불러서 붙잡아두기』라는 비법이 최근 유행하는 거라고.

"네……?"

설마 그럴까 싶었는데, 이 잡일 의뢰 상황이 그런 지경까지 발전했단 말인가.

"루크찌는 우리한테 큰절을 올려야 할 정도라니까~?"

"Yes. 우리의 도움에 대한 은혜는, 나중에 개인적으로 보답해주셨으면 좋겠군요."

하지만 감탄한 것도 잠시, 은근슬쩍 자신들의 의뢰를 추가하는 트라이어드를 보며 룩스는 쓴웃음을 지었다.

"크흠. 네 앞으로 갈 선물도 예약 숫자부터 장난이 아니라서 말이지, 『기사단』 멤버 몫은 나중에 우리가 전해줄 예정이라고. 아니지, 그렇다기보다도 이미 학원장님께서 이벤트를 기획하신…… 어이쿠야, 이건 아직 비밀이었지."
"벌써부터 불길한 예감밖에 안 드는데요……."
이런 상황에 소피스 문제도 있는데 학원장은 무슨 생각을 하는 것일까.
『이런 때일수록 일상을 소중히 여겨야지. 어차피 달리 할 수 있는 것도 없으니까.』
"……."
생글거리는 그녀의 얼굴이 눈앞에 떠오르는 듯했다.
"……그런데 아이리가 안 보이는군요. 잠시 볼일이 있어서 자리를 비우겠다며 나가길래, 영락없이 룩스 씨한테 갔을 거라고 생각했습니다만."
"앗……!"
녹트의 질문에 룩스는 어떤 사실을 떠올렸다.
소피스는 룩스와 아이리가 교대로 감시하기로 했다.
그 약속 시간이 이미 약간 지나 있었다.
"미안. 나도 갑자기 의뢰가 생각났어, 나중에 봐!"
"아—."
그 말을 남기고 룩스는 쏜살같이 어디론가 달려갔다.
트라이어드는 멀어지는 그의 뒷모습을 바라보며 잠시 멍하니 서 있었다.

"뭐지? 루크찌가 저렇게 허둥대다니 별일도 다 있네. ……아니, 그보다도 부자연스럽다고 해야 할까?"

"그렇군. 이건 어쩌면, 그렇고 그런 일일지도 모르겠는데."

"그렇고 그런 일이라면, 협정에 관련된 일인 걸까요?"

샤리스가 진지하게 중얼거리자 녹트가 이어서 말했다.

"그럴지도 모르지. 어쩌면, 그 협정이 의미를 잃게 될 수도 있겠어."

"그 말인즉……."

"루크찌랑 『기사단』 멤버가, 밀회 중일 가능성이 있다는 거야?!"

티르파가 불안한 목소리로 묻자 샤리스도 긴장한 얼굴로 대답했다.

소녀들의 협정.

리샤를 비롯한 『기사단』과 요루카 등으로 구성된 멤버들은 『성식』과의 싸움에 종지부를 찍고 세계 붕괴의 위기를 넘길 때까지 룩스와 연애 관계로 발전하지 않겠다는 규칙을 제정했다.

아이리와 트라이어드도 알고 있는, 룩스 혼자만 아무것도 모르는 상황에서 어느 날 몰래 그런 이야기가 오갔다.

최근에 중상을 입은 사람도 있고 해외나 성채 도시 밖으로 나가야할 때가 잦은 기간인데, 누군가가 먼저 앞서 나간다고 생각하면 집중할 수가 없다.

모든 문제가 일단락될 때까지 자신들 쪽에서 룩스에게 어필하는 건 자제하는 게 어떻겠느냐고 크루루시퍼가 제안하였고, 다들 그 생각에 찬성했다.

그리고 기묘하게도 아이리와 트라이어드가 그들을 관리하는 역할을 맡게 되었다.

아이리가 그 중심이 된 것은 다름 아닌 룩스의 친동생이라는 점 때문이다.

"하지만 이 규칙에는 한 가지 예외가 있지."

마침 떠올랐다는 것처럼 샤리스가 중얼거렸다.

"Yes. 룩스 씨가 그녀들에게 접근하는 건 금지하지 않았어요."

"그러니까, 만약 루크찌 쪽에서 이미 좋아하는 여자애한테 어필하는 중이라면—."

규칙상 그것을 방해할 길은 없다.

요약하자면 『성식』과 결판이 나기 전에 연애 관계가 결판나게 되는 것이다.

남은 멤버들은 큰 충격을 받겠지만 그것만은 어떻게 할 방도가 없었다.

"그렇다면, 우리에겐 자경단으로서 사실을 조사할 의무가 있어. 그렇지?"

"이의 없음~! ……말은 이렇게 했지만, 설마 아닐 거야……."

"Yes. 룩스 씨의 뒤를 밟아보지요."

샤리스가 눈을 번뜩 빛내며 말하자 티르파와 녹트가 뒤따라서 말했다.

룩스가 모르는 곳에서 다른 위기가 꿈틀거리기 시작했다.

†

"미안해, 아이리! 많이 늦었지!"

"있잖아요……. 소피스 씨를 설득하겠다는 계획은 오빠 머리에서 나온 거 아니었나요?"

기룡 격납고 지하실에 들어간 룩스는 감옥 밖에서 기다리던 아이리의 도끼눈과 맞닥뜨렸다.

"소피스, 뭔가 말한 것 좀 있어?"

"오빠가 눈앞에서 방뇨를 강요했다는 악담 정도요."

"그건 오해라니까!"

어떻게 보면 사실일지도 모르지만, 룩스가 원한 것처럼 이야기하는 건 역시 곤란했다.

"농담이에요. 그보다, 누가 따라오지는 않았죠?"

"응. 그건 꼼꼼하게 주의하고 있어."

소피스가 이 학원 지하에 감금되어 있다는 것은 여왕도 모르는 극비 사항이다.

만약 이 사실이 드러나면 중요 참고인 겸 인질로서 소피스의 신병을 세계 연합에 넘겨야할 것이다.

그녀들과 직접 맞붙을 작정이라면 그것이 올바른 선택일지도 모른다.

그러나 소피스에게서 진실을 듣고 설득하는 길은 필시 막히게 되리라.

아무튼 앞으로는 신중하게 행동해야만 한다.

"그럼, 교대하자."

"네. 그녀의 컨디션에는 문제없어요. 그리고 학원 주위를 경계하는 게 좋을 것 같아요. 리샤 님 일행 쪽에, 경계를 강화해달라고 넌지시 말해둘게요."

"응. 부탁할게, 아이리."

그 말을 끝으로 룩스는 감옥에 발을 들였다.

"들어갈게, 소피스."

룩스는 일단 들어가겠다는 걸 알리고서 감옥이 쭉 늘어선 넓은 공간으로 걸음을 옮겼다.

소피스를 가둬둔 감옥 앞에 도착했다. 소녀는 언제 잠에서 깼는지는 몰라도 공허한 눈을 반쯤 뜬 채 숨이 멎어 있었다.

"무슨 일이야, 소피스! 정신 차려!"

룩스는 힘없이 사지를 늘어뜨린 소피스의 맥박을 확인하려고 했다.

그 순간 번쩍 눈을 뜬 그녀는 황급히 그 손길을 거부했다.

"변태……. 정신을 잃은 여자애의 몸을 더듬다니, 보통은 사슬을 먼저 풀 텐데."

"어? 아, 어라……?"

영락없이 죽은 줄 알았는데 즉각 반응한 그녀를 보고 룩스는 당황했다.

어떻게 된 걸까?

"……앗, 실수했다. 풀썩."

동요하는 룩스 옆에서 갑자기 또 혼이 빠져나간 것처럼 힘없이 늘어지는 소피스.

"저기, 설마, 죽은 척 한 거야?"

"……."

대답은 없었다.

그러나 다시 맥박을 확인하려고 하자 그녀는 벌떡 일어나 지겹다는 눈초리로 룩스를 노려보았다.

"사람이 자는 줄 알고 나쁜 장난을 치려 하다니, 저질."

"역시 깨어 있는 거 맞잖아. 하아, 깜짝 놀랐네."

룩스는 오해가 없게끔 정정했지만, 정색한 채 의심어린 눈초리로 쏘아보는 그녀 앞에서 움츠러들었다.

그나마 말문이 트였으니까 좋아진 것일지도 모른다.

처음 2, 3일은 부끄러운 사고 때문인지 입조차 뻥끗하지 않았다.

"……그렇게, 보고 싶어?"

"응……?"

그런데 족히 십여 초 이상 지났을 때 소피스가 갑자기 그런 말을 꺼냈다.

"잠깐이라면, 보여줄 수 있어. 내, 소중한 부분."

"뭣?! 대체 무슨 소리야?!"

영문도 모른 채 당황하는 룩스 앞에서 천천히 몸을 배배 꼬는 소피스.

원체 노출이 심한 의상이다 보니 몸을 꼬기 시작하자 허리 라인이나 겨드랑이, 그리고 가슴 쪽으로 눈길이 절로 움직였다.

"부탁해. 사슬에 매달려있다 보니 아파. 흉이 남겠어."
"그, 그런가."
확실히 꽃다운 소녀에게는 괴로운 일일지도 모른다.
그렇게 생각한 룩스가 수갑 열쇠를 꺼내려는 찰나.
"앗, 잠깐만. 가만 생각해보니, 또 날 속이고 탈옥하려는 거 아냐?"
"……그런 거 아냐."
"적어도 내 눈을 보고 대답하시지?!"
표정을 싹 지우고 고개를 돌리니 이 이상 알기 쉬울 수가 없었다.
예상대로라고나 할까. 룩스에게 이 일은 어울리지 않는 듯했다.
하지만 진득하게 시간을 들일 여유는 없었다.
마기알카와 약속한 기한까지 앞으로 이틀 밖에 남지 않았다.
이대로라면 그녀를 인질로 삼아『달』과의 교섭에 나서야 한다.
"역시, 여동생보다 소년 쪽이 쉬워 보여."
"있잖아, 대놓고 그러지 말아줄래……?"
암만 사실이라지만 면전에서 그런 말을 들으니 역시 마음이 편치 않았다.
"그렇다면, 네게는 협박으로 나가겠어. 이제 시간이 별로 안 남았어.『달』에서 출발하기 전에 기한을 정해뒀으니까."
"기한?"
"보스인 내가 돌아오지 않을 때의 방침도, 리 프리카에게 지시해두었어. 일주일 후까지 내가 돌아가지 않으면, 『달』이 어떻게 나올지 몰라."

"뭐, 라고?"

그 말을 들은 룩스의 안색이 바뀌었다.

즉 『달』에서 라그나뢰크에게 명령을 내려 각국을 공격할 거라는 뜻이리라.

"그러니까, 어서 나를 풀어줘. 그렇게 해준다면, 신왕국에는 손 안 대겠다고 약속할게."

소피스가 차가운 목소리로 말한 직후 시각을 알리는 종소리가 들렸다.

룩스는 일단 감옥 밖으로 나가기로 했다.

소피스가 감옥 구석에서 찾은 낡은 철사를 슬그머니 수갑 열쇠구멍에 꽂고 있다는 것도 알아차리지 못한 채.

†

"소피스랑 교섭하는 건, 아직 불가능하려나……."

기룡 격납고 지하 감옥에서 나온 룩스는 혼자 중얼거렸다.

아이리가 말했다시피 소피스는 다소 온순해지긴 했지만, 중요한 부분에서는 여전히 고집이 셌다.

그야 그럴지도 모른다.

전 세계를 적으로 돌리면서까지 『대성역』을 차지하려 드는 만큼 어중간한 각오는 아닐 것이다.

'하지만, 왜일까? 본인도 뭔가 망설이는 것 같았어.'

구체적인 근거는 없었으나 그게 룩스의 직감이었다.

사실은 좀 더 솔직하게 털어놓고 싶지만, 그 마음을 이성의 가면으로 억누르고 있다.

룩스는 그런 인상을 받았다.

하지만 어떻게 해야 좋을지 알 수 없었다.

그녀의 각오를, 어떻게 무너뜨려야 할지 모르겠다.

만약 대화를 할 수 있다면 『용비적』이 아니라 『달』에 남아 있는 리 프리카와도 하고 싶지만, 그건 불가능하다.

하다못해 같은 『열쇠 관리자』인 크루루시퍼에게 상담이라도 해볼까 했지만, 그녀는 어린 시절의 기억이 거의 없으니 별 효과는 없을 것 같았다.

룩스가 그렇게 머리를 굴리고 있는데 누군가가 등을 탁 때렸다.

"루크찌, 이런 데서 뭐하고 있어~?"

"우왓?! 티, 티르파? 어, 어쩐 일이야?"

"어라라라, 뭘 그리 당황하실까. 설마 여자애라도 만나고 온 거야~?"

"으…… 아니 그게— 그냥 자잘한 일 좀 했어."

정곡을 찔린 룩스는 심장이 철렁했다.

룩스는 반사적으로 거짓 미소를 지었지만 티르파는 더욱 의심스러운 눈초리로 말했다.

"으음~ 불길한 예감이 적중한 걸까. 그치만 『협정』을 맺은 사람들이 여기에 없다는 건 확인했는데. 설마, 루크찌의 연인 자리를 노리는 제3의 세력이 나타났나?!"

"무슨 소리야?! 아니 그보다, 티르파야말로 여긴 왜 왔는데?!"

갑자기 진지한 표정으로 생각에 잠긴 급우 소녀를 다그치자 그녀는 그제야 떠오른 것처럼 생긋 미소 지었다.

"아, 맞다―. 내일 이벤트가 열리니까, 그걸 알려주려구. 성야제의 레크리에이션!"

"설마 그건, 렐리 씨가 말한―."

나쁜 예감이 적중한다.

"맞아! 이름하야, 루크찌 선물 전쟁! 와아~ 박수박수―."

얼굴에 경련을 일으키며 굳어버린 룩스 앞에서 티르파가 법석을 부렸다.

내일까지 소피스를 설득하지 못하면, 모레 아침에 마기알카가 올 텐데…….

아니, 오히려 이 며칠 동안 아무것도 못한 룩스의 잘못인지도 모른다.

여하간 룩스 앞으로 준비된 선물이 너무 많아서 다 줄 수 없기 때문에 이벤트를 통해 대신하려는 모양이지만, 뭘 어떻게 하려는 것일까?

"―그래서, 구체적으로 난 뭘 하면 되는데?"

"음― 아직은 비밀. 뭐, 아무튼 내일 하루는 거기에 집중해 줘. 다른 의뢰를 받았는지는 모르겠지만, 우선권은 우리 쪽에 있으니까."

"아…… 그, 그래."

듣고 보니 확실히 티르파 일행과 선약이 있었다.

게다가 소피스 이야기를 할 수도 없는 탓에 고개를 끄덕일 수밖에 없었다.

"그럼— 내일은 잘 부탁해! 다들 기대하고 있다구~."

웃으면서 손을 흔드는 티르파와 헤어진 후 룩스는 한숨을 푹 내쉬었다.

'그런 걸 하고 있을 때가 아닌데…….'

반일 정도라지만 소피스를 설득할 시간을 빼앗기는 게 아까웠고, 그동안 아이리에게 그녀의 감시를 맡겨야 하는 것도 불안했다.

하지만 그렇다고 당장 뾰족한 수가 있는 것도 아니라서 어차피 아무 것도 못할 것 같았다.

참고로 왕도와 학원에는 『칠용기성』 관계자가 한 명씩 경비하러 와주었지만, 마기알카는 어젯밤 마르카팔 왕국으로 떠나버렸다.

"어느 정도, 믿을 수 있는 사람이 와줬으면 좋겠는데."

아니, 사실 최악의 카드인 싱글렌 일당만 아니라면 누가 오든 상관없었다.

룩스는 그 남자가 선물 이벤트를 구경한다고 생각하자 여러모로 저항감이 들었다.

그런 시시한 생각을 할 만큼의 여유는 되찾은 것 같았다.

어쨌거나 내일 이후로는 사태가 크게 움직일 것이다.

리샤 일행이 마음에 걸렸지만, 이제 룩스 쪽에서 찾아갈 기회는 남아 있지 않았다.

"아무 일도 없으면 좋겠는데……."

마지막으로 다시 한 번 소피스를 가둬둔 격납고를 보러 간 후에 자기 방으로 돌아갔다.

그리고 드디어 성야제 당일, 이벤트 날이 찾아왔다.

†

며칠 전— 신왕국의 중심, 왕도 로드갈리아.

우뚝 솟은 왕성 내에 있는 회의실에서는 토론이 이어지고 있었다.

"이제 그만 반격을 각오하고 움직일 수밖에 없어요. 우리에게는 남은 시간이 얼마 없잖소."

"하지만 그런 강경책을 쓸 수는 말씀드렸을 겁니다."

아티스마타 신왕국의 라피 여왕은 의연한 태도로 각국 대표들에게 말했다.

『달』의 병기와 라그나뢰크를 협박 수단으로 이용해서 각국의 유적 공략을 봉쇄해버린 소피스. 그녀 대한 대책회의는 끝이 보이지 않는 탁상공론으로 발전했다.

회의실은 각국을 대표하는 고관들로 북적거렸다.

자국이 위험에 노출될 가능성이 있는 이상 모든 사람이 신왕국에 계속 체류할 수는 없기 때문에, 대신할 사람으로 그들이 오게 되었다.

처음 며칠간은 소피스의 선전포고에 겁먹고 엉거주춤한 모습을 보였지만, 그 뒤로는 형세가 확 바뀌더니 반격을 원하는 목소리가 차츰 높아졌다.

두 라그나뢰크에게서 『그랑 포스』를 꺼내 유적에 수납해야 하는 점을 고려하면 『달』이 있을 가능성이 가장 큰 곳은 아직 해방되지 않은 유적이 남아 있는 아티스마타 신왕국과 유미르 교국 근처일 것이라는 추측이 제기된 이후로, 나머지 5개국 대표들은 희생을 감수하고 공세에 나서야 한다고 한사코 우기게 되었다.

반대로 타격을 입게 될 가능성이 가장 큰 신왕국으로서는 어떻게든 그것만은 피해야했기 때문에, 라피 여왕은 나르프 재상과 함께 필사적으로 저항했다.

그러나 사실은 각국이 그렇게 닦달하는 이유도 알고 있었다.

이대로라면 『용비적』들이 『대성역』을 차지하게 될지도 모른다.

그렇게 되면 그들의 지배하에 놓이게 되어 국가의 존재의의가 사라질 터다.

아직 2개월이라는 유예가 있기에 미루고 있지만, 언젠가는 싸워야 한다는 것은 정해져 있는 미래다.

그렇다면 자국에 피해가 미치지 않을 가능성이 큰 이 타이밍에 어떻게든 적을 섬멸하고 싶다.

그런 계산 끝에 정론을 방패삼아 강행작전을 성사시키려는 것이었다.

만약 라피나 나르프가 반대되는 처지였다고 해도 그들과 같은 주장을 했으리라.

그래서 계속 타협점을 찾지 못한 채 진전 없이 헛돌기만 하는 의논에 지쳐 있었다.

"리스테르카 황녀 폐하, 뭔가 묘안은 없으신지요?"

대답이 궁한 나르프 재상은 우연히 이 회의에 참석한 『창조주』의 대표 리스테르카의 의중을 떠보았다.

그러자 인지를 초월할 정도로 아름다운 순백의 황녀는 쭉 감고 있던 눈을 조용히 떴다.

회색과 심홍색. 좌우의 색이 다른 두 눈동자.

그것으로 조용히 각국 대표를 둘러본 다음 입을 열었다.

"글쎄요. 우리 신성 아카디아 황국의 혈맥을 이어받은 신왕국에서 이런 말은 하고 싶지 않습니다만— 역시 피해를 각오하고 『달』을 빼앗으러 가야 한다고 생각합니다."

"오오……!"

그 순간 유미르 교국의 대표를 제외한 고관들 사이에서 흥분 섞인 환성이 일었다.

"역시 구시대의 황족에 걸맞은 멋진 각오로군요!"

"그 방법밖에 없겠지요. 유감스러운 일입니다마는."

"후예국이 피해를 입는 것도 마다하지 않다니, 용감한 결정이십니다."

저마다 멋대로 지껄이며 편승하기 시작하는 각국 대표들.

『창조주』인 황족 리스테르카는 아카디아 구제국이 자신의 먼 후손에 해당하지만 직접적인 관계는 없다고 했다.

하지만 아무리 그럴지라도 신왕국에 온정을 베풀어 감싸줄 거라고 기대했지만, 나르프의 예상은 보기 좋게 빗나갔다.

그뿐만이 아니라 『대성역』을 공략하기 위한 열쇠인 『창조주』들이 반격에 긍정적인 태도를 보이다니.

이제는 늦고 빠르고의 차이가 있을지언정 이 흐름은 막을 수 없으리라.

"……조금만 더, 기다려주실 수 없으신지요? 『달』을 공격한다고 해도, 국방을 위해서 전력을 집결할 필요가 있습니다. 부디……."

얼굴에 고뇌의 그늘이 진 라피가 요청하자 유미르 교국의 고관도 따라서 고개를 숙였다.

그렇게 나오자 각국 대표들도 그 이상은 요구하기 힘들었다.

너무 무모하게 밀어붙이다간, 차후에 자국이 위기에 처했을 때 버림받게 될 수도 있기 때문이다.

"그럼 준비를 마친 후 공세에 나서지요. 반격 결행일은 5일 후. 이 나라의 성야제 다음날이 좋겠군요."

리스테르카의 정리를 마지막으로 군사 회의가 끝났다.

일시적으로 해산하여 회의실에서 각국 고관들이 떠난 후에도 라피는 고개를 숙인 채 자리에서 일어나지 않았다.

"폐하. 부디 낙심하지 마십시오."

반격을 인정한 것은 어쩔 수 없는 선택이었다.

그대로 흘러간다면 최악의 경우 세계 연합이 와해되고 나머지 다섯 나라가 『창조주』 측에 붙게 될 것이다.

『창조주』가 인내심이 다해 신왕국을 내치면, 그들도 그 선택을 따르게 되리라.

무엇보다 현재 신왕국은 아카디아 구제국 시절에 비해 타국에 대한 영향력이 그렇게 강하지 않았다.

배신당하게 되면 더욱 비참한 결말이 기다리고 있었다.

"어쩔 수 없지요. 신왕국도, 일찍이 큰 폐를 끼쳐왔으니."

"……."

여왕은 체념조로 나지막하게 중얼거렸지만 나르프는 대답하지 않았다.

이곳에 모인 나라 중 절반은 구제국 시절에 온갖 방식으로 크고 작은 침략을 받았기 때문에 나름대로 원한이 있다.

신왕국이 큰 피해를 입는다 해도 걱정하지 않을 것이다.

"『달』에 반격하기로 결정한 이상 사대 귀족을 소집해야겠군요. 와르그 크로이처를 복권시키는 것은 도박이지만, 실제로 그의 중재로 아군이 되는 귀족도 많을 거라고 들었습니다."

와르그 크로이처는 아들인 발제리드와 함께 암암리에 부정을 저지르다가 실각한 사대 귀족의 일원이지만, 자신의 영지에서는 여전히 강한 영향력을 가지고 있다.

특히 그 차남인 지그 크로이처가 움직이기 시작하자 그들이 있는 서방령에서는 강한 반역의 조짐이 나타났다.

신왕국이 열세에 몰린 이 상황에서 왕도의 귀족을 지키려면 한 명이라도 많은 기룡사가 필요하다.

그렇다면 필연적으로 그들의 힘도 빌릴 수밖에 없다.

이미 한 번 와르그 경을 부패한 인물로서 단죄한 신왕국으로서는 부득이한 결단이었으나— 달리 이 상황을 타개할 방법은 없었다.

"일임하겠습니다, 나르프. 그쪽은 당신이 잘 알 테니까……."

"걱정하지 마십시오……. 이봐, 폐하를 침소로 모셔다드려라."

그리고 회의실에서 나온 나르프는 피로 때문에 비틀거리는 라피를 위해 시종을 불렀다.

시종에게 여왕을 맡긴 후 나르프는 필요한 서류를 모으러 집정관들을 찾아가기로 했다.

희미하게 빛나는 동물 기름 램프로 밝혀진 어두운 복도를 걷는다.

창문에 비친 그 얼굴에서는 조금 전까지와는 다르게 냉담하고 어두운 눈동자가 보였다.

"……저것도 생각보다 쓸모가 없군. 아티스마타 백작의 위광으로 관리하는 것도 이런 궁지에서는 한계인가. 이 이상 사대 귀족의 힘을 빌리면 권력의 균형이 무너지겠지."

그 표정은 더없이 냉혹하게 현실을 직시하는 재상의 얼굴이다.

"어쨌거나 준비만은 해둬야겠지. 이 신왕국에서는 사대 귀족과의 결속이 불가결하니까. 꼭대기에 앉을 우두머리는, **어떻게든 되겠지.**"

누구에게도 들리지 않을 정도로 작은 목소리가 나르프 재상의 머릿속에 울려 퍼진다.

그리고 앞이 보이지 않는 회랑의 어둠 속으로 다시 나아가기 시작했다.

Episode 5 성스러운 연회의 뒤쪽에서

기억이 깜빡거린다.

제7 유적『달』에서 소피스 엑스퍼가 휴면 포드에서 깨어나 자동인형 리 프리카와 만난 것.

다른 동료는 단 한 명도 남아 있지 않았던 유적에서의 삶.

여동생 우르크와 셋이 함께 평온한 나날을 보낸 기억.

그리고— 어느 날 바깥 세계를 보고 싶다는 말을 꺼내던 우르크의 모습.

『나, 바깥 세계에서 친구를 만들고 싶어.』

순진무구한 여동생이 희망을 품고 한 말.

그런 동생의 소원을 이루어주고 싶었기에.

자신 역시 그러길 원했기에, 세 사람은 바깥세상으로 나갔다.

그 옛날『열쇠 관리자』가 그러하였듯, 아직 보지 못한 인간들과 접촉하기를 바랐다.

그들이 내려선 곳은 십여 년 전, 아카디아 구제국.

세 유적이 남아 있는 대국에 내려섰을 때만해도 소피스의 피부는 희었고, 머리카락은 푸르렀다.

"……나는, 용서하지 않겠어."

난로에서 일렁이는 불꽃에 물든 얼굴로 잠에서 깬 소피스는 결의를 새로 다졌다.

그때 찢긴 어깨의 상처는 이제 거의 남아 있지 않지만, 통증은 지금도 기억에 선명하게 새겨져 있다.

아카디아 제국의 황족과 함께 향한 『모형 정원』에서 벌어진 사건.

그때 리 프리카가 구해주지 않았다면 자신도 죽었으리라.

여동생 우르크는 이제 돌아오지 않는다.

이 시대의 인간 따위를 신용한 탓에, 배신자 일족 따위와 관련된 탓에, 소피스는 그 무엇보다 소중한 존재를 잃어버렸다.

"그러니까 나는— 이제 누구도 믿지 않겠어."

감옥 구석에 부서진 사슬 일부가 떨어져 있던 것은 이곳을 오랫동안 사용하지 않았기 때문이리라.

장시간 구속으로 인한 울혈을 방지하기 위해 아이리가 한쪽씩 사슬을 풀어준 틈을 타 운 좋게 철사 조각을 구했다.

그것을 어떻게든 손까지 옮긴 소피스는 벌써 한나절 가까이 열쇠구멍과 씨름하는 중이었다.

『성식』으로 인해 세계가 붕괴한 뒤로는 자신이 『대성역』에 도달해서 지켜야만 한다.

하지만 어째서일까?

천진하고 순진한 소피스의 여동생과는 조금도 닮지 않았는데, 어째서인지 아이리를 보고 있으면 우르크를 떠올리게 된다.

소피스가 실례를 했을 때 다른 사람을 부르지 않고 직접 처리해준 것도, 이 이상 룩스에 대해 나쁜 이미지를 품는 것을 막기 위해서인 것이었다.

"감상에 젖어 있을 시간 따위는, 없는데."

철컥. 드디어 철사로 수갑을 푸는 데 성공하여 오른손도 자유로워졌다.

계속에서 다리에 연결된 사슬까지 마저 풀어내 완전히 해방되었지만, 기공각검은 역시 이곳에 없는 탓에 맨손이었다.

"기회를 노릴 필요가, 있겠어."

평소처럼 허무에 젖은 진지한 표정으로 소피스는 생각했다.

그때, 감옥 밖에서 작은 대화가 들려왔다.

"역시 아무도 없네—. 루크찌랑 누군가가 밀회 중일 가능성은 없는 것 같아."

어쩐지 안심한 것처럼 들리는 소녀의 목소리를 통해 소피스는 자신을 찾으러 온 사람은 아니라고 판단했다.

"Yes. 두 분 모두 안심하셔서 다행입니다. 눈에 보이게 안절부절 못하고 계시더군요."

"그러는 녹트도 꽤 신경 쓰지 않았나? 룩스 군에게 상대가 있다는 말을 듣고."

"……."

어디선가 들어본 듯한 목소리였지만 소피스는 기억나지 않았다.

"그 이야기는 되었으니, 여기서 나가지요. 우리도 이곳에는 들어오면 안 됩니다."

아주 약간 난처함이 섞인 목소리가 담담하게 울렸다.

"그렇지—. 오늘은 성야제 이벤트가 있으니, 바빠질 것 같네."

"어젯밤에 늦게까지 준비를 하던데, 괜찮은가요? 티르파."

"물론이지—. 가장 준비도 끝났어. 화장 도구나 의상도 말이지. 여자 기숙사 홀에 모아뒀다구."

"암, 썩 좋은 상황은 아니라지만, 즐겨야 할 때는 즐겨야지. 그럼 가자고."

이야기가 정리되었는지 발소리가 멀어져갔다.

아무래도 이 감옥에서 떨어진 위치에 출구가 있는 듯했다.

아마도 잠긴 문, 또는 숨겨진 통로가 있는 모양이다.

그러나 대화 내용을 들어보니 룩스 남매와 몇 명을 제외하면 소피스가 붙잡혔다는 사실은 알려지지 않은 듯했다.

게다가 소피스가 세계 연합을 향해 선전포고를 한 것도 이 학원 학생들은 대부분 모른다는 것을 『용비적』의 사전조사로 알고 있다.

그녀들의 눈만 속이면 충분히 침입할 수 있다.

"……그래, 화장."

아직 이른 아침이니 인기척은 적을 터.

탈출해도, 이 기룡 격납고 안에 기공각검을 숨겨두었을 가능성은 적다.

"우선은 변장해서 《브리트라》를 되찾자. 아이리를 납치하는 건 그 다음."

심호흡을 한 번 한 소피스는 풀린 사슬을 치웠다.

감옥 밖으로 나가 벽을 더듬어서 숨겨진 통로의 입구를 찾아낸 후 그대로 밖으로 뛰쳐나갔다.

†

작은 새들이 지저귀는 아침.

“흐아암…….”

작게 하품을 하며 룩스는 일어났다.

어젯밤에는 성야제 전야를 위한 장식 작업을 도와주었기 때문에 조금 졸렸다.

역시 한겨울이라 방 안의 공기가 싸늘했지만, 가볍게 스트레칭을 해서 잠을 쫓아냈다.

어제는 잠자리에 들기 전에도 소피스를 보러 갔지만 여전히 퉁명스러운 태도였다.

다만 『여동생한테, 꽤 사랑받는 모양이네』라는 한마디를 하긴 했지만…….

‘앞으로, 남은 건 하루인가…….’

그 기한이 지나면 마기알카는 소피스를 인질로 삼아 『달』에 남은 자동인형 및 『용비적』과 교섭을 시작할 것이다.

그때까지 어떻게든 설득해야 한다.

“아참, 오늘 낮에는 학원 일에 집중해야 하지.”

성야제 전날 학원에서 열리는 가장 파티.

룩스는 렐리가 감독하는 그 이벤트의 주역으로 발탁되었다.

본디 성야제는 구제국 이전부터 축제로 존재해온 관습인데, 성인은 예복을 입지만 아이는 동물을 모방한 가장을 하고서 남성에게 선물을 건네주는 것이 취지였다.

그리고 그 보답은 나중에 남성 쪽에서 하는 게 예의다.

"어쩐지 그리운걸."

날품팔이 시절 룩스는 선물을 받아본 적이 없었으니 오랜만에 겪는 일이라고 할 수 있었다.

그런 생각을 하며 교복으로 다 갈아입었을 때 누군가가 방문을 두드렸다.

"안녕―! 루크찌, 잘 잤어―?!"

기운 넘치는 특징적인 티르파의 목소리.

예정대로 시간이 되자마자 달려온 모양이다.

룩스가 주역인 오늘 이벤트는 트라이어드가 에스코트하기 때문이다.

"안녕, 티르파…… 어, 에엑?!"

방문을 연 순간, 그녀의 옷차림을 본 룩스의 머리가 당혹감에 굳어버렸다.

맨살 노출이 심하면서 몸에 딱 달라붙는 검은 천 원피스와 타이즈.

그리고 목에 찬 리본과 토끼 귀를 모방한 귀 머리띠.

저번에 만난 피르히와 비슷하게 차려 입은 트라이어드가 방 앞에 서있었다.

"저기, 그 차림은, 설마……?"

© 2017 Ayumu Kasuga

"바로 그 설마야. 우리 세 명은 토끼 가장을 하게 되었지."

"어때, 어때? 어울려~?"

"Yes. 계절이 계절이다 보니 춥다는 문제가 있습니다만, 밖에 나갈 때는 겉옷을 걸치면 되니까요."

"그게, 어떠냐고 물어봐도— 어울려."

솔직히, 어디다 눈을 둬야 할지 모르겠다는 대답 말고는 할 말이 없었다.

평소에는 리샤 일행의 화려한 분위기에 눈길을 빼앗길 때가 많지만, 이렇게 꾸미니 트라이어드도 상당히 매력적이다.

"하아, 다행이다~! 이 옷을 입으려면 용기가 꽤 필요하거든—."

"Yes. 옷 면적 자체는 장의와 별 차이 없는 것처럼 보입니다만, 신기하네요."

"훗, 나도 역시 좀 창피하군. 그럼 갈까, 룩스 군. 다들 네가 오길 기대하고 있다고?"

"아하하……. 그럼 오늘은 잘 부탁드려요."

약간 쑥스러운 듯한 트라이어드 삼인조의 재촉을 따라 룩스는 식당으로 향했다.

수프와 빵으로 아침식사를 간단하게 마친 다음 검은 예복으로 갈아입고 안뜰로 향했다.

정식 파티도 아닌데 왜 이런 복장을 입어야 하는 것인지 궁금했지만, 그 이유는 곧 밝혀졌다.

"어머, 주인님이 오셨네!"

"역시 전직 왕자님답구나."

"무척 잘 어울리는걸요."

여학생들이 그렇게 떠들어대서 룩스는 살짝 낯간지러운 기분이었다.

안뜰 중앙에 설치된 작은 특설 스테이지에 올라가자 학원장 렐리가 옆에 서서 우선 인사를 했다.

"학생 여러분. 연말인데도 힘든 훈련을 열심히 하느라 정말 고생들이 많아요. 그래서 오늘은 조촐하나마 포상을 겸해서 성야제 가장 파티를 열기로 했습니다. 다들 실컷 즐겁게 보내봅시다!"

렐리의 짧은 인사에 학생들이 박수갈채를 보냈다.

말을 짧고 담백하게 끝내는 것이 인기의 비결인 듯했다.

"자 그럼, 가장하고 과자를 먹는 것 말고도 룩스 군은 모두를 위해 특별한 잡일을 하게 될 건데요. 이름하여— 사역마 뽑기 대회입니다!"

렐리가 선언한 타이틀을 듣고 와아— 환성을 지르는 소녀들.

소녀들은 이미 가장하고 있었는데, 동물 귀 머리띠 정도만 한 사람부터 꼬리나 날개를 단 사람까지 다양했다.

룩스가 뽑은 제비에 적혀 있는 동물과 사역마로서 할 일을 고르면 해당하는 소녀들이 선물을 건네주는 것이다.

그리고 이벤트 내용은, 마찬가지로 연극 무대처럼 꾸민 방에서 룩스의 명령을 받으며 함께 보내는 것이었다.

나머지 여학생들은 다들 평범한 입식 파티를 즐긴다고 한다.

준비된 동물은 전부 열 종류 정도라서 제법 뽑는 재미가 있을 것 같았다.

'그건 그렇고, 정말 잘도 생각해낸다니까.'

렐리의 아이디어인지 아닌지는 모르지만, 그 자유로운 발상에 감탄이 절로 나왔다.

"자 그럼, 우선은 첫 번째 제비를 뽑아보렴."

재촉 받은 룩스는 상자에서 대충 아무 제비나 뽑았다.

"어디보자…… 고양이라고 적혀 있는데요."

"어머나, 최고의 폭탄을 뽑아버렸네. 고양이는 수가 아주 많아요. 그럼, 우선 학원 응접실에서 이벤트를 진행해야—."

렐리의 한마디에 우르르 몰려드는 많은 학생들을 트라이어드가 어떻게든 제지했다.

룩스의 긴 하루가 시작을 앞두었을 때, 한쪽 구석에서는 하얀 로브와 후드를 푹 뒤집어쓰고 낙서처럼 대충 그린 가면을 쓴 소녀가 그 광경을 지켜보고 있었다.

"어라, 희한한 분장을 하고 있네요?"

옆에 선 여학생이 상냥하게 묻자 로브 소녀는 조금 당황했다.

"이건…… 그래, 유령 분장. 아마도."

억양 없는 담담한 말투였지만 여학생은 생긋 웃었다.

"재미있네요. 아아, 그나저나 안 뽑혀서 아쉬워요. 모처럼 룩스 씨와 멋진 시간을 보낼 수 있겠다고 기대했는데."

"저 몰락 왕자, 그렇게 인기가 많아?"

"오랜만에 듣는 별명이군요. 이제 룩스 씨를 그렇게 부르는 사람은 없는 줄 알았는데. 지금은 학원의 자랑이 되었으니까요."

"……그래? 그런데, 기공각검 보관고는 어디였더라?"

"네? 기공각검 관리는 소유한 학생이 직접 하게 돼 있는데— 당신은……."

"아무것도 아니야. 잠시 깜빡했을 뿐."

하얀 로브 소녀는 약간 초조한 투로 대답하고서 그대로 후다닥 떠나버렸다.

"별로 못 들어본 목소리네."

남겨진 여학생은 의아한 듯 고개를 갸웃하다가, 급우가 부르는 소리에 연회석으로 돌아갔다.

†

"—후우. 큰일 날 뻔했어."

재빨리 그 자리에서 벗어난 소피스는 가면 뒤로 안도의 한숨을 내쉬었다.

기룡 격납고 지하실에서 빠져나온 것까지는 좋았는데, 《브리트라》의 기공각검이 없으면 탈출할 수 없기 때문에 찾는 중이었다.

기룡 격납고에서 적당한 범용기룡을 훔치는 것도 고려해봤지만, 역시 축제 때문에 소란스럽다고 해도 엄중하게 관리하는 것 같아서 단념했다.

그보다도 역시 소피스의 신장기룡인 《브리트라》는 격납고에 없는 것 같았다.

룩스 일행의 관점에서 생각해보면 원 소유주인 소피스를 감금해둔 장소와 같은 건물에 기공각검을 두는 것은 위험할 것이다.

그래서 그 다음에는 학원 여자 기숙사에 숨어들었는데, 마침 홀에서 가장용 의상을 발견하여 빌려 입게 되었다.

각종 화장용품도 있었지만 익숙한 도구가 아니었기 때문에 유령 차림을 선택했다.

"하지만, 이젠 어떻게 해야 좋을까."

교사 안이나 여자 기숙사 안에 기공각검이 있다고 가정하고 움직여야 하는 것은 사실인 듯했다.

그리고 그래야 한다면 소피스를 붙잡은 룩스나 아이리의 방을 먼저 찾아보는 게 바람직하리라.

최악의 경우에는 룩스나 아이리를 협박해서라도 《브리트라》의 기공각검을 되찾아야 하겠지만, 그것은 어디까지나 마지막 수단이다.

"……망설이지 않겠어. 이번에야말로."

소피스는 안뜰에 비치된 테이블에서 케이크 커팅용 나이프를 한 자루 슬쩍하고 여자 기숙사 안을 돌아다녔다.

그렇게 각오를 다진 순간, 어디선가 본 인물이 눈앞에 나타났다.

"나 참, 왜 내가 박쥐 차림인 거냐?! 아무리 그래도 왕녀인데!"

"자자~ 이해하세요, 리샤 님. 오늘은 모든 학생이 주인공이라

의상이 한정돼 있잖아요. 그리고 그건 흡혈귀라구요, 일단은."
금발 사이드 테일을 흔들며 뛰고 있는 사람은 검은 복장을 입은 몸집이 작은 소녀다.
그 앞에는 갈색 포니테일이 특징인 토끼 차림을 한 소녀. 소피스가 아까 지하 감옥에서 들은 목소리의 주인이었다.
둘 다 어디선가 본 기억이 어렴풋이 있었다.
"잠깐 물어봐도 될까? 룩스 아카디아나 그 여동생인 아이리의 방이 어딘지 알고 싶어."
"음…… 넌 누구냐? 룩스에게 무슨 용건이 있는 거지?"
"루크찌는 지금 고양이 여자들에게 에워싸여 있어~. 샤리스랑 녹트가 관리하고 있고, 나는 휴식 중이야—."
"……그런가, 유감."
룩스라는 소년은 나름대로 인기 있는 것 같다고 판단했다
소피스는 룩스 본인이 아니라 당장은 방의 위치를 알고 싶었지만, 너무 노골적으로 물어보면 들킬 위험이 있으므로 그 이상 캐묻지 않았다.
그래서 소피스는 질문을 바꾸었다.
"그보다, 그 남자에 대해서 뭔가 아는 건 없어? 평소와 다른 낌새를 보인다든지."
운이 좋으면 룩스가 드나드는 장소를 추려내고, 그 정보를 통해 기공각검 보관 장소에 다다를 수 있을지도 모른다고 생각했다.
"글쎄다. 모처럼 결투를 치르기 전인데, 협정이라는 것 때문

에 내 쪽에서는 선불리 말을 걸 수 없어서 말이다. 그리고 왠지는 몰라도 기룡 격납고를 들락날락하지를 않나."

"하지만 상황을 보러 리샤 님한테도 찾아갔잖아요?"

"뭐, 그렇긴 하지."

티르파가 지적하자 리샤의 표정이 흐뭇하게 변했다.

"싸움에 뛰어들고 장갑기룡을 만지는 것밖에 모르는 공주인 나를, 그 녀석은 멋지다고 칭찬해주었다. 도와주었지."

그리고 팔짱을 끼더니 깊은 마음이 느껴지는 어조로 말을 이었다.

"평소에는 얼빠진 구석도 있는 주제에, 그런 태도로 나오면 졌다는 기분이 든단 말이지."

"늘 지고 있는 듯한 기분이지만요. 그래도…… 어떤 마음인지는 알 것 같네요~."

"그럴 리가— 없어."

"어……?"

유령 가장을 한 소녀의 입에서 불쑥 튀어나온 말을 듣고 리샤와 티르파는 놀랐다.

그러나 소피스는 거기서 멈추지 않고 쭉 이어서 말했다.

"그 구제국의 피가 흐르는 아카디아 일족은 자기밖에 몰라. 그런 부류의 생물이지. 당신들은 속고 있을 뿐. 환신수의 위협에서 도망치기 위해, 그를 영웅으로 치켜세우며 받아들일 수밖에 없는 처지일 뿐이야."

잠시 어안이 벙벙하여 눈만 깜빡거리던 리샤가 하아, 한숨을 토해냈다.
"꽤 오랜만에 듣는 비평이로군. 이제 그런 소릴 하는 녀석은 없을 줄 알았는데."
"왠지 루크찌가 막 학원에 왔을 때의 리샤 님 같네요~."
"그, 그건 아주 초기에 잠깐 그랬을 뿐이다만……."
그래도 두 사람은 동요하지 않았다.
소피스의 예상을 뒤엎고, 그저 룩스에 대해 있는 그대로 이야기해주었다.
사람이 좋아서 타인의 부탁을 잘 거절하지 못하는.
하지만 신념을 갖고 모든 사람을 구하기 위해서 목숨을 걸어온 소년의 삶을.
"뭐, 그 녀석이 생각보다 엉큼하다는 점은 동감한다만. 초장부터 목욕하는 나를 훔쳐본 것도 그렇고, 그밖에도 온갖 여죄가—."
"그건 나도 동의해. 그 소년은 변태."
리샤의 대답을 듣고 소피스는 즉시 긍정하며 맞장구를 쳤다.
그러자 티르파가 어리둥절한 것처럼 고개를 갸웃했다.
"어라—? 너도 무슨 일 당해봤어? 아니 그보다, 몇 학년이야? 신입생인 것 같은데."
"……이러고 있을 때가 아닌데. 먼저 가볼게."
속으로 깜짝 놀란 소피스는 허둥지둥 발걸음을 돌려 여자 기숙사 복도를 잰걸음으로 나아갔다.
일단 리샤 일행과 멀어지기 위해서 이번에는 학원 교사 쪽으로 가보기로 했다.

"—후우, 위험한 순간이었어."

안뜰을 걸으면서 소피스는 계속 학원 부지를 탐색했다.

저번 학원제때 와보았기 때문에 대략적인 위치는 기억하고 있었지만 세부적인 점까지는 떠오르지 않았다.

입식 파티용으로 비치된 테이블 위에는 구운 과자 몇 종류가 준비되어 있었는데, 먹은 게 거의 없었던 소피스는 무심코 손을 뻗고 말았다.

"……응, 맛있어."

학생이 만든 것치고는 맛이 좋은 걸까.

아니면 그냥 단순히 달콤한 것이 그리웠을 뿐인지도 모른다.

『달』에서는 합성 식품 덕분에 영양 밸런스는 잘 잡혀 있지만 대체로 제대로 된 요리라고 부를만한 것은 먹을 수 없었다.

아이리가 감옥에 가져다준 식사 쪽이 맛있었을 정도다.

"앗— 얘 좀 봐. 너무 많이 먹지 말라니깐!"

"읏……?! 저기, 이건—?!"

가면 밑에서 입을 오물거리던 소피스는 그 말을 듣고 당황했지만, 착각인 듯했다.

"딱히, 많이 안 먹었는……걸?"

조금 뒤쪽에 있던 소녀가 과자를 산더미처럼 쌓아둔 채 먹고 있었다.

도넛과 애플파이, 크레이프에 쿠키, 케이크 등, 다양한 과자를 오물오물 쉬지 않고 먹는 것은 풍성한 연분홍색 머리카락의 소녀다.

분명 이 소녀도 룩스와 친한 인물이고 신장기룡의 사용자였을 터다.

토끼 귀 머리띠와 피부에 딱 달라붙는 검은 옷을 입은 선정적인 모습이 순진하고 앳된 표정과 어우러져 귀엽게 느껴진다.

"피르히도 참, 먹지만 말고 좀 도와달라니까—! 지금 학원에 침입자가 있다는 소문이 돌아. 어쩌면 또 치한이 들어왔을지도 모른다는데—."

"……읍?!"

피르히에게 하는 말을 듣고서 소피스의 몸이 우뚝 경직되었다.

"그러고 보니 옆에 있는 애, 가면을 쓰고 있네. 설마…… 밖에서 들어온 남자는 아니겠지?"

"글쎄……?"

졸려 보이는 피르히의 눈이 소피스의 가면을 빤히 바라본다.

어떻게든 얼버무리며 그 옆을 통과하여 도망치려고 했을 때, 발밑까지 내려온 로브 자락을 밟고 말았다.

"앗……!"

넘어질 뻔한 소피스의 몸을 팔 하나로 가볍게 지탱하는 피르히.

그리고 가면을 살짝 밀어낸 그녀의 멍한 금색 눈동자가 소피스의 얼굴을 들여다보았다.

"……."

짤막한 침묵.

이건 치명적이라고 생각한 소피스가 내심 각오했을 때, 마치 아무 일도 없었던 것처럼 피르히는 가면을 다시 제대로 씌워준 다음 여학생들 쪽으로 돌아섰다.

"이 아이는, 치한이 아니야."

"그래? 고마워."

침입자를 찾고 있는 듯한 소녀들은 그 말을 듣고 물러났다.

가면 밑에서 소피스가 멍하니 입을 벌린 직후, 그녀가 담아온 과자 쪽으로 피르히의 시선이 향했다.

"구운 사과, 맛있어 보이네."

"혹시, 먹고 싶어?"

"……."

분홍색 머리카락의 소녀— 피르히가 말없이 고개를 끄덕였다.

소피스가 그것을 건네주자 반으로 쪼개주었다.

"고마워, 유령 씨."

"천만에, 토끼 씨."

"……."

뭘까, 이 분위기는.

붙잡기는커녕 못본 척 해주다니.

어째서 이 소녀는 자신을 수상하게 여기지 않는 것일까?

"물어볼게 좀 있는데, 룩스 아카디아가 어디 있는지 알아?"

"저쪽인데, 지금은 내 쪽에서 루우를 만나러 갈 수 없어."

구운 사과를 먹으며 소녀는 담담하게 대답했다.

"그렇구나."

"응. 루우, 학원의 모두가, 좋아하니까."

"……."

"지금은 분명, 친구가 많이 있으니까."

"친, 구……?"

"응. 나는 루우의 첫 번째 친구야."

소피스는 나지막하게 대답하는 피르히의 무표정 속에서, 부드러운 미소를 아주 살짝 느꼈다.

『나, 바깥 세계에서 친구를 만들고 싶어.』

그렇게 말하던 여동생— 우르크의 얼굴이 소피스의 머릿속에 떠올랐다.

†

"하아, 하악! 렐리 씨…… 학원장님 계세요?!"

"어머? 무슨 일이니, 아이리. 룩스 군이랑 피이가 드디어 맺어지기라도 한 거야?"

아이리가 학원장실에 뛰어들었을 때 렐리는 마녀로 가장한 채 서류를 작성하는 중이었다.

모든 면에서 지적할 점이 가득했지만 지금은 그게 문제가 아니었다.

"소피스 엑스퍼의 기공각검은 렐리 씨가 갖고 계시죠?! 그녀가, 기룡 격납고 지하 감옥에서 사라졌어요!"

"……!"

아이리의 절박한 목소리에 렐리도 상황을 파악했는지 즉시 표정이 진지하게 변했다.

"……그래, 탈주한 거구나. 언제 알아차렸니?"

"조금 전이요! 오늘은 파티를 준비하느라 계속 바빠서, 겨우 짬을 내서 가봤더니……. 오빠가 위험해요! 빨리 불러서 숨겨야……!"

"알았으니 진정하렴, 아이리. 외부에서 침입한 흔적은 있었니? 감옥이 파괴되었다거나."

"아, 아뇨, 그런 흔적은 없었어요. 아마도, 소피스가 직접 사슬을 풀고 나간 것 같아요."

"알았어. 일단 학원 주변의 위병들에게 수상한 사람을 못 봤는지 물어볼 테니까, 바로 트라이어드를 불러주겠니?"

"저기요, 진지하게 생각해주세요! 그녀를 놓치면 신왕국의 미래도―."

"그야 그렇지만, 그렇게 허둥대도 일이 해결되는 건 아니에요. 너랑 룩스 군은 그녀가 이렇게 도망치는 상황까지 각오하고서 제안을 받아들인 거잖니."

"윽……!"

더없이 침착한 렐리의 태도.

그것이 진지하지 못해서가 아니라, 그녀 나름대로 어른스럽게 행동하는 것임을 깨닫고 아이리는 입을 다물었다.

확실히 그랬다.

그녀가 탈주할 가능성도 크다는 것을 알면서 한 선택이었다.

"이런 말 하긴 좀 그렇지만, 이벤트 동안에는 위험이 따르니까 주변 경비는 탄탄히 하고 있을 거야. 《드레이크》의 레이더로 항상 경계하고 있으니까, 아무리 『용비적』이라 해도 쉽게 접근할 수는 없단다."

"그럼, 그녀가 아직 학원 안에 있다는……?"

"응, 다음 행보는 네 예상대로일거라고 봐. 기공각검이 없으면 그녀는 《브리트라》를 불러낼 수 없지. 그러니 그걸 되찾으려고 그게 있는 장소를 아는 누군가에게 물어보려고 할 거야. 룩스 군은 많은 여자애들에게 둘러싸여 있으니, 지금 가장 노리기 쉬운 사람은 아이리겠구나."

"그러……네요. 그럼 어떻게 하죠?"

"어차피 기공각검은 도서관 지하에 숨겨두었으니 지금으로선 못 찾을 거야. 그러니까 여기에 숨어 있는 걸 추천하겠는데, 만약 소피스를 붙잡고 싶은 거라면 다른 방법도 있단다."

똑똑.

그때 누군가가 학원장실 문을 두드렸다.

"들어오세요. 예정대로구나. 동맹국에서 보낸 그라면 문제없을 테니까 부탁해보자꾸나."

아이리가 놀라서 눈을 크게 떴다.

"당신은— 코랄 씨?!"

"안녕, 아이리. 또 신세지러 왔어."

문을 열고 들어온 인물은 나비로 가장한 아름다운 소녀— 아니, 소년이었다.

연녹색 머리카락을 풀어서 곡선을 그리는 트윈테일로 묶고 있었다.

미묘하게 아슬아슬한 스커트 위치도 전혀 위화감 없이 사랑스러웠다.

"……아니, 그 차림은 뭔가요?!"

"미안. 자세한 건 묻지 말아줄래……."

뭔가 복잡 미묘한 감정이 섞인 아련한 눈빛으로 코랄은 중얼거렸다.

자초지종을 간단히 들어보자니 코랄은 마기알카 대신 신왕국을 지원하러 왔는데, 마침 가장 파티가 한창이라 트라이어드의 장난감이 되어버린 모양이었다.

동맹국인 반하임 공국의 『칠용기성』 보좌관인 코랄에게 이번 일을 이야기하고, 아이리의 호위를 부탁하자는 것이 렐리의 생각이었다.

원래대로라면 소피스를 붙잡은 일은 신왕국 내에서도 극비 안건이지만, 지금처럼 촉박한 상황에서는 체면을 차릴 여유가 없었다.

아이리는 잠시 망설였지만, 이윽고 고개를 끄덕이며 그에게 도움받기로 했다.

"그나저나 어떻게 보자면 절묘한 타이밍이구나. 소피스는 코랄의 얼굴을 알고 있을 테니, 원래 모습으로는 금방 들통

났겠지—."

"저기, 학원장님……. 저는 일단 남자거든요……?"

코랄이 살짝 굳은 목소리로 지적한 것을 신호로 즉시 행동에 나섰다.

룩스 주변은 트라이어드에게 경계를 맡기고, 아이리와 코랄은 최대한 룩스와 거리를 두고 소피스를 찾기로 했다.

"죄송해요. 이런 귀찮은 일에 끌어들여서."

복도를 걸으며 아이리가 말하자 코랄은 살짝 고개를 가로저었다.

"괜찮아. 그리고 소피스 엑스퍼를 먼저 붙잡은 것은 너희니까, 내가 이러쿵저러쿵 참견할 처지도 아닌걸."

나비 요정처럼 여장한 코랄은 그렇게 대답하며 미소 지었다.

이미 아이리의 눈에 코랄은 중성적인 남성이 아니라 완벽하게 여성으로 보였다.

"그리고— 나도 신경 쓰이거든. 소피스 엑스퍼가."

"그래요? 확실히 수수께끼가 많은 사람이긴 하지만……."

아이리가 반사적으로 맞장구를 쳤다.

복도를 걷는 코랄의 옆모습은 유례없을 정도로 진지하게 느껴졌다.

"『열쇠 관리자』…… 고대 종족의 유지를 이었음에도 불구하고, 그녀는 『창조주』와 손잡을 기미를 전혀 보이지 않지. 왜 그러는 건지 나는 알고 싶어. 그녀의 과거에, 대체 무슨 일이 있었는지."

"……."

"그리고 이제 이 세계에는 시간이 없어. 상황에 따라서는, 명령대로 그녀를 처리해야 해. 그게 원래 내 의지와는 관계없다 해도……."

"코랄, 씨?"

아이리가 고개를 갸우뚱하자 코랄은 표정이 순식간에 풀렸다.

"미안해. 잠깐 딴생각 좀 하느라. 조금 떨어져서 걸을 테니까, 아이리는 지금까지처럼 룩스 군을 찾는 척 해줄래?"

일부러 아이리 혼자 무방비하게 놔두고 그것을 노린 소피스를 붙잡을 계획이리라.

작전을 이해한 아이리는 고개를 끄덕이고 코랄에게서 멀어졌다.

그 뒤를 따라가며 코랄은 허리에 찬 두 번째 기공각검에 손을 올렸다.

"만에 하나 『용비적』까지 오면, 《엑스 와이번》만으로는 감당할 수 없어. 내 신장기룡도 꺼내야만, 하겠지……."

코랄의 독백에서는 왠지 모르게 긴박함이 느껴졌다.

그 반응은 이 임무에서 그의 목적이 그저 동맹국을 도와주는 것만이 아님을 시사했다.

"룩스 군, 나는……."

고뇌가 느껴지는 한숨 섞인 독백은 누구에게도 들리는 일 없이, 복도를 오가는 여학생들이 재잘대는 목소리에 녹아 사라졌다.

†

같은 시각.

하늘에 떠 있는 제7 유적『달』.

한낮인데도 빛조차 보이지 않는 칠흑같이 어두운 방 안에서 이야기가 오간다.

그곳에 있는 것은 악명 높은 세 용병—『용비적』 사단장들.

『세례』에 의한 강화 수술을 마치고 **새 고용주와의** 계약을 갓 마친 차였다.

아니, 애초에 이 세 사람에게 진정한 주인 따위는 없었다.

용병으로 사는 이상 언젠가 해고되리라는 것은 잘 알고 있었다.

다만 그 녀석은『용비적』의 고용주 중에서도 위대한 시작이라고 부를 수 있는 존재였다.

"……하지만 혼이 빠지게 놀랍군. 지난 몇 년 동안 각국의 큰 변혁을 보아온 나로서는, 이제 어지간한 것으로는 놀랄 일이 없을 거라고 생각했는데."

구릿빛 피부의 키가 큰 사내, 천룡 사단장 가투한이 중얼거렸다.

그 옆에서 주위를 감시하던 도적 스타일의 여자, 드라켄도 한숨을 쉬었다.

"진심 놀랍다니까. 뭐, 내가 보기로는 저 아이의 수명도 얼마 안 남은 것 같았지만. 그 꼬락서니로는 죽으려야 차마 죽을 수 없었다는 걸까."

"괜찮겠어? 소피스 엑스퍼와 한 계약을 깨고 그녀에게 붙어도. 용병으로 살아온 우리의 긍지도, 이래서는 잃어버리게 되는 거 아닐까?"

지룡 사단장이자 아직 어린 소년인 바인이 냉정한 얼굴로 지적했다.

그러나 다른 두 간부는 흥 하고 코웃음 칠뿐이었다.

"배신……이라. 너는 어리구나, 바인. 우리가 도적질에 뛰어들게 된 건, 따지고 보면 대국의 횡포 탓이라고. 우리 도련님한테는 그런 고생담이 이해하기 너무 어려웠나?"

평소에는 표표하던 드라켄이 아니꼽다는 투로 말했다.

그녀의 불우한 경력에 대해서는 바인도 예전부터 여러 차례 들었다.

기룡사로서 유례없는 재능을 가졌지만, 그녀는 조국의 무능한 지휘관의 눈 밖에 나서 부하들과 함께 버림받는 카드가 되었다.

최후에는 적에게 사로잡혀 고문당하려는 찰나, 조금 전에 언급한 고용주가 거둬주었다.

"그 이야긴 충분히 들었어. 그리고 나도 나름대로 고생은 한 편이라고. 이래봬도 암살당할 뻔한 전 왕족이니까."

바인도 담담하게 대답했다.

"우리에게는 달리 살아갈 곳이 없었지. 원래 있던 곳에서 달아나도 그들은 용서해주지 않았어. 처음부터 제대로 된 길은 준비되어 있지 않았어. 어디에도 없다고."

"그래. 그리고 달리 도와주는 사람이 있는 것도 아니었지…… 그렇지 않나? 놈들에게는 당하는 역할이 필요했던 거라고. 옛날부터 그 토지에서 쭉 살아왔을 뿐인데, 내 일족을 야만족으로 치부하며 몰살시킨 것처럼 말이다."

"……."

세 사람은 입을 다문 채 서로의 과거를 공유했다.

권력자들의 욕심 때문에 자신의 보금자리를 빼앗기고, 일류의 재능을 가진 기룡사이면서 떳떳한 삶을 살 수 없었던 존재.

그것이 『용비적』의 본질이자 세 사단장의 운명이었다.

"그러니까, 우리가 지배하는 쪽에 서주는 거다. 우리를 헌신짝 같이 여기면서 내키는 대로 쓰다 버리려 하는 놈들을 물먹여주자고. 이 세계가 그놈들 것이 아니라는 사실을 억지로 밀어붙여서 똑똑히 알게 해주겠어!"

만감이 담긴 그 외침을 들으며 다른 두 사람은 아무 말도 하지 않았다.

침묵이 그 자리를 채운 직후, 가투한은 다시 자신의 두 동료를 응시했다.

"하지만 너희에게까지 내 복수에 동참해달라고 강요하진 않겠다. 궁지에 몰렸을 때 어떻게 할지도 각자의 판단에 맡길 생각이지. 그러니 말해두겠는데, 도망칠 생각이라면 미리 말해다오. 내 신장기룡의 힘에, 너희까지 말려들게 하고 싶지는 않으니.”

가투한이 엄격하게 말하자 옆에 선 도적 차림의 여자는 어이없다는 듯 탄식했다.

“이 남자가 이제 와서 무슨 소리래?”

“그러게, 새삼스러운걸.”

“내게도 일단은, 이 조직을 일으킨 사람으로서 책임감 정도는 있으니까.”

드라켄과 바인이 빈정거리자 가투한은 쓴웃음을 지었다.

“책임감이 있다면 지옥 끝까지 함께하자. 우리를 버리지 말고, 도망치지 말고, 숨이 끊어질 때까지 싸우는 거야.”

“내 마음도 같아, 가투한. 그 누구도 원하지 않는 존재로 태어났지만, 마지막 순간만큼은 동료와 함께 맞이하고 싶어. 그 때가 오면, 눈치 보지 말고 네 무기로 써달라고.”

“……그럼 가자고. 남은 전력을 싹 그러모으자. 우리는 지금부터 세계와 한판 벌이러 가는 거다.”

그 순간 암실 안에 빛이 들어왔다.

일어선 그들의 얼굴에는 기묘한 문양을 그리는 문신이 새겨져 있었다.

일찍이 요루카도 받은 적 있는, 엘릭시르를 신체에 적응시키는 『세례』라는 비술의 흔적이.

『에너지 잔량이 불안해. 나는 「달」을 조종해야 해서 이번 싸움에는 참가할 수 없다고, 사냥개들.』

은색 하늘 위에서 세 사람을 향해 목소리가 내려온다.

그들의 첫 번째 고용주.

그리고 『열쇠 관리자』와 자동인형이 없어진 지금도 『달』을 움직일 수 있는 존재.

"고용주 나리를 귀찮게 할 생각은 없어. 그 대신 약속은 꼭 지켜주길 바란다. 당신이 『대성역』을 차지하게 되면—."

『알고 있어. 어차피 내게는 시간이 없으니, 보물 분배는 그쪽에서 알아서 해.』

누군가의 목소리와 동시에 『달』 내부의 광대한 벽면에 빛이 달리며 기하학적 문양이 떠올랐다.

둔중한 기계 소리를 내면서 유적이 움직이기 시작했다.

『—그 사이비 왕자와 신왕국 패거리들을 내 손으로 직접 뭉개버리기 전에는 성이 안 풀려. 그것만 이루면, 이 세계가 어떻게 되든 알 바 아냐.』

증오 섞인 낮은 목소리를 듣고 세 사람은 살짝 몸서리를 쳤다.

드라켄은 아주 약간 경외심을 담아서 중얼거렸다.

"복수자라는 건, 옆에서 보면 정말 성가시구나."

『달』이 신왕국의 하늘을 가로지른다.

아직 보지 못한 전장에 절망을 퍼붓기 위해서.

†

"하아. 이 학원은 여전히 너무 소란스럽네YO. 미아가 될 것 같아요. 정말이지……."

소피스가 유령으로 가장한 채 학원에서 기공각검을 찾고 있을 때, 또 다른 침입자도 학원 안을 돌아다니고 있었다.

머리에 여우 귀가 있는 자동인형, 리 프리카.

《드레이크》의 레이더가 주위를 경계하고 있지만 방문객까지 확인하지는 않을 거라고 생각하고 재학생의 동생으로 신분을 위장, 정문으로 침입하는 데 성공했다.

기공각검이나 뿔피리는 가져오지 않아서 《드레이크》에 감지되지 않았지만, 오래 머물면 들킬 가능성이 크다.

『용비적』에게 해준 『세례』는 무사히 끝났다.

이제 곧 소피스를 되찾기 위해 일전을 치르게 될 수도 있지만, 그 경우엔 인질로 붙잡힌 주인의 신변이 위험하다.

따라서 리 프리카는 한발 먼저 단독으로 소피스를 찾으러 온 것이었다.

"정말로 손이 많이 간다니까YO, 소피스는……."

원래 자동인형인 리 프리카에게 주인의 명령은 절대적이다. 『달』에 있으라고 명령받았다면 그것을 지킬 의무가 있다.

그러나 현재의 그녀는 그렇지 않았다.

소피스에 의해 베이스 성격이 차츰 변경되어서 좀 더 친근한 정신구조로 프로그램 되어 있었다.

그래서 그런 약속을 지키는 것보다도 소피스의 목숨을 구하고 싶었다.

그것이 유적의 통괄자로서만이 아닌 그녀의 바람이었다.

"침입자가 있을지도, 모른단 말이지……. 어쩌면, 그 가정이 맞을지도 모르겠어."

복도를 따라 걷고 있는데 갑자기 그런 목소리가 들렸다.

창밖을 내려다보고 있는 파란 머리카락의 소녀는 유미르 교국의 『칠용기성』 보좌관 크루루시퍼.

위험하다는 생각에 리 프리카는 순간적으로 귀를 숨기고 옆을 지나치려 했다.

이 모습으로 본 적은 없을 테지만, 만에 하나 말을 건다면—.

"얘, 거기 너."

"네. 무슨 일이시JYO? 아~앗?!"

그리고 실수를 깨달은 리 프리카는 손으로 입을 막았다.

유적의 통괄자라는 특성 탓에 『열쇠 관리자』에게는 무조건 따를 수밖에 없었다.

"침입자가 있다는 이야기가 돌길래 설마 싶었는데, 내 말에 거역하지 못하는 걸 보니 진짜였나 보네."

"저기, 그게— 그래도 소피스를 배신할 수는 없어YO! 같은 『열쇠 관리자』 님이니까!"

리 프리카는 의연한 말투로 저항했지만, 머리를 쓰다듬어주자 기분이 확 풀렸다.

"딱히, 너를 방해할 생각은 없어. 룩스 군이 요즘 계속 격납고 지하에 드나들길래 누군가 만나는 사람이 있는 게 아닐까 하고 불안했지만— 이걸로 대충 이유가 드러났네."

그렇다.

아무리 협정을 맺었다지만 리샤 일행이 룩스의 동향을 아예 의식하지 않은 것은 아니다.

그녀들 나름대로 머리를 굴리며 할 수 있는 게 없는지 찾고 있었다.

"만약 내 예상대로 소피스 엑스퍼가 여기에 있다면, 협력하고 싶어. 이 세계에서 고독하게 지낸 그녀의 마음을, 조금은 이해해줄 수 있을지도 몰라."

"친구가, 되어주실 건가YO? 소피스의—."

소피스의 여동생, 우르크가 품었던 소망을 떠올리고서 리프리카는 중얼거렸다.

"그건 네 주인님의 태도에 달려 있지만, 최대한 선처할 생각이야. 그 대신 들려줄 수 있겠니? 어째서 그녀가 아카디아 일족을 미워하고, 배신자라고 부르는지……."

"그건……."

소피스가 갈라진 목소리로 무언가를 대답하려는 찰나, 바쁘게 복도를 뛰는 소리가 들렸다.

"거기 서, 그만 포기하라고!"

가면을 쓰고 하얀 로브를 뒤집어쓴 인물과 그 뒤를 쫓는 요정 소녀.

언뜻 보면 연극의 한 막 같기도 한 그 술래잡기는 귀기가 느껴질 정도로 진지했다.

"저건, 반하임 공국의, 코랄 경?"

"방금 지나간 유령은 소피스입니DA! 어서 쫓아가야—."

"응, 서두르자."

크루루시퍼는 고개를 끄덕이고 리 프리카와 함께 학원 안을 달렸다.

이동하는 방향은 학원 뒤편, 연습장 쪽으로 이어졌다.

†

“큭……. 천하의 내가 이런 단순한 수법에 걸리다니.”

소피스는 교사 밖을 달리며 자신이 궁지에 몰렸음을 실감했다.

코랄은 굳이 단숨에 따라잡지 않고 적당한 거리를 유지하며 추격했다.

건물 내에서 기룡을 소환하기에는 너무 좁을뿐더러, 소환한다 해도 만족스럽게 움직일 수 없다.

그래서 연습장 방향으로 몰아붙인다는 것은 이해했다.

아마 다른『용비적』의 잠입 가능성도 경계하는 것이리라.

코랄 에스터의 행동에는 망설임과 빈틈이 전혀 없었다.

“……아니, 적의 덫에 걸린 게 아니야. 그렇게 할 수밖에 없었어.”

소피스는 자력으로 도망치기 위해서《브리트라》의 기공각검을 찾아야만 한다.

그러니 아이리가 혼자 돌아다니고 있으면 붙잡아서 장소를 캐낼 수밖에 없다.

상대는 그 점을 정확히 짚은 것이었다.

"여기서, 끝인 걸까."

소피스의 팔다리가 후들후들 떨리기 시작했다.

목숨을 잃는 것도 각오하고 세계에 선전포고 했을 텐데, 막상 죽음이 코앞으로 다가오자 공포가 앞섰다.

"—결국 그 소년에 관한 나쁜 소문은, 하나도 듣지 못했어."

상황이 이상하게 흘러가는 바람에 숨어서 학원 안을 도망다니며 아이리, 그리고 룩스와 친한 학원 소녀들과 마주치게 되었지만 다들 좋은 사람들이었다.

"—하지만, 나는 같은 과오를 되풀이하지 않겠어."

구제국 사람들도 처음에는 자신들을 높이 평가해주었다.

『열쇠 관리자』라는 유적을 다루는데 필요불가결한 존재로서 정중하게 대우해주었다.

그러나 과거 『모형 정원』에서 그들은 세계를 통치하는 독재자로 군림하기를 꾀했다.

그들을 막으려고 하던 우르크는 살해당했다.

생각한 것과 달랐다.

과거의 역사를 보면 『창조주』의 후예와는 사이좋게 지낼 수 있어야 하건만, 소피스 일행은 그들과 친구가 되지 못했다.

말 그대로 유적의 보물고를 여는 열쇠로만 여겨졌다.

"더 이상, 배신당할 수는 없어. 마지막으로 남은 『열쇠 관리자』로서."

학원에서 연습장으로 이어지는 길과 가까이에 있던 대기실 쪽으로 움직였다.

문이 잠겨 있었기 때문에 그 뒤로 돌아가자, 소피스에게는 사신이나 다름없는 인물이 이미 그곳에서 기다리고 있었다.

"……생각보다 잘 어울려. 그 모습."

"그런가, 그럼 됐어. 주위의 인식은 잘못되지 않았다는 거니까."

이미 《엑스 와이번》을 불러낸 코랄 에스터가 어쩐지 냉담한 눈초리로 소피스를 내려다보았다.

계속 쫓기느라 지쳐서 주저앉은 채 숨을 몰아쉬는 소피스를 향해 기룡아검(블레이드) 끝을 내미는 코랄.

"부디, 생각을 바꿔줘. 이 상황에서 너를 살려두는 건 너무나 위험해."

"죽이면 되잖아. 어차피 그럴 작정으로, 일부러 혼자 쫓아온 주제에. 거짓말쟁이."

"……."

소피스의 지적에 코랄은 대답하지 않았다.

그 반응이 그녀의 말이 옳다는 것을 방증했다.

"거짓말쟁이, 라……."

그 말을 들은 코랄은 아주 잠시 우울한 표정으로 입을 다물었다.

하지만 곧 표정을 지우며 블레이드를 들어 올렸다.

소피스가 질끈 눈을 감은 순간 누군가가 뛰어오는 소리가 들렸다.

"안 돼! 코랄!"

채앵! 날카로운 금속음이 울렸지만 소피스의 몸에 통증은 느껴지지 않았다.

조심스럽게 눈을 뜨자 《와이번》을 절반만 장착한 룩스가 블레이드를 막고 있었다.

"룩스, 군……?"

그 모습을 본 코랄이 깜짝 놀라 두 눈을 부릅떴다.

그와 대치한 룩스는 가장용 예복차림으로 숨을 헐떡이고 있었다.

영창 파기를 통한 고속 기룡 소환.

소동을 알아차리고 도중에 달려온 룩스가 간발의 차이로 막아낸 것이었다.

"—다행이다. 안 늦어서."

"어떻게, 된 거야?"

멍하니 묻는 소피스에게 룩스는 차분하게 대답해주었다.

"크루루시퍼 씨한테 들었어. 널 찾으러 『달』의 자동인형이 왔다고. 그러다가 붙잡히게 될지언정, 너를 인질로 잡힌 채 교섭에 응하고 싶지 않았대."

대답하는 룩스 뒤쪽에서 크루루시퍼와 함께 리 프리카가 모습을 드러냈다.

호흡은 안정되어 있었지만 필사적인 표정으로 우두커니 서 있었다.

"미안해YO, 소피스……."

"……."

"이 사람들은 결코 나쁜 사람이 아니에YO. 친동생을 잃은 당신에게, 다시 한 번 믿어달라는 말은 하지 않겠어YO. 하지만—."
리 프리카는 고개를 푹 숙인 채 쥐어짜는 듯한 목소리로 호소했다.
"진심을 드러내고, 대화 정도는 해줬으면 좋겠어YO. 왜냐하면, 동생인 우르크도 당신도, 계속 그러길 바랐을 테니KA요……."
"——."
리 프리카의 진심어린 호소를 듣고 소피스는 잠시 입을 다물었다.
그리고 소동을 눈치 채고 몰려온 『기사단』 사람들이 아무도 무기를 꺼내려 하지 않는 모습을 보자 조용히 한숨을 쉬고 숨기고 있던 케이크 나이프를 버렸다.
동시에 몸을 덮고 있던 하얀 로브를 벗어던지고 평소의 민속적인 복장으로 돌아왔다.
"알았어, 투항할게. 다만, 당신들에게 협력할 생각은 없어. 『달』을 이용한 위협을 그만둘 뿐."
그 대답을 들은 후 룩스는 소피스의 팔을 장식용 천으로 묶었다.
주위에 있던 사람들도 긴장이 풀렸는지 안도의 한숨을 내쉬었다.
"설마 『달』 사건이, 이 성야제 파티가 한창 무르익었을 때 결판날 줄이야."
"네. 방심하지 않은 게 정답이었네요."
"리샤 님, 세리스 선배, 그런 모습으로 말해도 설득력 없다구요~.”

박쥐와 개로 분장하고 진지하게 말하는 두 사람을 티르파가 놀리면서 분위기를 누그러뜨렸다.

“아쉽게 되었네요. 제가 『휴면 포드』에서 치료를 받았다면, 좀 더 도움이 되었을 텐데요.”

웃으면서 위험한 기운을 풍기는 요루카에 이어 크루루시퍼와 샤리스가 말했다.

“네가 움직이면, 다른 의미에서 결판이 빨리 날 것 같아서 무섭지만 말이야……. 하여간, 무사히 끝내서 다행이네.”

“그러게 말이야. 특히 크루루시퍼 아가씨가 자동인형인 그녀를 발견한 게 크게 도움됐다고.”

평소처럼 냉정하고 신속한 대응이었지만, 동포를 구해서 내심 안심한 것처럼 보였다.

“우리, 교대로 망을 볼까? 루우, 바쁜 것 같으니까.”

“그렇게 해주신다면 크게 도움될 거예요. 『용비적』이나 다른 적이 공격하지 않을 거라고 장담할 수도 없으니까.”

피르히가 멍한 말투로 제안하자 아이리가 수락하고 마지막으로 녹트가 정리했다.

“Yes. 그러면 룩스 씨는 파티로 돌아가 주십시오. 그녀와 대화할 자리는, 나중에 제대로 마련하겠사오니.”

『기사단』의 정예들은 서로 개성도 자기주장도 강하지만, 룩스를 중심으로 똘똘 뭉쳐 있었다.

그 후에 모두의 호의를 받아들여 룩스는 파티로 돌아갔고,

아이리는 그 사이에 리샤 일행에게 이번 사건의 경위를 설명했다.

『모형 정원』을 해방하기 위해서 소피스가 아이리에게 협력을 요구한 것.

그것을 저지하고자 함정을 판 마기알카와 소피스가 일전을 치른 끝에 소피스를 붙잡은 것.

기룡 격납고 지하에 그녀를 가두고 대화를 시도한 것.

그리고 지금, 다시 탈주를 제압한 끝에 세계에 선전포고를 한 『달』의 2인조—『열쇠 관리자』 소피스와 자동인형 리 프리카가 한데 모인 것이 밝혀졌다.

그리고 소피스 일행은 다시 격납고 지하 감옥으로 옮겨져서 가장 파티가 끝날 때까지 기다리게 되었다.

지하 감옥으로 연행하는 것을 도와준 코랄에게 소피스가 불쑥 물어보았다.

"아까, 일부러 그랬지?"

"무슨 소리야?"

"당신은 나를 죽일 생각이 없었어. 룩스가 오지 않았어도, 닿기 직전에 멈췄을 거야."

"……꼭 그런 건 아니야. 멈출 생각이었다고 해도, 멈출 수 있었을지는 확신할 수 없어. 적어도 룩스 군이 오지 않았다면, 만약의 사태가 일어났을지도 몰라."

"그럼, 왜 연극을 한 거야?"

처음부터 죽일 생각이 없었다면 블레이드를 휘두를 필요도 없지 않았는가.

소피스가 그렇게 질문하자 코랄은 턱 끝에 손을 대고 잠시 생각한 다음 대답했다.

"나도 잘 모르겠어. 하지만 분명, 너랑 같은 생각을 한 거겠지."

"나랑, 같은 생각?"

"룩스 군이 어떻게 나올지 보고 싶었던 거야. 아마도……."

"……."

그 말을 끝으로 코랄은 조용히 그곳에서 떠났다.

그리고 성야제 파티는 큰 문제없이 평화롭게 진행되었다.

†

"모두들 오늘 하루 동안 좋은 추억을 만들었나요? 그럼 학생 여러분, 정리를 시작합시다."

한겨울의 약간 이른 해질녘.

안뜰 무대에서 렐리가 인사하자 환호성의 파도가 퍼져나갔다.

신심 깊은 학생은 이 뒤에 성채 도시의 수도원을 찾아가 기도를 올린 다음 조용히 여자 기숙사에서 밤을 보내는 것이 관례였다.

룩스도 여학생들에게서 무지막지하게 많은 선물을 받았지만 그것들은 창고에 보관해두기로 했다.

리샤 일행도 각자 마음을 담아서 건네주었지만 소피스 사건으로 경황이 없었기 때문에 모든 게 정리되면 열어볼 예정이었다.

"오빠. 학원 뒷정리도 중요하지만 이쪽도 좀 도와주세요."

힘쓰는 일 몇 가지를 돕고 있는 룩스를 아이리가 불렀다.

룩스는 여학생들과 헤어져서 교복으로 갈아입고 기룡 격납고 지하로 향했다.

파티는 무사히 끝났지만 두 사람의 싸움은 어떻게 보면 지금부터가 본편이다.

소피스와 리 프리카.

세계에 선전포고한 유적의 2인조를 지금부터 설득해야만 하니까.

"그건 그렇고, 진심이에요? 오빠."

설득 준비를 하면서 아이리는 불안해했다.

여기에 오기 전, 학원 부지 내의 도서관에 들러서 어떤 것을 가져왔다.

그것을 설득 도구로 쓰는 것을 아이리는 우려하고 있었다.

"응. 어쩔 수 없어……. 하지만 나는 그녀는 악인이 아니라고 생각해. 내 뜻을 전달하려면, 나도 각오를 다져야 하지. 만약 이렇게 했는데도 그녀가 응해주지 않는다면, 그때는……."

룩스는 그렇게 말하고 **《와이번》의 기공각검 칼집을 꽉** 쥐었다.

소피스라는 『칠용기성』의 실력자를 자기 혼자서 막아야만 한다.

격납고 지하— 비밀 통로를 지나 감옥에 들어가니 소피스가 밧줄에 묶인 채 서 있었다.

같은 차림을 한 리 프리카와 함께 룩스와 아이리를 기다리고 있었다.

"미안해, 오래 기다렸지. 그럼, 얘기해줄 수 있을까? 너희가 아는 것을……."

"……내 《브리트라》를 돌려준다면 말하겠어."

무뚝뚝하게 대답하는 소피스를 보고 룩스는 쓴웃음을 지었다.

"이 상황에서, 내 목숨은 네게 달려있어. 그런데 대등한 위치에서 이야기할 수 있을까? 불가능하지."

"소피스한테 그런 말을 할 자격이 있나YO……. 자기가 먼저 『달』을 동원해서 협박한 주제에…… 아얏?!"

소피스는 사슬에 연결된 채 옆에서 태클을 거는 자동인형의 발을 밟았다.

그리고 심호흡을 한 번 하고는 여느 때처럼 냉담하고 진지한 얼굴로 룩스 일행을 보았다.

"앞서 말해두겠는데, 당신에게 협력해서 유적을 넘겨줄 생각은 없어. 그저 신왕국을 공격하지 않겠다는 것뿐이지. 그런데도 괜찮겠어?"

그 말에서 감정의 기복은 느껴지지 않았지만 이렇게 대화에 응해준 것만으로도 충분했다.

"물론이야. 아무튼 지금은 네 이야기를 듣고 싶어. 과거에 구제국과 네 사이에 무슨 일이 있었는지."

룩스의 말에 맞장구를 치듯 아이리도 추가로 질문했다.

"아니, 애초에 당신들은 우리와 같은 시간을 살았나요?"

소피스는 망설이는 것처럼 잠시 입을 다물었다가, 이윽고 이야기를 시작했다.

"반대로, 우리도 하나 물어보고 싶은 게 있어. 당신네 황족의 후예는 정말 아무것도 몰라? 10년 전, 구제국이 무슨 짓을 저질렀는지를. 배신자 일족이라는 것을."

"그 배신자 일족이라는 것에 관해서도 빨리 알려주셨으면 해요. 배신한 기억이라곤 전혀 없는데. 그런 소리를 계속 듣는 것도 어이없다구요."

아이리가 조금 불만스러운 투로 말한 후 룩스가 이어서 말했다.

"우리는 어렸을 때 정치의 중추에서 밀려나고 말았으니까, 구제국의 악행에 대해서 그리 자세히 아는 건 아니야. 특히 비밀리에 저지른 일 같은 건, 이제 기록으로도 안 남아있지."

"……."

"소피스. 이 사람들, 거짓말을 하는 것 같지는 않아YO. 그럴 필요도 없고요."

룩스의 눈을 응시하며 소피스가 묵묵부답하자 옆에 있는 리 프리카가 재촉했다.

"알았어."라고 말문을 연 소녀는 띄엄띄엄 이야기를 풀어냈다.

자신이 『열쇠 관리자』로서 『달』에서 깨어난 뒤로 살아온 반평생의 궤적을.

"나는, 『달』의 휴면 포드에서 깬 뒤로 유적 안에서 몇 년을 보냈어. 장갑기룡 사용법, 환신수 조종법, 『달』의 기능을 사용하는 법 등등, 자동인형 리 프리카가 가르쳐주었지. 나를 깨운 건 신체의 보존 상태가 나빠질 것 같다는 이유도 있지만, 무엇보다도 사명을 위해서였어."

"『열쇠 관리자』— 유적을 관리하는 자의 사명. 그건 원래 어떤 것인가요?"

이 자리에는 없는 크루루시퍼를 대신해서 아이리가 물어보았다.

소피스는 곰곰이 과거를 되짚는 것처럼 눈을 내리뜨면서 말을 이어나갔다.

"『창조주』란 유적을 맡은 자. 『열쇠 관리자』는 유적을 가지고 온 고대 종족. 유적을 만든 인간 자체는, 아득한 고대의 『열쇠 관리자』라는 일족이었어. 『열쇠 관리자』라는 일족은 자손이 귀해서 수가 적었지만, 일반인은 범접할 수 없는 재능과 지능을 가졌지. 그런 소질이 있는 데다 특별한 교육까지 받았어."

"하지만 소피스는 그 교육을 받지 않았어YO. 그래서 이렇게 『열쇠 관리자』인 주제에 조금 덜떨어진 느낌으로 완성— 아야야얏! 잠깐만요! 옆에서 정색하고 발을 밟지 마세YO!"

정색한 얼굴로 다리를 한껏 옆으로 뻗어서 리 프리카의 발등을 밟는 소피스를 보며 룩스와 아이리는 쓴웃음을 지었다.

유사 인격을 탑재하였을 자동인형과 실랑이를 벌이는 모습이 마치 진짜 자매처럼 보였다.

"이야기가 샛길로 빠졌네. 하지만 『열쇠 관리자』인 우리 일족은 그런 기술력의 발전과는 정반대로 숫자가 줄어들어서 궁지에 몰렸어. 일족은 박해받았고, 자국에서도 적대시했지."

"뭔가, 나쁜 짓이라도 저지른 건가요? 어쩌다가 그렇게……."

아이리가 의아한 표정으로 묻자 소피스는 눈썹 하나 까딱하지 않으며 담담히 대답했다.

"아무 짓도 안 했어. 그저 기술력을 향상시키고, 그걸로 돈을 벌었을 뿐. 그런데 주위의 민족들은 여럿이 합세해서 『열쇠 관리자』를 몰아붙였지. 기록에는 그렇게 남아 있어."

"……."

룩스는 그 광경을 상상해보았다.

그저 기술을 개발했을 뿐인 그녀들이 배척당한 이유는—.

"설마, 주위에서 시기한 거야?"

소피스는 말없이 고개를 끄덕였다.

"그러니까, 그 기술력을 질투한 거예YO. 백성, 권력자 할 것 없이 그들에게서 재산과 기술력을 빼앗으려고 한 것이JYO. 그들에게서 도망치듯 『열쇠 관리자』는 각지를 전전했어요. 정신이 아득해질 정도로 기나긴 여행을 계속한 끝에, 마침내— 일족을 인정해주는 사람들과 만나게 되었습니DA."

"그게 신성 아카디아 황국…… 『창조주』 일족이라는 건가요?"

아이리가 더없이 진지한 목소리로 중얼거리자 감옥 안에 정적이 차올랐다.

고대부터 이어져온 역사를 함께 새로이 인식한 뒤에 소피스가 이야기를 재개했다.

"아카디아 황국은 무척 작고 약한 섬나라였지만, 왕족들이 『열쇠 관리자』를 받아들이고 지원해준 결과 세력이 늘어났어. 가까운 바다에서 운석을 채굴해서 환옥철강과 환창기핵(포스 코어)의 원석을 얻었고, 가공하기 시작했지. 이 세계에는 그런 거대한 운석의 잔해가 여러 개 존재했어."

어쩌면 유적은 그 거대 운석을 가공해서 만든 것일지도 모르겠다고 룩스는 생각했다.

"그리고 더욱 오랜 시간이 흘렀지. 아카디아 황국은 언제부터인가 자신들이 독보적인 무력을 가졌음을 확신하고, 더 비옥한 땅을 찾아서 세계로 진출했어. 그 시점에서 이미 존재했던 몇 유적은 이동요새로 사용되었지."

"……."

"광대한 대륙 중심에 진을 치고, 장갑기룡으로 미개척지를 개척해나갔어. 그리고— 끝났지."

"엥……?"

느닷없이 이야기가 끝나자 룩스는 자기도 모르게 얼빠진 소리를 냈다.

아이리도 동요했는지 잡아먹을 듯한 기세로 몸을 내밀며 물었다.

"끝났다니—. 신성 아카디아 황국은 어째서 멸망한 건가요? 유적의 기술을 독점하고 있었는데."

"자세한 건 나도 몰라. 어쩌면 『창조주』와 『열쇠 관리자』 사이에서도 극비사항일지도 모르지. 아무튼 기록은 거기까지밖에 안 남아 있어. 다만, 그 뒤에 무언가 큰 변혁이 있었던 모양이야. 그 이후로 아카디아 황국에서는 귀족들과 시민들의 계층이 확실하게 분리되었고, 차별이 생겨났어. 그 시민에 해당하는 존재가—."

"—우리의 선조, 라는 건가……."

룩스가 중얼거리자 소피스는 고개를 끄덕였다.

동시에 무언가 위험한 이야기를 들었다는 기분이 강렬하게 들었다.

아카디아 황국의 귀족과 시민이 분리되었고, 시민을 결집하여 봉기한 무리들은 『배신자 일족』이라 불리는 상황.

"오빠……. 어쩌면, 이건—."

아이리의 불안한 목소리를 듣고 룩스의 생각도 귀결되었다.

소피스에게서 들은 것 이상으로 자세한 것은 알 수 없지만, 그 헤이부르그 공화국의 헤이즈가 룩스에게 뭔지 모를 집착을 보이던 모습.

그리고 사이비 왕자라고 부르던 점을 생각하면, 룩스와 아이리의 선조와 심상치 않은 관계였을 가능성이 컸다.

아카디아 황국에서 시민 봉기에 의한 혁명이 일어났을 가능성이 있었다.

"그 사이에 우리 『열쇠 관리자』의 생존자는 긴 잠에 빠졌고, 다시 눈을 떴어."

룩스 남매가 자신들의 뿌리를 상상하는 동안 소피스는 천천히 이야기를 계속했다.

“10년 전, 당신들의 핏줄이기도 한 아카디아 구제국의 황족들과 만났어. 내 여동생은 친구를 찾고 있었지. 아마도, 이제는 몇 명 안 될 정도로 줄어든『열쇠 관리자』의 사명은 유적을 지키는 것과 일족을 늘리는 것. 그래서 동생은 타인과 교류하기를 바랐어. 우리를 이해해주는 사람들과 만나기를 원했지.”

“…….”

황족으로 태어났음에도 따돌림받아온 룩스는 그 마음이 잘 이해되었다.

특별한 위치에 있지만 타인에게 이해받지 못하는 고독한 삶.

학원에서 많은 사람들과 보내는 지금이 행복하기에, 그것에 굶주렸던 시절을 더욱 강하게 느끼는 것이었다.

“하지만, 거기서 치명적인 결렬이 일어난 거군요. 그『모형 정원』에 있던 소녀의 백골은, 설마…….”

아이리는 얼마 전 기억을 떠올리며 중얼거렸다.

신왕국의 명령으로『그랑 포스』를 숨기러 유적『모형 정원』에 갔을 때 지면에 묻혀 있던, 머리가 파손된 깨진 인골 이야기였다.

“아카디아 구제국 일당은 우리를 이용해서 유적의 봉인을 해제하고 세계를 손아귀에 쥘 속셈이었어. 그걸 알아차린 동생은 거부하다가— 목숨을 잃었고, 나도 심하게 다쳤지. 나는 모습을 숨기기 위해서 휴면 포드에서 잠들었고, 신체에『세례』라는 개조를 받아서 피부색과 머리색을 바꾸었어. 그 뒤로는 그저, 사명을 따라 움직였을 뿐. 이 세계를 멸망시킬 악당들에게 『대성역』을 넘길 수는 없다고. 배신자 일족도, 그 누구도 신용할 수 없다고. 그렇게 생각했지…….”

“——.”

그것으로 이야기가 끝났는지 감옥 안에 정적이 찾아왔다.

소피스는 『열쇠 관리자』의 생존자로서 『달』에서 눈을 떴고.

여동생의 소원을 이루어주고자 자신을 인정해줄 동료를 찾으려 하였으며.

구제국의 배신에 여동생을 잃었고, 자기 손으로 『대성역』을 지키겠다고 마음먹었다.

“오빠. 어떻게 할 거예요? 두 사람이 전부 여기 있는 이상, 아마도 유적을 움직일 수 있는 사람은 없겠지만…….”

아이리가 생각을 묻자 룩스는 조용히 고개를 끄덕였다.

“아마 그렇겠지. 『창조주』들이 개입하면 모르겠지만, 그렇진 않을 거야. 만약 그들이 쉽게 『달』을 찾아낼 수 있다면 진작 그렇게 했을 테니까.”

“죽일 거면 마음대로 해. 나도 목숨을 걸고 한 행동이니까. 어차피 세계 연합이 나를 용서해줄 리도 없고.”

표정 없는 얼굴로 담담하게 말하는 소피스를 보며, 그러나 룩스는 살짝 고개를 저었다.

“하나만, 약속해줄 수 있을까? 나는 이제 성야제 밤이 지나기 전에 마기알카 대장을 만나러 갈 거야. 그래서 만약에 네 목숨을 보장할 수 있게 되면, 앞으로 우릴 도와주지 않을래?”

"——?!"

허무하게 빛나던 소피스의 두 눈이 깜짝 놀라며 크게 열린다.

"살려주는, 건가YO?!"

사람보다도 풍부한 감정을 드러내며 놀라는 리 프리카를 보며 아이리가 당황했다.

"아니, 오빠! 말도 안 되는 소리 하지 마세요. 아무리 오빠라고 해도 불가능해요. 그렇게 경솔하게 떠맡으면—."

"불가능할 게 뻔해. 속일 거라면, 좀 더 그럴듯한 거짓말을 하시지."

소피스 역시 부정적인 시선으로 보았지만 룩스는 거침없이 단언했다.

"그래서 나도 확신할 수는 없어. 하지만 가능성이 있다면 그 방법밖에 없다고. 어차피 유적을 움직이려면 너희의 힘이 가장 중요해. 그리고 라그나뢰크 문제도 있지. 그걸로 세계 연합에 은혜를 베풀어서 선전포고한 죄를 상쇄할 수 있을지도 몰라."

"그게, 무슨 말이죠?"

고개를 갸웃하는 아이리에게, 룩스는 심호흡을 한 다음 대답했다.

"지금 남아 있는 『그랑 포스』를 꺼내려면, 어떻게든 라그나뢰크 두 마리를 쓰러뜨려야만 해. 하지만 정공법으로 상대한다면 얼마나 큰 피해가 발생하게 될지 알 수 없잖아."

평범한 기룡사들은 전혀 상대조차 되지 않을 뿐더러, 신장기룡 사용자가 모인다 해도 자칫 잘못하면 전멸할 위험이 있다.

"하지만 너희가 라그나뢰크끼리 공멸하게 할 수 있다면, 국가별 부담을 거의 완벽하게 없앨 수 있지."

"남은 라그나뢰크 두 마리에게, 서로 싸우라는 명령을 내린다……는 건가요. 확실히 그게 가능하다면 세계 연합도 받아들여줄지도 몰라요. 그 다음에, 마르카팔 왕국의 폐도에 둥지를 튼 환신수들만 제거하면—."

"2개월이라는 유예를 고스란히 남긴 상태로 『대성역』에 도달할 수 있지. 어때?"

"……."

룩스의 제안을 잠시 말없이 듣기만 하던 소피스는 이윽고 불쑥 입을 열었다.

"맨 처음에 한 말 못 들었어? 나는 이제 아무도 믿을 생각 없어. 『열쇠 관리자』의 생존자로서, 결코 실패할 수는 없어. 그래도, 일단 목숨을 구해주었으니 내가 아는 사실을 말해줬을 뿐이지. 그러니 이걸로 끝."

감정이 느껴지지 않는 냉담한 눈동자가 룩스를 바라본다.

만약 자신이 이대로 처형당한다면 결국 『대성역』이 다른 누군가의 손에 떨어지리라는 것은 잘 알고 있지만, 그렇다 해도 협력할 생각은 없는 듯했다.

잠시 뜸을 들인 후, 룩스는 조용히 한숨을 내쉬었다.

"알았어. 하지만 성야제가 끝날 때까지는 계속 설득하러 올 거야. 그때까지 마기알카 경과 약속을 잡아둘게."

"……몇 번을 와도, 결과는 같아."

"그래도 포기하지 않을 거야."

어쩐지 당혹스러워 하는 듯한 소피스를 보며 룩스는 미소 지었다.

"어떻게 해야 날 믿어줄지 모르겠지만, 할 수 있는 데까지 해볼 거야. 나는, 그 정도밖에 할 수 없으니까."

"……."

입을 꾹 다문 소피스 대신에 리 프리카가 룩스에게 물어보았다.

"어째서— 그렇게까지 발버둥 치는 건가YO? 우리 같은 건 그만 내버려두고, 얼른 유적을 찾으러 가야 하는 거 아닙니KA?"

그러자 이쪽도 룩스 대신에 오빠를 잘 아는 여동생이 대답했다.

"그게 오빠거든요. 골치 아픈 사람이죠? 그래서 항상 고생하고 있어요."

"……야, 아이리?!"

"하지만 그런 사람이 아니었다면, 오빠는 구제국을 바꾸려고 하지 않았을 거예요. 장갑기룡을 다루는 실력을 연마하지 않았을 테고, 당시 황제에게 진언하지도 않았을 테죠. 그리고 구제국을 멸망시키지도……. 한없이 불가능에 가까운 길일지라도, 오빠는 우리가 맘 편히 쉴 안식처를 만들기를 포기하지 않았어요."

"……."

소피스의 시선을 받으며 룩스는 잠시 생각한 다음 입을 열었다.

“『창조주』인 후길이 이런 말을 한 적이 있어. 황족한테서도 백성한테서도 배척당하던 나는, 그저 누구에게나 사랑받으려 했을 뿐이라고. 무언가를 버리고 내칠 각오가 되어 있는, 왕의 그릇이 아니라고.”

그 답은 피르히가 가르쳐주었다.

권력이 없어도, 힘이 없어도, 고독했던 자신을 구해준 그녀의 행위에 대한 동경.

그것이 나라를 구한다는 룩스의 목표라고 믿고 있다.

“형님이 한 말도, 틀린 게 아닐지도 몰라. 실제로 나는 누구에게든 미움 받는 처지에서 도망치고 싶었을 뿐이었던 걸지도 몰라. 그래도 지금 내 주변에는 믿을 수 있는 동료들이 많이 있어. 그러니까, 나는 앞으로도 싸울 수 있어. 내가 틀렸을지도 모르지만, 누군가에게 계속 손을 뻗어줄 수 있어.”

“…….”

“학원 사람들이랑, 아이리에게 해를 끼치지 않아줘서 고마워. 나중에 또, 설득하러 올게.”

“이만 실례할게요.”

룩스는 그 말을 끝으로 감옥에서 나갔고 아이리도 그 뒤를 따라갔다.

그리고 비밀 통로 끝 지하 감옥에 정적이 찾아왔다.

†

관리자 소녀 한 명과 자동인형 하나.

단둘이 남은 격납고 지하 감옥 안에서 리 프리카가 주인에게 물었다.

"소피스, 앞으로 어떻게 할 겁니KA?"

"……뭘?"

사슬에 양팔이 묶은 소피스는 미동도 하지 않았다.

그녀의 표정에서는 아무 감정도 느껴지지 않아 가면을 뒤집어 쓴 것 같았다.

"저 사람들, 나쁜 사람이 아니에YO."

"그 말은, 아까도 들었어."

"『기사단』 사람들도, 다들 친절했어요."

"나도 알아. 여기에 오는 도중에 몇 사람이랑 마주쳐서 이야기했어."

소피스는 담담하게 맞장구쳤다.

그래도 그 목소리에는 감정이 전혀 섞여 있지 않았다.

"다시 한 번, 믿어보는 건 어떤가YO? 소피스는 계속 혼자였잖아YO! 구제국 황족들의 배신 때문에 소중한 동생을 잃었고, 그런데도 『열쇠 관리자』의 사명을 다하기 위해서 모든 것을 참아왔잖아YO."

"이제, 내 사명은 끝났어. 할 수 있는 건 다 했어. 이제는 적에게 『대성역』을 간단히 넘겨주지 않는 것이, 내가 할 수 있는 유일한 저항.”

“그런 건 거짓말이에YO! 사실은 그 누구보다도 친구를 원하는 주제에! 상처 받는 게 무서워서, 피하고 있을 뿐이잖아YO!”

“……우르크는, 동생은 『열쇠 관리자』의 사명을 위해서 죽었어. 평화로운 세상이라는 소원을 위해서 신념을 관철한 끝에 죽었어. 내가 여기서 친구를 원하는 마음에 휘둘리게 되면, 그건 개죽음이 되고 말아.”

“소피스…….”

“괜찮아, 리 프리카. 나는 딱히 내 운명을 저주하는 건 아니야. 다만— 저 남매는 꽤 재미있었어. 꼭 옛날 우리 모습을 보는 것 같아서, 그립고 반가웠어.”

늘 무표정하던 소피스가 아주 약하게 감정을 드러냈다.

그것을 느낀 리 프리카가 뭐라고 말하려는 찰나, 감옥 안까지 요란한 소리가 들렸다.

깡깡깡깡깡!

날카로운 종소리가 무지막지한 속도로 연속해서 울렸다.

신왕국 법은 잘 모르는 소피스도 그 종소리가 무엇을 의미하는지 즉시 알아차렸다.

“환신수의 습격? 이런 한밤중에?”

“아뇨, 이 패턴은 심상치 않아YO. 설마, 이건—.”

긴장된 목소리로 리 프리카가 중얼거린 직후, 장갑기룡 《드레이크》의 기능으로 증폭된 목소리가 들렸다.

『긴급 사태 발생! 학생들은 즉시 격납고로 집합하라! 긴급 사태 발생! 학원 부지 내에 「달」의 그림자와 환신수 무리가 다수 출현! 으극, 아……!』

목소리가 도중에 끊기더니, 위병 기룡사로 예상되는 남자의 절규로 덧칠되었다.

"——."

믿을 수 없는 내용을 듣고 소피스와 리 프리카는 시선을 교환했다.

"어떻게, 된 거야? 너, 『달』을 움직였어?"

"그야 조금 움직이긴 했지만, 환신수는 내보내지 않았어YO! 그 이전에 『열쇠 관리자』도 통괄자인 저도 없는데, 어떻게 학원까지 『달』을 가져온 겁니KA?!"

"몰라……. 설령 크루루시퍼가 『달』의 위치를 찾아냈다 해도, 조종 방법은 모를 거야. 거기까지 잘 아는 인물이 있다면……."

"단순한 양동일 가능성도 있다GO요? 『용비적』이, 우리를 구출하려고 거짓 정보를 흘렸다거나—."

다양한 가능성을 거론하기 시작한 찰나, 감옥 밖에서 소리가 났다.

"……그것도 재미있는 방법이지만, 유감스럽게도 이번에는 틀렸어."

해학이 느껴지는 옅은 웃음소리와 함께 문이 끼익 소리를 내며 열린다.

"구하러 왔다고, 무능한 관리자 나으리. 미안하지만 당신과

한 계약은 여기서 끝이야. 이제부터 우리는 원 고용주의 지시를 따르겠어."

열린 문 앞에는 정신을 잃은 아이리를 안고 있는 『용비적』 세 사람이 서 있었다.

그리고 그 뒤쪽에는, 흉흉한 기척을 풍기는 검은 로브 차림의 소녀가 서 있었다.

고요한 성야제의 막바지에, 광란의 무대가 막을 올렸다.

Episode 6 비적과 종언

“뭐야 이게, 대체 무슨 일이 일어난 거야?!”

“당황하지 마! 전투 가능한 학생들은 검을 뽑아! 우선 실외로 나가서 장갑기룡을 소환해라!”

큰 소리로 당황하는 티르파 옆에서 샤리스도 초조한 목소리로 지시를 내렸다.

깊은 밤, 왕립 사관 학원 여자 기숙사.

흘러가는 성야제 밤을 즐기던 소녀들 앞에 난데없이 지옥이 펼쳐졌다.

여자 기숙사 안에 갑자기 온갖 환신수가 나타나 내부를 마구잡이로 파괴하기 시작했다.

아무 전조도 없이 찾아온 이상 현상.

샤리스 일행은 소피스 문제를 포함해서 『용비적』의 기습을 경계하고 있었지만, 아무리 그래도 동요를 숨길 수는 없었다.

“녹트는 어디 있어?! 《드레이크》의 레이더로 주변 상황을 파악하고 『기사단』에 출동을 요청해! 이대로라면 전멸한다고?!”

공포 때문에 터져 나오려는 비명을 억지로 삼키며 리더 소녀는 의연하게 명령했다.

그러나 상황은 매초마다 악화되어갔다.

환신수는 끝내 방을 박살내고 그 안에서 자고 있던 소녀를 집어삼켰다.

"……큭?! 내놔! 그녀를 놓치 못할까!"

"무리라니까, 샤리스! 맨몸으로는 상대할 수 없다구!"

기공각검을 뽑고 달려들려는 샤리스를 티르파가 온몸으로 뜯어말렸다.

아랫입술을 피가 나올 정도로 질끈 깨물고서, 샤리스는 여자 기숙사 복도에서 천장이 없는 로비로 나가 기공각검을 힘껏 휘둘렀다.

"—오라, 힘을 상징하는 문장의 익룡. 나의 검을 따라 비상하라, 《엑스 와이번》!"

"—오라, 불사를 상징하는 용. 연쇄하는 대지의 송곳니가 되어라, 《엑스 와이엄!》!"

둘 다 리샤가 조율해준 덕분에 겨우 사용할 수 있게 된 강화형 범용기룡을 장착했다.

체력 소모가 심한 탓에 장기전에는 불리하지만, 이 절망적인 상황을 뒤집으려면 조금이라도 강한 힘이 필요했다.

"녹트! 어디야! 아이리는 무사해?!"

"……Y.e.s. 그녀는 무사합니다. 확보했습니다."

귀에 익은 목소리를 듣고 안심한 샤리스와 티르파가 뒤를 돌아보았다.

그러나 그 광경을 본 순간, 두 사람은 얼어붙고 말았다.

"녹, 트?"

"아이, 리……?"

거기에 있는 사람은 녹트가 분명했다.

그러나 평상시 그녀와는 명백하게 상태가 달랐다.

과묵하지만 영리한 표정은 흔적조차 없이 사라졌다. 그녀는 얼굴에서 공허한 기운을 풍기며, 눈동자를 마치 시계추처럼 힘없이 이리저리 굴리고 있었다.

《드레이크》는 착용하고 있지 않았지만, 환신수에 기생당한 것처럼 그녀의 등 뒤로는 검은 촉수가 자라나 있었다.

그리고 교복을 입은 채 양손으로 소중하게 껴안고 있는 것은, 그녀의 룸메이트이자 둘도 없는 친구인 소녀의— 머리뿐이었다.

"왜 그러시죠? 룩스 씨는 어디 있습니ㄲㅏ? 어서 다른 사람들도 부르지요. 이렇게 하면 이제— 아무에게도 죽지 않을테니ㄲㅏ."

"—으, 으아아아아아아아악!"

샤리스와 티르파의 온몸에서 비지땀과 함께 절규가 튀어나왔다.

녹트에게 정체 모를 환신수가 기생해서 마음을 부숴버렸다.

룩스의 여동생인 아이리를 죽여버렸다.

이젠 구할 수 없다.

더는 그들을 볼 면목이 없다.

종자로서 곁을 지켜주었던 소중한 소꿉친구를, 이 손으로 처리해야만 한다.

그 절망과 슬픔과 노여움에 휘둘려, 충동에 몸을 맡긴 채 기룡의 블레이드를 들어 올렸다.

"무슨 짓입니까, 샤리스. 정신 차리세요."

"그만해! 이러지 마! 나는 싫어! 이런 상황……!"

현실을 부정하려는 것처럼 샤리스는 《엑스 와이번》의 블레이드를 힘껏 내리그었다.

하지만 그 공격은 녹트의 목을 떨어뜨리기 전에 옆에서 끼어든 무언가에 튕겨 나갔다.

"—둘 다 그만해! 그건 가짜야!"

날카로운 목소리와 함께 연녹색 빛이 시야에 들어왔다.

『……인식이여, 바뀌어라.』

그 직후 샤리스와 티르파의 시야가 흐느적 일그러지더니, 주변은 **아무것도 부서지지 않은 여자 기숙사 복도로 돌아왔다.**

"헉……?!"

"어, 어떻게 된 거야?!"

지금까지의 악몽 같은 광경이 일변하더니 멀쩡한 세계로 돌아왔다.

부서진 것처럼 보였던 방도 벽이 약간 패인 정도였다.

그리고 눈앞에 있는 녹트는 기공각검을 뽑아든 채 자세를 잡고 있는 것 외에는 어디에도 이상한 점이 없었다.

"무슨 일이…… 일어난 겁니까?"

녹트도 아연실색한 목소리로 중얼거렸다.

정신을 차리고 보니, 종루에서 여전히 경보음이 울려 퍼지는 것만 제외하면 평소와 다를 바 없는 여자 기숙사였다.

“너희는 환각을 본 거야. 특수한 음파에 정신을 침식당해서.”

마주선 채 대치하고 있는 트라이어드 옆에는 언제 왔는지 기공각검을 뽑아든 코랄이 있었다.

반하임 공국의 군복을 입고 평소처럼 세 가닥으로 머리를 땋은 채 긴장된 표정으로 서 있었다.

지금까지 보아온 익숙한 모습이었지만, 한쪽 눈이 연한 황록색으로 빛나고 있었다.

“소리에 정신이 침식돼……? 그럼, 방금 본 광경은—.”

“응. 『모형 정원』에 존재하는 라그나뢰크, 『이블리스』라는 대악마의 소행이야. 연습장 쪽에서 이쪽으로 오고 있어. 분명 이 기회에 학원을 쳐부수려는— 아니, 설마…….”

도중에 말끝을 흐리며 코랄은 생각에 잠겼다.

“그럼, 음파에 당한 이곳 여학생들이 전부 위험하다는 거야? 라그나뢰크를 해치우지 않으면, 또 환각을 보게 되는 건가?”

샤리스가 묻자 코랄은 진지한 눈빛으로 고개를 끄덕였다.

“우선 귀마개를 하고 여기서 나가지 않게 하면 치명적인 피해는 막을 수 있어. 나는 룩스 군 일행을 불러서 라그나뢰크를 토벌하러 갈 테니, 너희는 학원 학생이나 관계자를 구해줘. 잠든 학생이 많아서 그런지 아직 피해가 일어나진 않았지만, 싸우는 소리를 듣고 깨는 사람이 늘어나면 아군끼리 싸우는 상황이 확대될 거야.”

"시, 싫어어어어엇……! 환신수가, 환신수가 기숙사 안에—?!"
날카로운 비명이 복도 안쪽에서 들려오더니 기공각검을 마구잡이로 휘두르는 잠옷차림의 소녀가 보였다.
트라이어드 삼인조는 반사적으로 경계하며 자세를 잡았지만, 그 소녀는 도중에 털썩 쓰러졌다.
"—이게 무슨 난리인 걸까요. 성스러운 밤은 조용히 보내는 거라고 들었는데 말이어요."
"요, 요루카?!"
티르파가 놀라며 이름을 부르자 복도 저편에서 속옷 차림의 소녀가 모습을 드러냈다.
환부에 붕대를 감고 한쪽 팔과 다리를 부목으로 고정한 상태였지만, 자신의 몸을 지탱하는 지팡이로 달려드는 소녀들을 때려눕히고 있었다.
"아무래도 왼눈에 시술한 『세례』 덕분인지, 저는 환각에 저항할 수 있는 것 같사와요. 아아, 쓰러진 그녀라면 걱정하지 마시길. 기절시켰을 뿐이니까요."
"……."
요루카 본인은 중상을 입어 장갑기룡도 착용할 수 없는 상태임에도 불구하고, 환각에 걸려 폭주한 소녀를 눈 깜짝할 사이에 제압해버렸다.
그 능란한 솜씨와 정확한 공격을 보고 트라이어드는 거듭 감탄했다.
"그럼, 이 건물 안에 있는 학생들을 모조리 재워버리면 되는 것이지요? 저희 **네 사람이.**"

역시나 눈을 동그랗게 뜨고 있는 코랄에게 요루카가 묻자, 소년은 잠시 머뭇거린 다음 고개를 끄덕였다.

"응— 부탁할게. 다들."

그 말을 남기고 코랄은 검을 거둔 후 학원 밖으로 달려나갔다.

동시에 트라이어드의 리더인 샤리스가 명령했다.

"녹트! 『기사단』의 주력들에게 《드레이크》로 전달해라! 룩스 군 일행에게서 반응이 들어오는 대로 라그나뢰크를 그쪽에 맡기고 우리는 학원 안을 진압한다! 가자고!"

"Yes. 서두르겠습니다."

"오케이—."

"어머나, 저도 포함되는 거군요."

요루카를 포함한 세 사람이 고개를 끄덕이는 동시에 작전이 개시되었다.

코랄이 알려준 사실을 전달하기 위해서 녹트는 《드레이크》를 장착했다.

레이더로 여자 기숙사 주위 상황을 확인하면서 용성으로 『기사단』을 호출하자, 곧바로 반응 하나가 돌아왔다.

†

"앗, 아아아앗, 악, 환신수는 죽어라아아앗—! 케흑?!"

파지직! 밤이 내려온 안뜰에 눈부신 번개가 흩어지고 기룡을 장착했던 위병 기룡사가 침묵한다.

순식간에 몇 명을 무력화한 세리스는 녹트가 보낸 용성을 듣고 눈살을 찌푸렸다.

"그런 것이었나요, 이 머리가 깨질 것 같은 소리와 환각은……."

라그나뢰크 이블리스의 목소리를 듣고 폭주한 위병들이 저들끼리 싸우기 시작했기 때문에, 《린드부름》을 장착한 세리스가 전격을 두른 랜스로 진압하고 있었다.

물론 세리스도 그 영향을 받고 있었지만, 평소에 정신을 단련해온 덕분에 어떻게든 정상적인 의식을 유지하고 있었다.

『그쪽이 정리되면 곧바로 연습장으로 가주세요. 기룡들의 움직임을 보면— 그곳에 이블리스가 있을 겁니다.』

"알겠습니다. 저도 그리 오랜 버틸 수는 없어요. 모두가 모이는 대로 즉시—."

"그럴 필요는 없다, 세리스티아."

세리스가 녹트에게 대답한 순간, 옆에서 기척이 느껴졌다.

금발 사이드 테일 흔들며 나타난 것은 《티아마트》를 장착한 리샤였다.

그리고 그 옆에는 《파프니르》의 주인 크루루시퍼, 지상에는 《티폰》을 불러낸 피르히도 모여 있었다.

조금 늦게 《바하무트》를 장착한 룩스와 《엑스 와이번》을 장착한 코랄도 도착했다.

지난 전투의 부상 탓에 싸움에 참가할 수 없는 요루카를 제외하면 현재 학원 내의 주요 전력이 모두 집결했다.

“라그나뢰크에게 정신오염을 당한 사이에 아이리랑 소피스가 적에게 납치당한듯해. 우선 이블리스를 쓰러뜨려야 뭐든 할 수 있는데, 이대로는 접근할 수가 없어.”

동생을 다시 납치당한 룩스는 이성을 잃을 것 같았지만, 여기서 조급하게 굴면 그야말로 적의 의도에 놀아나는 꼴이 된다.

따라서 마음을 강제로 억누르고 현실로 눈을 돌렸다.

크루루시퍼도 룩스의 생각에 동의했다.

“그러네. 이 이상 접근하면 아마 귀마개를 해도 막을 수 없을 테고, 이블리스는 시각을 통해서도 정신오염을 할 수 있잖아? 뭔가 대책을 세우지 않으면 전부 당하고 말거야.”

지금까지 종이 한 장 차이긴 해도 라그나뢰크를 몇 마리나 쓰러뜨린 『기사단』. 그러나 그들의 모든 힘을 동원해도 역시 고전은 면할 수 없다.

한 마리를 상대할 때조차 항상 전멸할 위험이 있다.

“하지만 시간이 없어요. 적은 소리를 이용한 정신오염이 어느 정도 진행되면 이쪽으로 올 겁니다. 아니, 그것 때문이 아니더라도 적이 연습장에 있는 이때 쓰러뜨리는 게 최선입니다!”

세리스가 지적하자 리샤와 피르히가 동의했다.

“그래, 성채 도시로 달아나게 놔두면 안 돼! 시민이 휘말려서 큰 피해를 입게 될 거다!”

“……응. 여기서, 막아내야 해.”

하지만 효과적인 대책을 찾지 못하고 골머리를 앓고 있는

데, 갑자기 코랄이 어디선가 네 자루의 나이프를 꺼냈다.
"다들, 이걸 받아줘."
홀더와 결합된 나이프를 받은 룩스 일행이 코랄의 지시를 따라 나이프를 뽑았다.
그러자— 끄트머리 일부분이 일곱 빛깔로 빛나는 칼날이 드러났다.
"이건— 엘릭시르?!"
사람의 잠재능력을 해방하여 환마인으로 변화시키는 유적의 비약.
그러나 그 대가로 힘을 과도하게 사용하면 반동이 돌아와 육체마저 먼지로 되돌리는 양날의 검이다.
"어째서…… 이걸 네가 갖고 있는 거니?"
크루루시퍼가 미심쩍은 표정으로 묻자 코랄은 잠시 생각한 다음 대답했다.
"……반하임 공국에서『용비적』의 말단 부하를 붙잡았을 때 압수했어. 만약의 경우를 대비해서 갖고 있었는데, 지금은 이걸 쓸 수밖에 없어. 양이 적으니까 신체 색은 바뀌지 않겠지만, 십여 분 정도라면 정신오염에 대한 저항력을 얻을 수— 있을 거야."
"……."
설령 표면적인 변화가 나타나지 않는다 해도 그것을 사용하는 데에는 저항감이 있으리라.
룩스를 비롯한 일동은 망설였지만, 다시 울려 퍼지는 라그나뢰크의 포효를 듣고 각오를 다졌다.

"……망설일 시간은 없을 것 같네. 저걸 쓰러뜨리지 못하면 모든 게 끝장이야."

"좋아, 그럼 해보자고!"

크루루시퍼가 한숨을 내쉬며 말하자 리샤도 각오를 다지고 맞장구쳤다.

코랄을 제외한 모두가 나이프 끝으로 살갗을 찌르자 일곱 빛깔 액체가 스며들고 신체가 격렬한 열기를 머금었다.

"다들 가자! 목표는 연습장에 있는 라그나뢰크, 이블리스라는 놈이다! 정신오염에 당하지 않도록 최소한 중거리를 유지하고 싸워라! 나와 크루루시퍼가 화력을 담당하겠다!"

크게 심호흡을 한 리샤가 목청을 높이며 지휘를 잡았다.

크루루시퍼의 《파프니르》에는 저격총인 《동식투사(프리징 캐논)》가 있고, 리샤의 《티아마트》에는 초월적 화력을 자랑하는 주포 《일곱 개의 용머리(세븐스 헤즈)》라는 특수 무장이 있다.

적에게 가까이 다가갈수록 정신오염의 영향이 강해지므로 공격은 그녀들에게 맡기는 게 가장 좋으리라.

리샤가 지시하는 동시에 전원이 기룡을 조작하여 일제히 움직였다. ―그러나 연습장으로 이동하여 이블리스의 모습이 보인 순간, 눈앞에 환신수 무리가 튀어나왔다.

"……뭐냐?!"

영락없이 라그나뢰크 한 마리만 있을 거라고 생각했던 리샤 일행은 당황하며 멈춰 섰다.

그 틈을 놓치지 않고 시커먼 어둠 속에서 뛰쳐나온 한 기의 기룡이 그 앞으로 달려들었다.

다리 네 개와 손톱을 가진 신장기룡 《애스프》를 장착한 『용비적』 사단장, 드라켄 메기스트리였다.

"네 녀석?! 대체 어디서 나타난 것이냐?!"

리샤는 경악하며 눈을 부릅뜨면서도 가까스로 장벽을 강화 전개하여 날카로운 손톱의 일격을 방어했다.

옆에 있던 크루루시퍼가 신속하게 저격총을 쏘았지만 드라켄은 뒤로 훌쩍 도약하며 피했다.

그 모습을 시야에서 놓친 리샤 일행이 당황한 틈에 드라켄은 연습장에서 멀리 떨어진 후방으로 순식간에 이동했다.

"—아니. 그 표현은 잘못됐다고. 신왕국 왕립 사관 학원 유격부대, 『기사단』 제군."

『기사단』 사람들이 그녀를 쫓아가려는 찰나, 굵은 남자의 목소리가 들려왔다.

"나타난 것이 아니야. 기다리고 있었던 거지. 네놈들이 이곳에 오기를."

연습장 곳곳에 마련된 화톳불 빛을 받아 환신수 무리 가장 안쪽에 자리 잡고 있던 기룡사 세 명의 모습이 부각되었다.

"너희들은, 분명—."

"소개가 늦었군, 신왕국의 공주여. 내 이름은 『용비적』 천룡 사단장, 가투한 바레스."

구릿빛 피부에 근골이 장대한 체구를 자랑하는, 강맹한 인

상의 거한이 먼저 이름을 밝혔다.

계속해서 세 명 중에서는 유독 어린 소년과 도적 같은 옷차림을 한 묘령의 여자가 이름을 밝혔다.

"동 소속 지룡 사단장, 바인 아세토스."

"같은 직장의 인룡 사단장, 드라켄 메기스트리아. 지난번에는 신세를 졌지."

지금까지 유적을 두고 지속적으로 분쟁을 유발해온 기룡사 집단.

『용비적』의 주력 세 사람이 마침내 나란히 모습을 드러냈다.

"지금까지 쥐새끼처럼 살금살금 숨어 다니던 놈들이 드디어 밖으로 나왔나 싶었더니, 라그나뢰크와 환신수의 호위를 받는 꼴이라. 명불허전이로다. 정정당당하게 싸울 용기조차 없는 것이냐?"

리샤가 세 사람을 노려보며 도발하자 드라켄은 쓴웃음을 지으며 대꾸했다.

"왕가 사람들은 용병 일을 잘 모르는 모양이네. 우리는 결과가 가장 중요해. 게다가 『대성역』을 차지하느냐 마느냐가 걸린 『그랑 포스』 쟁탈전씩이나 되는데, 정당하게 싸우는 게 멍청한 거 아니겠어?"

"그리고— 너희는 강해. 성장 속도도 심상치 않지. 이 정도 전력 보강은, 너희를 상대하기 위한 최저한의 조건이라고 본다고."

바인이라는 소년이 담담히 말하자 세리스가 랜스를 겨누며

적들을 응시했다.

"무례한 족속들의 칭찬 따위는 필요 없습니다. 당신들과 라그나뢰크를 쓰러뜨린 후, 자세한 이야기는 감옥에서 듣도록 하지요."

세리스에 이어 크루루시퍼도 상공에서 내려다보며 말했다.

"라그나뢰크에서 『그랑 포스』를 꺼내는 김에 우리를 처리하겠다. 달아나지 못하도록 학원 전체에 이블리스의 정신오염을 펼치고, 강제로 이 싸움에 참가시켰다……. 그렇게 보면 되려나?"

"추리력이 뛰어나군. 겸사겸사 귀공은 생포할 예정이다. 『열쇠 관리자』는 아직 필요할 수도 있는 도구니까."

가투한이 거만하게 웃자 달려들 듯한 기세로 리샤가 외쳤다.

"장황한 헛소리는 집어치워라. 우리에겐 시간이 없다. 봐주지 않고 상대해주마!"

피부를 찌르는 긴장이 높아지며 전투가 시작되려는 그 순간, 지금까지 아무 말 없던 피르히가 불쑥 중얼거렸다.

"루우가, 없어. 어째서?"

"……음?!"

그러고 보니— 피르히의 말을 따라 모두가 주위를 둘러보았다.

리샤 일행과 함께 행동하고 있었을 룩스와 《바하무트》의 모습이, 어느 틈엔가 흔적도 없이 사라져 있었다.

"신기한 일이네—. 내가 처음에 갑자기 나타난 거랑 뭔가 관계있을지도 몰라—."

웃으면서 조롱하듯 말하는 드라켄을 보며 일동이 경계한

직후, 코랄이 조용히 입을 열었다.

"너희에게 하나 묻고 싶은 게 있어. 소피스와 룩스 군을 납치한 인물은— 지금 너희의 주인은, 누구지?"

"……? 그게 무슨 소리야? 저들이 여기에 온 건, 『용비적』의 고용주인 소피스 엑스퍼를 구출하기 위한 거 아니었어?"

당황하는 크루루시퍼를 보며 코랄은 고개를 살짝 저었다.

"아니야. 나도 소피스랑 리 프리카를 감시했는데, 감옥에서 그녀가 사라진 건 이블리스가 움직인 뒤였어. 『달』의 기능으로 라그나뢰크에게 지시하는 것…… 『용비적』의 권한으로는 불가능할 거야. 그렇다면…… 유적을 조종할 수 있는 다른 흑막이, 어디엔가 있다는 거지."

"유적을 조종할 수 있는 다른 흑막……이라고?"

리샤가 미심쩍은 표정을 보인 직후 천룡 사단장 가투한이 블레이드를 뽑아들었다.

화려한 적자색 신장기룡의 등 날개가 빛을 머금으며 단숨에 임전 태세에 들어갔다.

"—잡담은 여기까지다. 우리가 손에 넣을, 새로운 왕국의 제물이 되어라!"

전투의 시작을 알리는 신호.

수많은 환신수와 『용비적』의 세 사단장, 그리고 뒤쪽에 물러나 있는 라그나뢰크 이블리스가 벌이는 사투가 막을 올렸다.

†

“여기는…… 대체—?!”

룩스는 끊어진 의식 속에서 각성했다.

바로 직전까지 학원 연습장에 있었을 텐데 무슨 일이 일어난 걸까?

은색 금속 벽에 에워싸인 구형 공간.

학원 연습장에 버금갈 정도로 넓은 그곳에는 《바하무트》를 장착한 룩스 외에 아무도 없었다.

방 중앙에 거대한 기계 기둥이 있을 뿐이었다.

처음에는 이 방을 떠받치는 기둥인 줄 알았는데 뭔가 달랐다.

복잡기괴한 톱니바퀴처럼 모습이 바뀌더니 팔다리가 달린 성채 같은 형태를 갖추었다.

“크……?! 설마, 이 녀석은!”

“그렇다고, 등신. 『데우스 엑스 마키나』— 『달』로 지시해서 여기로 불러낸, 유미르 교국의 『갱도』를 지키는 라그나뢰크지!”

정체를 알 수 없는 인물의 목소리가 메아리로 변해 공간 안에 퍼진다.

목소리의 출처를 찾아 이리저리 시선을 돌리다가 방 위쪽에서 작은 전망용 유리창을 발견했다.

《바하무트》로 날아올라 유리 너머로 방 안을 확인하고서 룩스는 저도 모르게 소리쳤다.

“—아이리?!”

아이리는 교복 차림으로 의식을 잃은 채 방구석에 묶여 있었다.

그리고 그 옆에는 맨몸으로 만신창이가 된 소피스도 있었다.

평소의 가면 같은 무표정이 무너지고, 땀을 흘리며 초조해하고 있었다.

그녀들 앞에 서 있는 로브를 깊이 눌러쓴 누군가가 갑자기 손가락을 딱 튕겼다.

그러자 룩스가 있는 구형 방 벽에 빛으로 된 창틀과 함께 영상이 떠올랐다.

성야제 밤에 여자 기숙사에서 이성을 잃고 날뛰는 학생들, 수많은 환신수에 포위당하여 궁지에 몰린 리샤 일행의 모습이 거기에 비쳤다.

"이건, 현재 학원 상황을 보여주는 건가?! 무슨 일이 일어난 거지?! 나는 대체— 소피스는 왜 당한 거고?"

"그건, 이제 그녀가 필요 없기 때문입니DA."

"……?!"

유리 너머 방에서, 눈에서 빛이 사라진 자동인형 리 프리카가 중얼거렸다.

그리고, 소피스의 목을 양손으로 붙잡은 채 높이 들어 올렸다.

"여기는, 학원 위에 떠 있는 『달』 안입니DA. 제 주인의 명령을 따라, 아카디아 남매를 처리하기 위해 움직였습니다."

리 프리카의 얼굴에서는 지금까지 보여주었던 인간다운 풍

부한 표정이 사라져 있었다.

냉철하게 명령만을 수행하는 기계 자체로 바뀌어버렸다.

그 점을 깨달은 소피스는 평소의 진지한 표정을 무너뜨리고 분한 듯 이를 갈았다.

"어째서……. 『용비적』이 어째서, 나를 배신한 거야?! 계약했을 텐데!"

"그야 당연히 네가 필요 없어졌기 때문이지YO. 어리석은 것."

"——?!"

누군가에게 조종당하는 리 프리카는 초승달 모양으로 입을 빠끔히 열고 말했다.

"네가 진심으로 그들을 믿지 않았던 것처럼, 그들에게 『대성역』을 넘길 마음이 없었던 것처럼, 『용비적』의 세 사람 또한 너를 믿지 않은 겁니다. 『달』을 움직일 수 있는 다른 사람이 있으면, 그 다음은 누구라도 할 수 있다는 건 알고 있겠JYO?"

"욱, 아……!"

기도가 압박당하는 고통에 몸부림치던 소피스는 가까스로 리 프리카의 팔을 뿌리쳤다.

심하게 콜록거리는 소피스의 눈에서 눈물이 찔끔 솟았다.

"기뻐하세YO. 너는 세계에 선전포고한 악녀로 역사에 이름이 남을 겁니DA. 이 신왕국을 멸망시키고…… 내가 세계를 손아귀에 넣기 위한 제물이 되는 것이DA!"

리 프리카의 목소리에 기묘한 남자 말투가 섞였다.

룩스의 귀에는 여기에는 없는 누군가의 말을 대변하는 것처럼 들렸다.

“그렇, 게는…… 못 해. 내가 바란 건, 그런 결말이 아니야—우앗!”

“소피스?!”

자동인형이 소피스의 얼굴을 걷어차는 모습을 보고 룩스가 소리쳤다.

반사적으로 그녀를 도우려고 《바하무트》로 날아 올랐을 때, 갑자기 거대한 강철 기둥이 움직이더니 그 쇳덩이 같은 거대한 팔뚝을 내뻗었다.

둔중하게 생긴 겉모습과는 다르게 궤도조차 보이지 않을 정도로 빠른 주먹질.

제5 유적 『거병』과 비교하면 덩치는 몇 분의 1정도이지만, 그만큼 비교되지 않을 정도로 움직임이 빨랐다.

공성추처럼 날아온 일격은 《바하무트》의 견고한 장벽을 순식간에 부쉈다.

대검을 방패로 삼아 가까스로 받아넘긴 순간, 룩스 뒤쪽으로 돌아간 거대한 팔뚝 철퇴가 갑작스럽게 내리꽂혔다.

“크……?! —《폭식(리로드 온 파이어)》!”

룩스는 자신이 아니라 공격해온 기계장치 라그나뢰크, 데우스 엑스 마키나를 향해 신장을 발동했다.

기계 거체를 감싸는 광범위 신장 전개.

앞의 5초 동안 압축한 시간 속에서 연속공격을 퍼붓고, 뒤의 5초 동안 누적된 참격을 해방하여 파괴력을 높이는 폭격이라는 전술이다.

그러나 대검을 휘둘러서 십여 번의 참격을 한 점에 집중했건만, 충격이 전달되어도 미동조차 하지 않았다.

"뭐야?!"

룩스가 당황한 순간 반격의 무쇠팔이 대기를 꿰뚫으며 주위를 휩쓸었다.

장벽이 간단히 부서진 《바하무트》는 뒤로 멀리 날아가 금속 벽에 격돌했다.

"큭……! 뭐가 이렇게, 단단해……!"

룩스의 공격이 통하지 않은 것이 아니었다.

데우스 엑스 마키나의 표면에는 긁힌 상처 같은 얇은 선이 셀 수 없이 새겨져 있었다.

즉 그것은 적의 경도가 격이 다르게 높다는 증거였다.

룩스의 기술 중에서도 최대의 공격력을 자랑하는 오의— 강제초과(리코일 버스트)를 쓰지 않으면 어떤 피해도 입지 않으리라.

'다른 사람들이 여기에 없는 이상, 혼자 해치울 수밖에 없어……!'

지금까지 상대해온 라그나뢰크도 전부 초월적으로 강력했지만, 믿음직한 『기사단』 동료들이 상대의 전력을 약화시켜주었다.

그러나 이번에는 그런 도움을 기대할 수 없다.

혼자만의 힘으로 이 미증유의 괴물에게 이길 수 있을까?

"크크큭……. 아직 여유가 있나 본데. 괜찮겠어? 공격을 쉬어도."

거리를 둔 채 작전을 세우던 룩스의 머리 위에서, 누군가의 의사를 대변하고 있는 리 프리카의 조소가 쏟아졌다.

"뭐……?"

"네놈이 공격을 멈추고 꾸물거리면, 데우스 엑스 마키나는 밑에서 벌어진 전투에 가세할 거라고?"

"—큭?!"

그리고 주변 벽면에 떠오른 무수한 빛의 창틀— 지상의 광경을 비추고 있는 영상 안에서는 리샤 일행이 적에게 공격당하고 있었다.

아무래도 데우스 엑스 마키나의 공간전송 능력을 이용해서 『용비적』을 지원해주는 듯했다.

그렇지 않아도 지상에는 이블리스가 있는데, 한 마리가 더 가세하면 감당할 길이 없을 것이다.

도망 다닐 여유는 없었다.

눈앞의 라그나뢰크가 지상 전투를 지원하지 못하도록 계속 공격할 수밖에 없다.

"—그래. 와라."

뜨거운 숨결을 토해내며, 라그나뢰크를 향해 날아오르는 룩스.

조종간을 쥔 손끝에 힘을 담아, 오직 적의 의식을 돌려놓기 위한 무모한 싸움에 몸을 던졌다.

†

"젠장, 조금 전부터 무슨 일이 벌어지는 거냐?! 적의 위치가 자꾸 바뀌어 대잖아?!"

룩스의 전장인 『달』의 아래쪽.

학원 연습장에서는 『용비적』들과의 사투가 이어지고 있다.

대상을 한정하여 능력을 발동하는 건 어려운지 이블리스는 정신오염 능력을 거의 사용하지 않았다.

그러나 접근해서 휘둘러대는 여섯 개의 팔이 자아내는 일격 자체가 매섭고 묵직했다.

게다가 거세게 뿜어내는 작열 브레스는 기룡의 장벽으로 막아낼 수 없는 탓에 극도로 위험했다.

따라서 이 멤버 중에서는 가장 뛰어난 실력을 지닌 세리스가 적에게 달라붙어, 중거리에서 랜스의 전격을 주축으로 상대하고 있었다.

"이런 계산 실수를…… 아니, 생각이 짧았네. 적도 우리를 잘 알 게 뻔했는데."

정신오염의 영향을 줄이기 위해 리샤와 크루루시퍼는 원거리에서 이블리스를 저격하는 전략을 세웠다.

—그러나 연습장에 밀집한 환신수 무리가 방패가 돼서 정확히 포착할 수 없는 데다, 리샤와 크루루시퍼 모두 지속적으로 여러 환신수의 표적이 되는 상황이라 고속 공중전을 펼치는 세리스를 지원하기란 지극히 어려운 일이었다.

지상에서는 육전형 신장기룡의 사용자인 바인과 피르히가 격돌하고 있었다.

실력은 피르히가 한 수 위인 듯했지만, 지상의 환신수들을 거의 피르히 혼자 떠맡는 상황이나 마찬가지라 전황 자체는 밀리고 있었다.

"이상해. 뭔가 문제가 있어. 여기 있는 환신수는 너무 강하고, 나도 본 적 없는— 우앗?!"

코랄도 《엑스 와이번》으로 환신수를 상대했지만 차츰 사방팔방에서 공격받기 시작했다.

공중을 뒤덮은 환신수는 가고일이나 키마이라, 디아볼로스 등 익숙한 개체들이었지만 그 외형은 지금까지 보아온 것과 달랐다.

어떻게 된 것인지 팬텀처럼 투명해지는 가고일도 있었기 때문에, 레이더를 보유한 《드레이크》 계열의 기룡사— 녹트나 요루카가 없는 상황에서는 아무래도 대응이 뒤처질 수밖에 없었다.

"역시 이상한 게 맞지?! 지금까지 본 적도 없는 기이한 환신수가 섞여 있어!"

리샤도 《공정요새(레기온)》를 조작하여 환신수를 튕겨냈지만, 그 직후 공중에 떠 있는 슬라임 등을 발견하고 당황했다.

기룡의 움직임을 제한하는 채프 슬라임 등의 출현으로 인해 특수 무장의 위력이 감소되었다.

"이상하다니— 무례한 평가로군. 저래 봬도 융합시키는데 꽤 고생했다만."

"……뭣?!"

리샤가 놀라 틈을 보인 순간, 가투한의 신장기룡이 달려들며 무기를 휘둘렀다.

"위험해!"

순간적으로 코랄이 끼어들며 막아내자 그의 블레이드가 사라졌다.

"……이게 무슨?!"

"—흥."

동요한 코랄이 보인 빈틈을 놓치지 않고 가투한이 블레이드를 내리그었다.

그것을 본 리샤는 순간적으로 대거를 투척, 측면에서 충격을 가해서 참격 궤도를 비틀었다.

그러나 가투한의 장갑에 칼날이 닿은 직후, 대거는 녹아버리듯 장갑에 흡수되었다.

"윽……?! 이 자식의 기룡은 뭐야?! 나와 코랄의 무장 자체를 집어삼키다니……?!"

"눈치챘나. 뭐, 늦든 빠르든 들키는 게 당연하지만."

"그게, 네 신장기룡의 힘인가……!"

코랄이 거리를 띄우며 지적하자 가투한은 오만하게 웃으며 대답했다.

"내 신장기룡의 이름은 《히드라》. 신장의 이름은 《신식독소(리얼라이브)(神蝕毒素)》. 이 장갑과 무장에 접촉한 것들을 『융합』시키는 힘을 가졌다."

"융합— 그럼, 이 생소한 환신수도, 설마?!"

유적의 힘으로 정제한 신형뿐만이 아니라 가투한이 《히드라》로 만들어낸 합성생물이 대량으로 공존하는 상황이었다.

"생물과 무기물의 융합은 불가능하다만, 네놈들의 무장을 빼앗아 부수는 정도는 가능하지— 하앗!"

《히드라》가 블레이드를 머리 높이 쳐들더니 숨을 짧게 내쉬는 동시에 일섬을 휘두른다.

그 순간 부서진 블레이드와 대거 파편이 동시에 튀어나와 금속 조각의 산탄으로 변해 리샤 일행 위협했다.

조금 전에 융합 흡수한 무장을 금속 산탄으로 만들어 사출한 것이었다.

"으, 큭…… 《레기온》?!"

버티지 못한 리샤가 《티아마트》의 특수 무장— 투척병기 《레기온》으로 요격했다.

"하하하하! 내게 힘을 주려는 거냐?"

우지직! 하는 소리를 내며 닿기가 무섭게 《히드라》의 신장으로 무장을 흡수한다.

그러나 그 순간, 공중에 떠 있던 가투한은 연습장 바닥으로 순식간에 추락했다.

"쿠훅?!"

보라색 중력장— 《티아마트》의 신장 《천성(스프레셔)》.

"멍청한 놈, 방금 그건 덫이었다고! 내 소중한 무장을 두 개나 빼앗아간 죗값을…… 톡톡히 치러야 할 것이다! 《세븐스 헤즈》!"

연습장 바닥에 처박힌 가투한을 조준한 리샤의 주포에서 특대 섬광이 방출된다.

눈부신 에너지의 격류가 《히드라》와 가투한을 통째로 삼키려는 찰나, 그 모습이 순식간에 지상에서 사라졌다.

"쯧— 또냐?!"

"뒤쪽이야야! 조심해!"

크루루시퍼가 경고하는 동시에 리샤의 등 뒤로 전송된 가투한을 《프리징 캐논》으로 겨냥하여 저격을 시도했다.

《파프니르》의 신장인 미래 예지를 거쳐 발사한 동결탄은 가투한의 《히드라》에 정확히 명중했지만, 얼어붙은 부위는 그 즉시 기룡과 융합되더니 장갑 표면을 뒤덮는 얼음으로 바뀌었다.

"……수분의 응결도, 무기물로 취급한다는 거구나. 성가시네."

"하하하, 네년들이야말로 만만한 상대가 아니로군. 고용주의 지원이 아니었다면 위험했을 거다."

일단 거리를 벌린 가투한은 오만하게 웃더니 홀연히 사라졌다.

"……윽?!"

리샤가 가투한의 모습을 놓친 직후, 그녀의 머리 위에서 송곳니를 박아 넣으려는 것처럼 블레이드를 꼬나 쥔 《히드라》가 낙하했다.

"크……! 아까부터 뭔가 이상하다고?! 우리가 불리한 타이밍에 적이 기묘하게 이동하고 있어. 누군가가 이 녀석들을 순간이동 시키는 거야!"

"순간이동…… 데우스 엑스 마키나다! 다른 라그나뢰크가, 머리 위의 『달』에서 지원하고 있는 거야! 아마 룩스 군이나 소피스도 거기에— 으악?!"

팬텀— 보이지 않는 환신수에게 공격당한 코랄이 공중에서 비틀거린다.

한순간 리샤는 순식간에 상황을 파악한 코랄을 의아하게 생각했지만, 거기까지 신경 쓸 겨를이 없었다.

처음에는 호각으로 보이던 전황은 차츰 적의 우세로 기울어가고 있었다.

"—하앗!"

파지지직! 세리스가 조종하는 《린드부름》이 비행하는 기세를 실어 랜스를 휘두른다.

거대한 여섯 팔을 가진 대악마— 라그나뢰크 이블리스는, 현재로선 학원의 최강자 세리스밖에 상대할 수 없었다.

이블리스의 눈을 똑바로 보면 깜빡거리는 빛에 정신오염을 당하기 때문에, 적의 팔다리나 날개의 움직임— 혹은 이동 후의 풍압을 통해 행동을 예측할 수밖에 없었다.

아무 핸디캡이 없다 해도 혼자서는 감당하기 힘든 괴물을 상대로 세리스는 기염을 토하며 한 발짝도 물러서지 않고 맞서 싸웠지만, 그런 그녀에게도 급속도로 한계가 가까워지고 있었다.

중간 중간 적이 발산하는 괴음파를 들을 때마다 머릿속이

뒤죽박죽이 되고, 강인한 단련을 계속해온 세리스의 마음이 위험하게 흔들린다.

—공포, 초조, 증오, 분노, 비탄.

음파가 유발하는 정신적 흔들림이 다양한 부정적 감정을 불러와 손놀림에 실수를 유발한다.

엘릭시르로 강화한 저항력도 약해지고 있었다.

이제 기회는 거의 남아 있지 않았다.

남은 몇 번의 공방에 전력을 쏟아부어 처리할 수밖에 없다!

『리즈샤르테, 절 지원해줄 수 있나요?』

『언제든지 가능하다! 지금은 크루루시퍼가 저 덩치를 상대하고 있어. 어린애 쪽은 천연 아가씨가, 여도적은 코랄이 맡는 중이다.』

물론 드라켄이 《애스프》의 신장으로 연주하는 뿔피리— 그것으로 조작하는 환신수를 계속 상대 중이긴 하지만, 수십 마리에 달하던 환신수도 겨우 줄어들기 시작했다.

『용비적』의 세 사단장을 상대하며 장애물을 하나씩 끈기 있게 처리한다.

라그나뢰크 이블리스를 격파하기 위해서 최강의 원거리 화력을 보유한 리샤의 체력을 아껴두고, 다른 멤버들이 그녀의 부담을 떠맡고 있었다.

“진짜 무서운 녀석들이네. 이렇게 불리한 상황에서도 끈질기게 달라붙다니. 바인! 나 좀 도와줄 수 있어?”

“무리야. 유감스럽게도 내 바실리스크의 석화 능력도 《티폰》의 신장 앞에선 효과가 없거든. 그리 오래는 못 버티겠어."

블레이드를 휘두르며 싸우던 바인은 환신수의 원호 덕분에 치명상은 피하고 있었지만, 피르히가 퍼붓는 주먹과 발차기를 섞은 변칙적 공격에 장갑이 차츰 부서지고 있었다.

"투항할 거라면 빨리해. 봐줄 여유, 없으니까."

《티폰》의 신장을 발동하기 위해 환신수의 능력을 끌어올려서 피로가 쌓여가는 피르히가 바인에게 바싹 달라붙으며 권고했다.

저마다 바짝 몰린 상황이었기 때문에 싸움의 끝이 가까워졌음을 예상할 수 있었다.

동료들이 지친 모습을 확인한 세리스는 이번 공격으로 결판을 짓겠다고 각오했다.

《지배자의 신역》은 공격과 방어 양쪽에 모두 효과적인 신장이지만, 최대한 사용하지 않고 힘을 아끼고 있었다.

"조금 전부터 적이 순간이동을 안 하고 있군요. 분명 룩스가 『달』에 있는 라그나뢰크를 방해하고 있는 것이겠죠. 그렇다면—!"

그리고 세리스는 대악마 라그나뢰크, 이블리스를 향해 돌진했다.

여섯 개의 팔이 퍼붓는 연속공격과 입에서 토해내는 업화에 대항하여 카운터로 자신의 장갑을 산탄처럼 사출했다.

브레이크 퍼지
"기룡해방!"

적에게 빈틈을 만드는 동시에 눈을 속이고, 방어를 포기한 공격특화 형태로 변신한다.

최소한의 프레임을 움직여서 펼쳐낸 《뇌광천창(라이트닝 랜스)》의 돌격 찌르기가 이블리스의 가슴에 깊숙이 파고든다.

"—우, 부와아아아아아아각!"

지금까지 포효를 제외한 소리를 내지 않던 이블리스가 처음으로 고통스러운 비명을 터뜨렸다.

그 틈에 환신수의 추격을 뿌리친 크루루시퍼가 반격하기 위해서 열린 악마의 입을 저격해서 동결시켰다.

"지금이야! 피르히!"

"……알았어."

피르히의 《티폰》이 바인의 《바실리스크》를 걷어차 날리는 동시에 장갑 각부에서 《파일 앵커》를 사출, 와이어로 이블리스를 동여매 구속했다.

계속해서 연습장 지면을 활주하여 가슴이 찔린 이블리스를 휘둘렀다.

상공의 『달』에 있는 데우스 엑스 마키나가 공간전송 능력을 사용하려고 해도, 계속 적의 위치를 바꾸어서 미리 방해하는 것이 목적이었다.

목표를 불규칙적으로 이동시키면 공간전송 좌표를 정할 수 없게 된다.

그때 리샤가 확실하게 마무리를 짓는 전략이었다.

"—브으…… 부와아아아아아아아아아아아각!"

자항하려는 것인지 이블리스는 역겨운 정신오염의 절규를

찌렁찌렁 내지르며 날뛰기 시작했다.

리샤는 그 고통을 버티면서 피르히에게 소리쳤다.

"크……! 천연 아가씨! 적을 놓치지 말라고!"

크루루시퍼는 다른 『용비적』이 방해하지 못하도록 미래를 예지하는 신장 《재화의 예지(와이즈 블러드)》를 발동해서 저격으로 견제했다.

그리고—.

"—에잇."

피르히가 멍한 기합과 함께 《파일 앵커》로 제압한 이블리스를 끌어당긴 후 《티폰》의 장갑 다리를 휘둘러 상공으로 걷어차 올렸다.

와이어 구속이 풀리고 공중에 떠오른 이블리스가 밤하늘을 등진 순간, 《티아마트》의 주포가 불을 뿜었다.

"끝이다, 라그나뢰크! 《일곱 개의 용머리(세븐스 헤즈)》!"

굵은 빛의 기둥.

충격과 고열을 동반한 섬광이 대기를 꿰뚫고 굽이치듯 적에게 닥친다.

방어 자세를 취한 여섯 개의 팔과 흉부, 그리고 이빨이 돋아난 아래턱까지 모조리 파괴되어 체내의 핵과 『그랑 포스』가 드러났다.

"부아, 아아……."

흉부와 아래턱이 날아간 이블리스가 고통스러운 비명을 내질렀다.

포격의 여파를 이기지 못한 나머지 몸체가 잿더미처럼 부스러지기 시작했다.

이것으로 일단 학원 사람들이 정신오염에 당할 일은 없어졌다.

엘릭시르의 효과가 전부 사라진 이 타이밍에 적의 주력을 해치운 것은 큰 성과다.

물론 라그나뢰크는 아직 한 마리 더 남아 있으니 방심할 수는 없었지만, 극한의 긴장에서는 해방되었기 때문에 아주 약간 심적인 여유가 생겼다.

그럼에도 전원이 나머지 『용비적』에게서 눈을 떼지 않고 계속 경계했지만—.

"이제 남은 것은 당신들뿐이에요. 투항을 허락하는 건, 이게 마지막입니다."

"진짜 대단들 하네. 저 이블리스를 『검은 영웅』도 없이 해치우다니—."

세리스의 시선과 통보를 받고 드라켄은 박수와 함께 찬사를 돌려주었다.

그녀를 지켜주는 장갑은 이미 심하게 파손되었는데도 불구하고 어째서인지 여유로운 미소를 잃지 않았다.

"그렇게 강한 힘을 지닌 주제에, 댁들은 참 물러 터졌다니까. 하지만 우리 용병은 그렇지 않아. 설령 패배하기 직전에 몰린 상대일지라도 봐주는 법이 없지."

"그건, 사정을 봐줄 필요가 없다는 의미라고 간주해도 되겠지요?"

세리스가 재차 확인하자 드라켄은 쓰게 웃었다.
"아무렴, 필요 없고말고. 이긴 건 우리들이니까."
"—뭐라고?"
그 한마디를 듣고 저 멀리 뒤에 있던 리샤가 눈살을 찌푸린 찰나, 연습장 지면에 서 있던 피르히가 말했다.
"—조심해! 주위에서 이상한 냄새가 나!"
언제나 느긋한 피르히치고는 절박한 목소리였다.
그 직후, 지금까지 전투를 치르며 누적된 피로에 허덕이던 『용비적』 사단장들이 차례대로 사라졌다.
먼저 가투한과 바인이 사라지고, 마지막으로 드라켄 혼자 남았다.
"공간전송?! 『달』로 도망칠 생각입니까?"
"잠깐! 상황이 이상해?! 확실히 주위에서 기척이 느껴져."
크루루시퍼가 그렇게 말하며 미래 예지 신장을 발동했다.
그 순간, 눈에 보인 몇 초 뒤의 광경에 말문이 막히고 말았다.
"어째서 학생들까지 끌어들일 수 있는 학원 근처가 아니라 이런 널찍한 연습장을 전장으로 골랐는지, 이제 알겠어? 장애물이 있으면 위력이 줄어들고, 애초에 다리가 너무 느려서 이곳으로 제대로 유도할 수 없거든. 유폭기능을 지닌 오일 슬라임과 투명해질 수 있는 팬텀의 융합체는 말이지."
드라켄이 사악하게 웃으며 선고한 직후, 죽어가던 이블리스의 몸체에서 불꽃이 세차게 일어났다.
"덤으로 알려주자면, 이블리스는 너희가 충분히 죽일 수 있도록 일부러 좀 약화시켜두었어. 불씨를 당기는 역할을 맡기려고 말이야. 그럼 신왕국 여러분. 잘 가라고.”

말을 마치자마자 드라켄의 모습이 그 자리에서 사라졌다.

『달』에 남아 있는 또 다른 라그나뢰크에 의한 공간전송.

세 사람이 이곳에서 사라진 것의 의미를 이해했을 때, 리샤는 처절하게 부르짖었다.

“다들! 여기서 도망쳐라! 지금 당장 학원으로—.”

파지직!

공중에 떠 있던 이블리스가 안쪽에서 불을 뿜으며 폭발한다.

그 직후 아무도 모르게 관객석으로 기어온 대량의 오일 슬라임에 불이 붙으며, 눈이 멀어버릴 것 같은 빛과 지옥불이 연습장을 집어삼켰다.

†

“응, 으음…….”

『달』까지 도달한 지상의 폭발음을 듣고 묶여 있던 아이리는 정신을 차렸다.

흐리멍덩한 의식 속에서 은색 금속 벽이 시야에 들어왔다.

그 벽면 일부에는 창문처럼 생긴 직사각형 빛이 무수히 떠 있었다.

그것은 현재 『달』의 아래쪽— 아이리의 눈에 익은 연습장이 폭발에 쓸려나간 광경을 비추고 있었다.

“헉……?! 여러분?! 대체 무슨 일이—.”

영문도 모르고 말을 내뱉으려다가 기척을 느꼈다.

아이리가 숨을 삼키고 기척이 느껴진 쪽을 보자 신장기룡을 장착한 『용비적』의 세 사단장이 서 있었다.

“하아, 하아……. 나 원, 피곤해 죽겠네.”

“우리도 한계 직전이었다……. 저 녀석들, 역시 만만한 상대가 아니로군.”

“그러게. 하지만 이걸로, 겨우 준비가 끝났어.”

세 사람을 뒤덮은 장갑 일부가 파손되긴 했으나 몸 쪽은 거의 다치지 않았다.

그리고 그 옆에는 공허한 눈빛의 리 프리카와 바닥에 엎어진 소피스가 있었다.

“나는 분명, 학원에서 납치당해서……. —소피스 씨, 정신 차리세요!”

조금 전까지 정신을 잃고 있던 아이리는 정확히 어떤 상황인지 알 수 없었다.

그저 이 긴박한 분위기를 통해 자동인형인 리 프리카의 제어권을 누군가가 빼앗았다는 것.

그리고 『용비적』이 소피스라는 고용주를 배신했다는 것만은 상상할 수 있었다.

“……어째서, 나를 배신했어?”

소피스가 천천히 일어나며 고개를 숙인 채 나지막하게 묻자, 드라켄이 어처구니없다는 눈초리로 바라보았다.

"……용병일은 자선사업이 아니야. 이길 수 있을 것 같은 쪽에 붙는 게 제일이거든. 귀족을 섬기는 종자하곤 달라. 의리를 지켜봤자 아무짝에 쓸모없는 직업이란 말씀이지. 댁은 그런 상식을 이해하지 못한 거구나."

"적어도, 계약 조건을 따라서 나는 당신들이 요구한 것을 제공했어. 그런데도?"

눈가에 그늘이 내려앉았지만, 그럼에도 소피스는 매달리는 것처럼 애처롭게 말했다.

마지막으로 남은 희망의 끈.

너무나도 가늘고 못미더운 역전의 가능성을 필사적으로 끌어당기는 것처럼.

그러나…….

"안됐지만, 우리의 옛 고용주가 돌아왔거든. 그리고 너는 이미 『모형 정원』의 심장부로 가는 문도 열어뒀잖아? 『열쇠 관리자』의 권한은 유용하니까 살려두긴 할 건데, 이제 너라는 인물 자체에는 볼일이 없다고."

"……."

바인의 무뚝뚝한 대답을 듣고 소피스는 말을 잃었다.

여동생이나 다름없던 리 프리카의 제어를 빼앗기고, 거래를 통해 고용한 용병에게마저 배신당하여— 모든 희망이 사라지고 말았다.

"미안, 우르크. 나는 사명을, 완수하지 못했어……."

세상을 떠난 여동생을 향해 참회하는 소피스.

—믿었다가, 배신당했고, 죽었다.

그래서 혼자 싸우려고 했건만, 그것조차 하지 못했다.

친구를 만들고 싶다는 우르크의 소망을 이루어주지 못했고, 『열쇠 관리자』로서의 사명도 완수하지 못했다.

게다가 무엇보다도 리 프리카를 빼앗긴 것이 괴로웠다.

그녀만은 진정한 끝— 죽는 그 순간까지 자기 곁에 있어줄 거라고 생각했건만.

"안됐지만, 이것도 다 운명이야. 원망하려면, 믿을 수 있는 동료를 찾지 못한 자기 자신의 형편없는 기량을 원망하라고."

호흡을 가다듬은 드라켄이 무정하게 내뱉고, 그 옆에서는 바인이 작은 창문을 통해 구형 공간을 내려다보았다.

가상 전투용 배틀 스페이스 안에서는 룩스와 데우스 엑스 마키나가 치열하게 싸우고 있었다.

"그건 그렇고, 저 룩스 아카디아는 진짜 무서운 남자네. 저 《바하무트》만으로 라그나뢰크와 이렇게까지 싸우다니."

룩스의 호흡은 거칠었고, 앞머리는 땀에 흠뻑 젖어 있었다.

부서진 적의 신체 파편에 베인 것으로 보이는 상처를 제외하면 장갑도 거의 손상된 데 없이 무사했지만, 그 얼굴에는 피로한 기색이 역력했다.

잠시라도 움직임을 멈추면 룩스 자신이 적의 능력에 전송당하기 때문에 쉬지 않고 계속 움직인 결과다.

그리고 무엇보다도 룩스에게는 결정타를 가할 방법이 없었다.

환옥철강보다 몇 배나 튼튼한 라그나뢰크를 파괴하기에는

화력이 부족했다.

영구연환(엔드 액션)으로 100연속 참격을 퍼부었지만, 무수히 겹쳐진 데우스 엑스 마키나의 표면은 충격을 분산시켜버렸다.

"상대가 저 거대한 기계 장치의 신인 이상, 힘을 모은 공격이 아니면 먹히지 않아."

드라켄의 냉정한 소감을 보충하듯 가투한이 말했다.

그렇다고 강제초과로 초강력 일격을 시도한다 해도, 직선적이고 동작이 큰 공격은 공간전송으로 피해버린다.

그래서 결정적인 피해를 주지 못하고 체력만 소모하는 형편이었다.

"……으?!"

룩스가 이 방 밑에 펼쳐진 배틀 스페이스에서, 홀로 라그나뢰크와 싸우고 있다.

그 말을 들은 아이리는 자신을 동여맨 밧줄 안에서 필사적으로 몸부림쳤다.

다행일까 불행일까. 어차피 여기서는 달아날 수 없다고 생각했기 때문인지 구속력은 그리 강하지 않았다.

아이리는 품에 숨겨둔 나이프를 꺼내 몰래 밧줄을 자르기 시작했다.

지금 자신이 할 수 있는 일은 거의 없다.

그렇다 해도 궁지에 몰린 오빠를, 리샤 일행을 아이리는 가만히 보고만 있을 수 없었다.

"쓸데없는 잡담은 작작하시지, 사냥개들. 아래쪽 폭발도 끝났어. 이블리스의 『그랑 포스』를 회수하고 놈들의 숨통을 끊고 오라고."

"그래, 이걸로 저 녀석들과의 인연도 끝이구나."

리 프리카가 꺼낸 말에 드라켄이 대답한 직후, 세 사단장은 빛에 감싸여 데우스 엑스 마키나의 힘으로 전송되었다.

세 사람이 사라진 후, 조종당하는 리 프리카는 나이프를 들고 천천히 소피스에게 다가갔다.

"네년에겐 이제 볼일이 없어. 쓰고 버릴 열쇠나 다름없으니— 팔다리의 힘줄을 끊어주마."

"……."

고개 숙인 소피스는 저항하기는커녕 미동조차 하지 않았다.

자동인형은 거침없이 나이프를 들어 올리더니 그녀를 향해 내리그었다.

"——."

살이 갈라지는 소리와 함께 선혈이 흩어진다.

그러나 누군가가 갑자기 옆에서 튀어나와 소피스를 감싸 안으며 바닥에 쓰러졌다.

"—아이리! 무슨, 짓이야?"

무감정한, 그리고 죽은 사람처럼 공허하던 소피스의 동공이 열리며 빛이 돌아왔다.

그 모습을 본 아이리는 등에서 느껴지는 아픔을 참으며 의연하게 미소 지었다.

"그건 제가 할 소리예요. 왜 저항하지 않아요? 어째서 도망치지 않는 거죠? 가만히 당하기만 하고, 싸우지 않을 건가요?"
"……그건, 이젠, 됐어. 내게는 무리였어. 나는 아무것도, 할 수 없었어……."
"겨우 두 번 배신당한 정도로 포기할거예요? 세계를 적으로 돌리면서까지 구하려고 한 주제에. 죽은 여동생의 유지를 잇겠다고 하지 않았나요?!"
"……."
"쓸데없이 발버둥 치지 마라. 이 방의 출구는 이미 다 잠겼다. 도망칠 곳은 없다."
통괄자의 능력을 사용했는지 리 프리카는 그렇게 선고하며 다가왔다.
일어선 소피스의 팔을 잡아끌며 아이리는 필사적으로 문을 두드렸다.
"당신이 필사적일 수 있는 건, 아직 동료들이 살아 있으니까. 내게는 이제 없어. 우르크도, 계약으로 고용한『용비적』도—."
"그렇지 않아요."
아이리는 그렇게 대답하며 자신의 나이프를 들고, 조금씩 다가오는 리 프리카와 대치했다.
문관 지망생인 아이리는 기본적인 호신술조차 제대로 익히지 않았지만, 그럼에도 불구하고 맨몸인 소피스를 지키려는 것처럼 섰다.
"겨우 일주일 남짓한 시간이지만, 당신도 제 오빠에 대해서 알게 되었을 거라고 생각해요. 항상 트러블에 말려들고, 한없이 사람 좋은 단순한 바보. 정말 골치 아픈 오빠죠. 하지만 그런 답답한 오빠에게도 딱 하나, 저도 인정하는 정말 좋은 점이 있답니다."

"……그건—."

"한 번 마음먹은 일은, 반드시 해낸다는 거예요."

그렇게 말하며 아이리는 방 창문 쪽으로 고개를 돌렸다.

그 순간 올려다본 룩스에게 눈짓 하면서 손가락을 슬며시 빙글 돌렸다

어떤 신호를 전달하는 것처럼.

"옛날에 오빠 주위에는, 우리 편이 되어줄 사람이 없었어요. 그런데도 몇 년이나 몇 년이나, 오빠는 싸워왔죠. 자기가 좋아할 수 있는 나라를 만들기 위해서, 우리의 동료를 만들기 위해서, 포기하지 않았어요. 그러니까 저도 싸울 거예요. 저는— 오빠의 동생이니까."

"——."

결연한 아이리의 의지를 알게 된 소피스는 말을 잃었다.

"리 프리카 씨가 당신을 죽이게 놔두진 않겠어요. 당신의 친구가, 그런 짓을 저지르기를, 바라지 않으니까."

"내, 친구……?"

그 말을 듣고서 소피스는 눈앞의 자동인형을 바라보았다.

누군가에게 조종당하여 마음을 잃어버린 그녀의 모습을.

지금까지 그 누구보다도 긴 시간을 함께 보내온, 가족의 기억을.

"나, 는……."

망설이는 소피스 옆에서, 아이리는 코앞까지 다가온 리 프리카— 정확히 말하자면 그녀에게 명령을 내리고, 말을 전달하는 누군가에게 말했다.

"……당신은 저를 죽일 수 없을 거예요. 저를 데려온 건, 여차할 때 오빠에게 인질로 내세우기 위해서죠? 그렇다면 제가 이렇게 그녀를 감싸고 있는 이상, 손댈 수 없을 거예요."

"핫…… 하하하하하!"

리 프리카가 입을 활처럼 비틀며 요란하게 웃었다.

"마치 이 인형을 누가 조종하고 있는지 알고 있다는 듯한 말투로군, 전 황녀님?"

"알다마다요. 저도 겉멋으로 오랫동안 인간을 관찰해온 게 아니니까. 구제국에서 짐짝 취급받고 신왕국에서 죄인으로 살며 늘 타인을 살펴보아왔기 때문에, 그런 불쾌한 능력만 발달했답니다."

"……과연. 하지만 네 생각은 틀렸어. 이제 네 오빠에 대한 인질 따위는 필요 없다고. 저 자식은 곧 끝날 거다! 어떤 기술을 쓰든, 저 라그나뢰크에게 이길 수단은—."

쨍그랑!

리 프리카가 승리를 확신한 직후, 옆에 있던 창문이 깨졌다.

"——?!"

창문을 깨고 날아 들어온 것은 하얀 칼집에 든 기공각검.

데우스 엑스 마키나와 싸우던 룩스가 틈을 봐서 던진 것이었다.
재빠르게 뛰쳐나간 아이리는 그것을 주웠다.
칼집에서 살짝 검을 뽑아본 다음 바로 다시 집어넣었다.
"뭔 짓을 하나 했더니, 이제 와서 네가 직접 범용기룡으로 싸울 셈이냐? 어디 해보시지. 소용없는 짓이지만."
"으, 크……?!"
그러나 달려온 리 프리카가 아이리의 목을 붙잡고 번쩍 들어 올렸다.
떨어뜨린 검은 방바닥 위를 미끄러져서 소피스의 발밑까지 갔다.
"역시, 무리……야."
절망적인 상황은 바뀌지 않는다.
룩스가 아무리 노력해도, 아이리가 용기를 내도, 결국은 이렇게 된다.
룩스에게는 그런 운명이 있었으며, 소피스에게는 없었다.
그리고 그 가능성도 이제 곧 사라지고 만다.
그러나— 희열로 일그러진 표정으로 아이리의 목을 조르는 자동인형을 보자 소피스의 마음속이 욱신거렸다.
『저 사람들, 나쁜 사람이 아니에YO.』
『「기사단」 사람들도, 다들 친절했어요.』
『그런 건 거짓말이에YO! 사실은 그 누구보다도 친구를 원하는 주제에! 상처 받는 게 무서워서, 피하고 있을 뿐이잖아YO!』

"—흑?!"

잊었을 터인 가슴의 아픔이 열기를 띠며 불타오른다.

배신당한 여동생을 지켜주지 못했다.

하지만 우르크는, 여동생은 목숨을 걸고 저항했다.

악인이 『대성역』의 힘으로 사람들을 지배하고 상처 입히는 것을 막기 위해서.

『그러니까 저도 싸울 거예요. 저는— 오빠의 동생이니까.』

"나는—."

무언가에 이끌리는 것처럼 소피스는 하얀 칼집에서 기공각검을 뽑았다.

룩스의 《와이번》을 소피스가 소환할 수는 없지만, 그래도 맞서 싸우겠다고 결심한 순간에 깨달았다.

"이건?! 이 기공각검은—."

"……우, 아?!"

리 프리카는 한쪽 손으로 아이리의 목을 붙잡고 들어 올린 채 반대쪽 손으로 나이프를 쥐었다.

"여동생의 시체를 본 저 자식이 절망하는 꼴이 기대되는군. 하하하하하!"

아래쪽에서 싸우는 룩스도 볼 수 있게끔, 리 프리카는 일부러 창가 쪽으로 아이리를 밀어붙였다.

그 직후에 자동인형이 들어 올린 칼날은 아이리의 가슴을 향해 떨어져 내렸다.

†

“으, 크……. 다들, 어떻게 됐, 지……?”

제7 유적『달』아래— 학원 연습장.

드라켄의 계략으로 숨어든 오일 슬라임이 일제히 폭발한 여파로 연습장은 관객석까지 처참하게 파괴되었다.

일어선 리샤는, 자신의 팔다리가 멀쩡한지 확인하고 폭염이 잦아든 주위를 둘러보았다.

폭발할 때 가장 멀리 있었던 덕분에 리샤는 비교적 경상으로 끝난 듯했다.

이미 원형을 찾아볼 수 없을 정도로 무너져 내린 관객석에는 세 명의 소녀가 엎드려 있었다.

연기 사이로 보이는 그 모습은 세리스, 피르히, 그리고 코랄.

코랄은 온몸에서 피를 흘리고 사지도 부러져서 다 죽어가는 모습이었다.

“……룩스 군에게, 전해주겠어? 이젠, 이 모습으로 만날 수 없어서 미안, 하다고.”

띄엄띄엄한 목소리로 그렇게 말하고 리샤와 시선이 마주쳤을 때, 코랄이 뻗은 손이 힘없이 툭 떨어졌다.

그대로 눈에서 빛이 사라지더니 완전히 움직이지 않게 되었다.

“젠, 장—!!”

동료의 죽음을 본 리샤는 절규하고는 동시에 기묘한 위화감을 느꼈다.

세리스와 피르히라면 그 상황에서도 치명상은 피했을 텐데—.

"……둘 다, 피로가 화근이 되었나 보네. 하나같이 고집이 강한 사람들이니까."

"크루루시퍼, 무사했느냐?!"

산처럼 쌓인 잔해 너머에서 피로한 목소리가 들렸다.

《티아마트》의 중력 제어 능력으로 잔해를 무너뜨린 리샤는, 그곳에 서 있는 크루루시퍼를 보고 할 말을 잃었다.

《파프니르》의 장갑은 이미 해제되어 있었으며, 그녀는 사지와 이마에서는 피가 흘러내렸다.

"세리스 선배는 라그나뢰크…… 이블리스를 혼자서 맡았으니까 그 강력한 정신오염의 대미지를 누구보다도 많이 받았고, 장갑 일부를 해제해서 방어력도 약해졌지. 그래서 폭발하는 순간에, 신장으로 순간이동 하지 못했어."

말을 한 반동으로 크루루시퍼가 쿨럭 피를 토했다.

아무래도 잔해 일부가 장의를 뚫고 명중해서 내장을 다친 모양이었다.

장벽의 방어력은 장의에도 전달될 테지만, 그 방어력보다 폭발의 충격이 강했던 것이리라.

"피르히도, 그녀도 비슷한 상황이었어. 드라켄이 내는 뿔피리 소리와 이블리스의 정신오염 양쪽에 저항하면서, 바인과 환신수를 상대로 호각 이상으로 싸웠지. 상당한 무리한 상황을, 억지로 버티면서— 으……."

"그만! 더 말하지 마!"

다시 피를 토하는 크루루시퍼를 보고 리샤는 급하게 소리쳤다.

그러나 크루루시퍼는 핏기가 사라진 얼굴로 조용히 고개를 저으며 부정했다.

"아니, 아직 더 들어야 해. 우리는 이제 한계야. 그리고 『용비적』들도 지치긴 했을 테지만, 아직 여력은 남아 있어. 이제부터 어떻게 할지 정하지 않으면— 우린 전멸할 거야."

당장이라도 숨이 끊어질 듯한 상태로 말을 이어나가는 크루루시퍼를 보고 리샤는 어떤 사실을 깨달았다.

자신과 같이 원거리 전투를 펼쳤을 그녀가 이렇게까지 처참하게 당한 것에 대한 위화감.

《파프니르》의 신장으로 미래 예지를 할 수 있으며, 특수 무장 《용린장순(오토 실드)》으로 자동 방어도 가능한 그녀가 어째서 이렇게까지 심하게 다쳤는가?

《티아마트》의 장갑이 생각보다 손상이 심하지 않은 점을 생각하면, 설마…….

"너, 나를 감싼 거냐?! 어째서?! 왜 또, 그런 짓을—."

"사실은, 구해줄 여유도 없었지만……. 미래 예지로, 네가 운 나쁘게 잔해에 직격당해서, 치명상을 입는 모습을 보는 바람에— 커흑……!"

강한 척하며 쿨하게 웃은 직후 크루루시퍼는 그 자리에 쓰러졌다.

리샤가 《티아마트》의 장갑 팔로 받치자 소녀의 몸에서는 힘이 빠져 있었다.

"이 바보야! 그게 자신이 죽을지도 모르는 상황에서 할 짓이냐?! 네가 날 감싸줘야 할 의무는 없잖아!"

"……그럴지도, 모르지. 하지만, 나쁜 기분은 아니야. 분명 내가 좋아하는 사람도, 네가 죽는 모습은 보고 싶지 않아서…… 이렇게 했을 거라는 생각이 들거든."

그 말을 끝으로 크루루시퍼는 눈을 감으며 의식을 잃었다.

예지를 본 크루루시퍼는 리샤가 치명상을 입지 않도록, 그녀 앞을 막아서며 방어에 온 힘을 쏟아 부었다.

"평소에는 나를 놀리기만 하는 주제에, 크루루시퍼……."

세리스와 학원에서 싸웠을 때도 그랬다.

언제나 룩스를 둘러싸고 다투고, 때로는 거리낌 없이 자신에게 쓴소리를 하는 동급생이지만, 중요한 순간에는 늘 힘을 빌려주었다.

"하지만, 네 판단을 헛된 것으로 만들지 않으마."

세리스와 피르히가 당한 것이 확정된 조금 전의 상황. 원거리 저격이 주요 공격 방법인 크루루시퍼 혼자 『용비적』 세 사람을 상대하기는 어렵다.

그렇다면 리샤를 지켜주는 게 낫다고 생각하여 전력을 다한 그녀의 행동에 성과로 보답해줄 수밖에 없다.

그래도 딱 하나 불만이 있었다.

"이제부터 어떻게 하는지가 중요하다고 막연하게 말할 것이 아니라, 적을 쓰러뜨리고 룩스도 잘 부탁한다고…… 그렇게 말하면 되지 않느냐. 너희가 이렇게까지 해주었는데— 아무것도 못 할 내가 아니란 말이다."

"헤에— 그거 볼만하겠는걸."

"—음?!"

갑자기 뒤에서 들려온 목소리에 흠칫한 리샤가 돌아보자, 어느새 세 명의 기룡사가 붕괴한 연습장에 서 있었다.

『용비적』의 중핵인 세 사단장— 가투한, 바인, 드라켄이다.

겨우 몇 분이긴 해도 휴식을 취했는지, 승리를 확신한 여유로운 시선으로 리샤를 응시하고 있었다.

"『달』에서 또 다른 라그나뢰크— 데우스 엑스 마키나와 싸우던 룩스 아카디아도 패배했어. 지금 당장 투항하면 목숨만은 살려주지. 조금 전 너희가 한 말을, 그대로 돌려주겠어."

"……."

냉정하게 권고하는 바인이라는 소년을 보며 리샤는 반역의 뜻을 눈동자에 담았다.

그 기척을 느꼈는지 드라켄이 질렸다는 것처럼 어깨를 으쓱했다.

"압도적으로 불리한 상황에서 댁들은 그렇게까지 분전했으니 어떤 마음일지 모르는 것도 아니지만 말이야. 왕녀가 해야 하는 행동이라면, 모름지기 동료의 안전을 첫 번째로 생각하는 거잖아?"

그 질문에 리샤는 생각했다.

아직 여력은 남아 있지만 전황은 압도적으로 불리.

여기서 선택을 잘못할 수는 없다.
그렇게 생각했을 때, 지금까지 보이지 않았던 어느 사실을 깨달았다.
동시에 지금 막 자신에게 도착한, 학원에서 보낸 용성도.
"—그건 아니다, 이 도적놈들아."
"뭐?"
세 사람 중에서 리더라고 할 수 있는 가투한이 미심쩍은 표정으로 리샤를 노려보았다.
"동료의 안전을 첫 번째로 생각한다면, 너희 같은 무리를 상대로 더욱 투항할 수는 없다. 너희들도 『세례』라는 것을 받아 강화되었다고는 하지만, 조금 전까지 전투에서 무사하진 않았지."
새삼 확인해보지 않아도 『용비적』이 장착한 신장기룡은 세 기는 그런대로 대미지를 입은 상태였다.
심각하게 손상되진 않았지만, 적어도 최대의 위력을 낼 수 있을 정도로 무사한 것은 아니었다.
"그리고 너희는 내가 어떤 사람인지 모르는 모양이로구나. 나를 협박해서 굴복시키고 싶다면 룩스 본인을 데려와야 할 것이다. 그 녀석이 간단히 질 리가 없어. 다시 말하자면— 반대라는 거다. 너희는 룩스를 어떻게든 하고 싶으니까, 우리를 인질로 잡으려는 것이지."
"……헤에, 신왕국의 공주님은 멧돼지처럼 무식한 줄 알았는데, 머리 깨나 굴릴 줄 알잖아? 하지만 괜찮겠어? 저렇게 다친 애들을 오래 내버려둘 순 없을 텐데. 아니면— 우리 세 사람을 혼자서 이길 수 있다는 거야?"

드라켄에 이어서 바인의 《바실리스크》가 중형 블레이드를 들어 올린다.

"우리에게도 여유는 없어. 3대 1 상황이지만, 신경 안 쓰고 처리해주겠어."

그 순간 리샤 뒤에서 이쪽을 향해 접근하는 세 기의 기체가 보였다.

"적의 증원인가!"

가투한이 혀를 차며 지적했지만 드라켄은 코웃음 쳤다.

"—아니, 단순한 조무래기네. 신장기룡 사용자가 아니야."

지원하러 달려온 것은 정신오염에 당해 서로 싸우던 학생들 및 위병 기룡사들을 진압한 트라이어드였다.

그러나 그 상황을 정리한 그녀들의 피로 또한 이미 한계에 가까웠다.

따라서 샤리스를 비롯한 세 사람이 장착하고 있는 것은 강화형이 아닌 범용형 장갑기룡이었다.

"공주! 다들 무사한가?! 라그나뢰크는— 룩스 군은?!"

"룩스는 머리 위의 『달』에서 다른 라그나뢰크와 교전 중. 지상에 있던 라그나뢰크는 이미 쓰러뜨렸어. 너희는 크루루시퍼와 다른 부상자들을 데리고 학원으로 돌아가! 세 사람을 치료하는 게 최우선이다!"

"으엑, 이 세 사람이 당하다니 대체 어떻게 된 거야—?! 아니 그보다, 아직 『용비적』이 멀쩡하잖아!"
"Yes. 3대 1은 무리입니다. 우리도 가세를—."
"녹트! 부탁한 건 가져왔느냐?!"
"이 검대 말씀이십니까? 확실히 리샤 님 방에 있었습니다만……."
특별히 주문해서 만든 그 검대에는 기공각검이 세 자루나 매달려 있었다.
허리에 두 자루, 등에 한 자루.
그러나 전부 다 범용기룡의 기공각검이었다.
동시에 사용하는 것은 불가능할뿐더러 신장기룡인 《티아마트》보다 한참 떨어지는 출력밖에 낼 수 없다.
도저히 이 상황을 타파할 수 있는 비장의 수단으로 보이지는 않았다. 그러나—.
"뒷일은 맡겨라. 지금까지 기룡 개발 연구에 몰두해온 나의 성과를 보여주마."
검대를 재빨리 장착하고서 리샤는 태연히 『용비적』들을 노려보았다.
『용비적』들은 트라이어드가 가담하자 경계심을 곤두세우면서 이블리스의 『그랑 포스』가 묻혀있는 잔해 쪽으로 슬금슬금 거리를 좁혔다.
"명심해. 그 세 사람을 어떻게든 지켜라! 이건 왕녀로서 내리는 어명이니라! 알겠느냐!"
"—알았다. 반드시 구하겠어, 공주."

결연한 리샤의 말을 듣고 샤리스는 고개를 끄덕였다.

잔해 위에 쓰러져 있는 세 사람을 구출하기 위해 트라이어드는 일제히 움직였다.

"핫! 가만 놔둘 줄 아냐?"

드라켄이 외치는 동시에 다른『용비적』두 사람도 움직였다.

크루루시퍼를 구하려는 녹트를 보고 드라켄이《애스프》로 도약하며 날카로운 손톱이 달린 장갑팔을 높이 쳐들었다.

그러나 그 순간 포물선을 그리며 날아온 리샤의《레기온》이《애스프》의 옆구리를 노렸다.

"쯧……!"

드라켄이《레기온》을 튕겨내는 사이에 녹트의《드레이크》가 크루루시퍼를 안았다.

그대로 광학 위장 기능으로 모습을 숨기고 쏜살같이 도주했다.

한편, 중형 블레이드를 쥐고 피르히를 공격하려던 바인은 장갑 다리가 지면에 박혀 움직이지 못하고 있었다.

"《티아마트》의 신장— 중력 제어인가. 이 능력에는 내 신장도 무용지물인데."

지룡 사단장 바인이 조종하는《바실리스크》의 신장은 접촉한 물질을 고정시키는《석화의 독기(커스 페이더)》.

그러나 중력으로 구성된 역장을 막는 것은 불가능하다.

그 틈에 티르파의《와이엄》이 피르히를 구출해내 장갑 다리의 바퀴를 전속력으로 움직여서 이탈했다.

"—과연, 알맞은 상대를 골라서 수단을 선택하는 건가? 조금은 머리가 돌아가는 모양이로군."

가투한의 신장기룡 《히드라》의 융합 능력에 삼켜지지 않기 위해 《레기온》은 직접 충돌하지 않았다.

"하지만 내 공격은 어떻게 막을 셈이지?"

반대로 말하자면 리샤에게는 《히드라》를 견제하기 적당한 무장이 없었다.

그렇게 판단한 가투한은 대형 블레이드를 들고 땅에 쓰러진 세리스에게 달려들었다.

하지만 그 순간 예상치 못한 일이 일어났다.

저 멀리 떨어진 위치에서 다른 두 사람을 견제하던 리샤가 순식간에 세리스 앞— 가투한의 눈앞을 막아섰다.

"……큭?! 뭐지?!"

"먹어라— 기룡포효!"

동요를 금치 못하고 두 눈을 부릅뜬 가투한을 향해 리샤는 혼신의 하울링 로어를 해방했다.

압축된 충격파가 가투한과 《히드라》를 한꺼번에 날려버린다.

수십 메르 뒤에 있는 잔해더미에 충돌한 순간 리샤는 《티아마트》의 거포를 가투한에게 조준하고 에너지를 충전했다.

"가투한! 피해!"

"《일곱 개의 용머리(세븐스 헤즈)》—!"

지룡 사단장 바인이 경고했지만 이미 늦었다.

잔해에 부딪친 충격으로 등 날개의 비행 장치가 둔해진 순간을 노린 공격.

"……크, 오오옷?!"

한 점에 집중된 초강력 섬광.

포구에서 빠져나온 두꺼운 빛기둥이 미쳐 날뛰는 용의 포효로 변하여 적을 부수고 꿰뚫는다.

대기를 뒤흔드는 폭풍의 여파가 가라앉았을 때 《히드라》는 반파되었고, 장갑에 뒤덮인 오른팔은 어깨까지 날아가 버렸다.

"—으, 크흑, 아아아악……!"

끔찍한 고통을 이기지 못하고 가투한은 혼절했다.

세리스를 끌어안은 샤리스가 날아올라 학원 쪽으로 철수했지만, 다른 두『용비적』은 그 뒤를 쫓으려 하지 않았다.

눈앞에서 일어난 현실에 잠시 사고력을 빼앗긴 탓이었다.

그것은『용비적』의 리더가 당했다는 사실만이 아니라 눈에 보이는 변화 때문이었다.

"뭐……야, 저 장갑기룡의 형태는?!"

드라켄이 중얼거리고 바인도 아연실색한 모습으로 쳐다보았다.

리샤가 장착한《티아마트》의 외형이 이제까지와는 달랐다.

어깨를 뒤덮은 두꺼운 장갑 위를, 한층 더 거대하고 위풍당당한 등 날개가 감싸고 있었다.

더욱 커다란 비행 장치와 그것을 보정하는 보디 밸런스.

고속 기동을 구현하는 장엄한 형태가 조금 전의 움직임을 가능케 한 것이었다.

“《티아마트》의 장갑 위에, 다른 한 종류…… 《와이번》을 덮어씌웠어?”

“해설이 필요한가? 그렇다면 그 몸으로 확인해보아라! 내가 만든 《와이번 윙》의 힘을!”

리샤가 허리에 있는 《와이번》의 기공각검을 건드리자 거대한 날개 장갑이 빛나더니 《티아마트》가 탄환처럼 가속했다.

다음 공격 목표가 된 바인 아세토스가 즉시 입을 꾹 다물고 경계했다.

“나를 노린 건 기동력으로 이길 수 있다는 자신감 때문인가. 하지만…… 내 《바실리스크》에겐 안 통해!”

바인이 리샤에게서 도망치듯 전속력으로 후퇴하면서 매섭게 중형 블레이드를 휘두른다.

그 압도적인 기동력에 밀리면서도 도르래가 달린 장갑 다리를 정교하게 조작해 좌우로 움직이며, 리샤의 포구가 조준하지 못하게 벗어난다.

그리고— 무장으로 몇 차례 견제를 주고받은 직후, 허를 찌르려는 듯 앞으로 나섰다.

“지금이다! 《석화의 독기》!”

《바실리스크》의 신장— 적의 움직임을 고정하는 순간 접착의 역장을 《티아마트》에 퍼부었다.

간발의 차이로 뒤로 물러나 정통으로 맞진 않았지만, 《티아마트》의 붉은 장갑 팔이 손에 든 무장과 함께 굳어버렸다.

“잘 했어, 바인! 이걸로 이제— 저 공주님은 두 개의 특수 무장을 쓸 수 없게 됐다고."

팔이 날아간 가투한을 최소한으로 지혈하면서 전황을 확인한 드라켄이 흥분한 목소리로 외쳤다.

하지만 그 순간, 그녀는 전율과 함께 목격했다.

《티아마트》의 등 날개를 뒤덮고 있던 거대한 장갑이 해제되고, 리샤가 《와이번》의 기공각검을 칼집에 넣는 모습을.

계속해서 이번에는 《와이엄》의 기공각검을 빠르고 힘차게 뽑는 리샤.

"뭘 하려는 거지? 포기하고 해제를— 헉?!"

그리고 드라켄은 리샤가 부리는 마술의 원리를 이해했다.

어째서 《티아마트》 말고도 기공각검을 세 자루나 갖고 있는 것인지.

"『초월장갑(오버 유닛)』· 개(온)시!"

"신장기룡 위에, 다른 장갑기룡을 추가로 덮어씌우는 거냐……!"

드라켄이 경탄하는 동시에 기룡이 고속으로 소환되고— 결합하기 시작한다.

모여든 빛의 입자가 개조형 《와이엄》을 공중에 소환하여 《티아마트》의 일부와 합체하는 장갑으로 변했다.

등 날개의 강화를 해제하는 대신, 이번에는 두 개의 장갑팔이 어깨 쪽에 새로 추가되었다.

"이건, 대체……?!"

그 광경을 목격한 바인이 멍하니 중얼거리는 사이에, 《바실리스크》의 신장에 고정되지 않은 새로운 두 개의 장갑 팔이 움직였다.

"《와이엄 클로》! 받아봐라, 『용비적!』"

"크…… 《석화의 독기》!"

늘 냉정하고 침착한 바인도 예상을 아득히 뛰어넘은 전개에 당황했다.

반사적으로 신장을 다시 발동하려는 순간을 거꾸로 리샤가 노렸다.

《와이엄 클로》가 노린 위치는 바인을 감싼 육전형 기룡 《바실리스크》의 어깨— 기룡의 동력이라고 할 수 있는 환창기핵이 있는 부분이다.

거기에 충격을 주면 일시적으로 출력이 떨어져 신장의 효과가 약해진다는 것을 파악하고 있었다.

물론 바인도 잘 아는 약점이었지만, 지금까지 리샤의 근접전에 대해 전혀 대책을 세워놓지 않았기 때문에 타이밍을 놓치고 말았다.

"말도 안 돼……?! 드릴이라니?!"

날카롭게 내찌른 《와이엄 클로》의 오른팔 끝부분— 희귀부품인 드릴이 고속으로 회전하며 바인이 방패로 삼은 중형 블레이드를 튕겨 날렸다.

나선의 창이 간단히 장벽을 관통하고 《바실리스크》의 어깨에 꽂혔다.

"그……아아아아악?!"

맨몸에 직접 명중하진 않았지만, 무지막지한 회전 충격이 프레임을 통해 몸까지 전달되어 소년의 온몸이 불타는 것처럼 비명을 질렀다.

당연히《바실리스크》가 두 번째로 발동한 신장은 불발에 그쳤고, 장갑이 절반가량 분쇄된 후— 완전히 침묵했다.

"……무슨, 이런 어처구니없는 일이."

그 광경을 끝까지 본 드라켄의 목덜미를 따라 한줄기 식은 땀이 흘렀다.

비행형 신장기룡을 다루는 가투한을 기동력으로 뛰어넘고, 육전형 신장기룡을 다루는 바인을 근접전투로 제압했다.

둘 다 다소 지친 상태이긴 했지만 특기 분야에서 패배하고 말았다.

『초월장갑(오버 유닛)』.

기초가 되는 각 범용기룡을 분해하여 강화 파츠로 개조한 무장.

《와이번 윙》은《티아마트》의 날개를 강화하여 기동력과 하울링 로어의 위력을 대폭 끌어올리고,《와이엄 클로》는 두 개의 장갑 팔을 추가하며 끝에는 드릴과 고주파 블레이드가 장착되어 있다.

덤으로 추가된 전면 장갑은 장벽까지 강화되었다는 증거였다.

"그렇다면—."

드라켄은 바인을 구출하기 위해 특장형 신장기룡《애스프》의 손톱을 사출해서 견제했다.

조금 전 폭발 때문에 연습장에 켜둔 화톳불은 거의 다 꺼졌지만, 그 대신 폭염이 남긴 잔불이 드문드문 주위를 밝히고 있었다.

그 빛이 없는 어둠속에 녹아드는 것처럼 드라켄은 기룡의 광학 위장 기능을 사용해서 숨었지만…….

철컹, 철컹!

암흑 속에서 《티아마트》의 『초월장갑』이 또다시 형태를 바꾸는 소리가 들렸다.

"크……?! 뭘 하는 거지……?!"

드라켄이 몸서리를 치며 《애스프》의 레이더로 리샤의 위치를 포착했다.

어둠 속에서 네 다리로 도약하여 달려들었을 때, 돌아온 것은 기묘한 느낌이었다.

내려찍은 손톱이 꿰뚫은 것은 단순한 잔해.

《애스프》가 암흑 속에서 찾은 리샤의 위치에는 아무것도 존재하지 않았다.

"—뭣?!"

"내 전략에 걸려들었군? 전장의 연주자."

뒤로 돌면서 휘두른 《애스프》의 손톱이 《티아마트》의 장갑 팔에 가볍게 막혔다.

기룡의 형태가 조금 전까지와 또 달랐다.

《와이엄 클로》의 장갑 팔은 해제되고 《티아마트》의 어깨, 등, 머리에 걸친 장갑이 강화되었으며, 뿔처럼 생긴 안테나가서 있었다.

“『초월장갑』—《드레이크 혼》. 이 장비에는 《드레이크》의 특수 기능만이 아니라, 상대의 레이더에서 모습을 숨기는 재밍 기능도 추가돼 있다.”

“크, 아아아아아아악!”

너무 늦게 깨달았다.

리샤는 마지막으로 남은 드라켄이 위장 기능을 발동하고 어둠에 숨어서 기습하리라는 것을 꿰뚫어보았다.

드라켄은 《드레이크》의 기능을 강화한 『초월장갑』의 특성에 오히려 한 방 제대로 얻어맞았다는 것을 깨달았지만, 그럼에도 필사적으로 반격을 시도했다.

근거리 육탄전이라면 마지막 비장의 수단을 갖고 있는 자신이 이길 수 있다.

《애스프》의 신장 《마락성창(헬 콰이어)》의 뿔피리 소리로 자신의 기체에 붙여둔 채프 슬라임.

기룡의 움직임을 둔하게 만들고 출력을 떨어뜨리는 신형 환신수를 《티아마트》에 직접 붙이려고 했지만, 휘두른 손톱은 허공을 갈랐다.

그 틈에 리샤는 드라켄의 사정거리에서 벗어나 중력을 제어하는 신장을 발동했다.

“《초월천성(하이 스프레셔)》!”

“—으극?! 아가아아아아아아아아아……!”

지금까지 경험한 것의 배에 가까운 중력장이 《애스프》를 뒤덮자 장갑이 삐걱거리며 찌부러진다.

전신이 찢겨나가는 듯한 압력에 짓눌린 드라켄은 몸부림치며 절규했다.

"하아, 하아……. 《드레이크 혼》은 특장형의 기능만 있는 게 아니다. 《티아마트》 자체의 최대출력도 대폭 올려주지. 하마터면 죽일뻔했군……. 너희에겐 아직 캐내야할 정보가 많아. 너희의 원 고용주가 누구인지……."

"어느 틈, 에…… 이렇게 강해진 거지? 단순히 개조한 기룡을, 이 정도로 전투에 응용하다니—."

드라켄은 너덜너덜해진 《애스프》를 장착한 채 잔해 위에 큰 대자로 뻗었다.

맑게 갠 차가운 하늘에서는『달』이 휘영청 빛나고 있었다.

"하아, 하아…… 어때? 다시 보았느냐, 나의 힘을……!"

『초월장갑』을 해제하고 일반 《티아마트》로 돌아온 리샤가 숨을 몰아쉬며 물었다.

새로 습득한 리샤의 기술과 전술은『용비적』을 완벽하게 뛰어넘었지만, 역시 이 기능은 몸에 가는 부담이 컸다.

기룡 개발만이 아니라 체력과 정신력도 단련하고 있지만, 그래도 전력을 다한 전투는 몇 분 정도 지속하는 게 한계다.

"……그렇게 자랑하고 싶은 참이지만 말이다. 절반은 내 공로가 아니다. 룩스…… 그리고 내 동료들 덕분이지."

호흡을 고르는 것처럼 리샤는 천천히 말하기 시작했다.

"세리스가 나를 단련해준 덕분에『초월장갑』을 다룰 수 있는 체력이 붙었다. 크루루시퍼가 유적 자료를 가져오고 아이리가 해독해준 덕분에 개조할 수 있었지. 피르히와 요루카가 기체 테스트를 도와준 덕분에 서투르던 근접 전투술을 익힐 수 있었다. 그리고—."

불현듯 말을 멈추며 리샤는 천상에 떠 있는 『달』을 올려다보았다.

"룩스가 곁에 있어주었기에, 나는 힘을 낼 수 있었다. 그 녀석이 내 기사가 되어주었으니까, 그 녀석에게 어울리는 공주가 되려고 계속해서 노력할 수 있었지. 그러니 내가 너희를 쓰러뜨린 건— 다 그 녀석들 덕분이다."

"……."

드라켄은 사지를 힘없이 아무렇게나 뻗은 채 리샤의 이야기를 들었다.

"룩스라면 지지 않아. 설령 라그나뢰크가 상대라도, 그 녀석은 절대로 지지 않아. 분명 소피스도 구해낼 거다. 내가 인정한, 신왕국 왕녀의 전속 기사이니까!"

그리고 자신만만하게 가슴을 펴는 리샤를 바라보던 드라켄의 입가가 문득 느슨해졌다.

전장의 음악이 멎은 연습장에서 잔불 같은 열기가 넘실거렸다.

†

제7 유적『달』내부.

창백한 불빛이 밝히는 무기질적인 회랑을 소녀가 홀로 걷고 있다.

이 밑에 존재하는 몇 장의 벽으로 구분된 배틀 필드. 그곳에서 벌어지고 있는 라그나뢰크와 인간의 치열한 사투.

그 간극을 찌르는 것처럼 **은발 소녀**는 걷고 있었다.

평소에는 굳게 닫혀 있는 심장부로 향하는 격벽은 열려 있다.

"역시, 열려 있어……."

이것은『열쇠 관리자』인 소피스가 고대 종족의 권한으로 해제한 후 그대로 놔두었기 때문이리라.

그리고 지금은 통괄자인 리 프리카 또한 과거에『용비적』을 고용했던 흑막에게 통제당하고 있다.

라그나뢰크를 상대 중인 룩스나 그녀들도 걱정되었지만 지금은 그쪽을 신경 쓸 여유가 없다.

오랜 시간을 들인 끝에 잠입하여 겨우 붙잡은 기회.

그래서 **자신을 사망자로 만든 덕분에** 남들의 눈에서 벗어난 소녀는 지금 유적의 비밀을 파헤치기 위해 움직이고 있었다.

"단서가 있을 만한 곳이라면, 여긴데……."

은발 소녀는 혼잣말하며『달』의 시설—『서재』문을 열었다.

난잡한 책장 사이를 누비듯 걸어가 중요한 서적이 들어 있을 것 같은 잠긴 상자를 매만졌다.

보통 유적 내부의 잠금장치는 『열쇠 관리자』의 권한으로 해제할 수 있지만, 그것만큼은 열린 흔적이 안 보였다.

고대 종족의 잠금장치는 풀려 있었지만, 다른 하나의 숫자식 자물쇠를 풀지 못한 것이었다.

극히 드물긴 하지만 유적 내에는 이런 상자도 존재했다.

은밀성을 높이기 위해서 『열쇠 관리자』와 『창조주』— 2인분의 지식이 필요한 것.

"……."

소녀는 숫자를 입력해서 잠금장치를 해제했다.

그리고 안에 있는 역사서를 들고 페이지를 넘기며 진지하게 중얼거렸다.

"겨우, 찾았어—."

닫혀버린 과거의 진실로 가는 길.

이 유적 자체의 존재 이유와 『대성역』의 비밀.

어째서 『성식』이 존재하는 것인가?

어째서 유적은 유기 당했으며, 과거의 지배자가 사라진 것인가?

"나는…… 진실을 알아야만 해."

자신이 누구인지, 무엇을 위해 싸워야만 하는지.

소녀는 눈을 뜬 뒤에 본 자료와 역사를 통해 대강은 파악하고 있었다.

그러나 그것만으로는 다 이해할 수 없는 수수께끼도 많았다.

앞으로 많은 인물들을 처리해야만 하는 사명이 있는 까닭에, 알아두지 않으면 납득할 수 없을 것 같았다.

그렇게 독단적으로 판단한 그녀는 숨겨진 진실을 알아내기 위해서 움직였다.

그러나 언니나 여동생과는 다르게 평화로운 윤리관을 지닌 소녀의 마음은 여기에 와서 처음으로 후회를 품게 되었다.

"엘릭시르, 『하얀 영웅』…… 『성식』. 설마……! 설마 그런 일이—."

단정한 얼굴을 비장하게 일그러뜨리며 소녀는 전율했다.

『대성역』의 정체에 관해 기록되어 있는 문서의 내용.

고대 기술과 유산 중에서도 정점에 위치한 그것이 봉인된 이유.

그것은 사람들에게 풍족함을 가져다주는 뛰어난 지혜 따위가 아니었다.

"그 반대야—! 우리가 찾고 있던 건, 세계를 구하기 위한 유산 같은 게 아니라고!"

『세례』를 받아 변색된 자신의 눈동자 위에 손가락을 포개며, 소녀는 괴로운 신음을 흘렸다.

허억, 허억— 흥분으로 거칠어진 호흡을 고르려는 것처럼 가슴에 손을 대고 목소리를 쥐어짜냈다.

"이 사실이 지금 이 세계에 사는 사람들에게 알려지면, 모든 게 끝장이야. 우리는— 아니, 어느 누구도 멈출 수 없게 된다고……!"

자신들이 찾아 헤매던 이상적인 공존 따위는 허구.

그 사실을 알게 된 소녀는 소리쳤다.

선택의 여지가 없었다.

이제 어느 누구도 모르게 사태를 수습하는 것 외에는 길이 없었다.

"룩스 군, 나는—."

소녀는 결의를 다지려는 것처럼 가슴에 댄 손을 불끈 쥐었다.

오른쪽 눈을 황록색으로 빛내며 입술을 앙다물었다.

†

—키이잉!

날카로운 금속음이 작은 방 안에 울려 퍼진다.

룩스와 라그나뢰크의 전장인 구형 공간을 내려다볼 수 있는 방에서 기공각검을 든 소피스가 칼집을 벗겨냈다.

룩스가 던져준 《와이번》의 칼집 안에 숨겨져 있던 것은 소피스의 신장기룡 《브리트라》의 기공각검이었다.

"이럴 수가……?"

누군가에게 조종당하는 리 프리카가 공허한 목소리로 의문을 드러냈다.

그 순간 소피스가 재빨리 영창을 시작했다.

"—불꽃에서 태어난 불길한 신. 증오와 이치를 삼키고 초월하라, 《브리트라》!"

영창부(패스 코드)를 읊는 동시에 소녀 앞에서 빛의 입자가 고속으로 소용돌이치며 유려한 형태의 울금색 장갑을 형성했다.

반사적으로 나이프로 아이리를 찌르려던 리 프리카의 몸이 공중에 뜨며 뒤쪽 벽으로 떠밀렸다.

그리고 《브리트라》가 투척한 대거와 와이어 테일이 연속해서 얽히며 그 몸뚱이를 자동으로 결박했다.

궤도 제어— 물체의 움직임을 자유자재로 조종하는 《브리트라》의 신장에 리 프리카는 눈 깜짝할 사이에 제압당했다.

"……뭐냐?! 어째서 그 기공각검이 여기 있는 거지?! 여기에 가져올 틈 따윈 없었을 텐데!"

"그러니까, 그 생각이 틀린 거라구요."

목을 조르는 손에서 해방된 아이리가 콜록콜록 기침하며 보충설명 했다.

"처음부터 오빠의 기공각검으로 보이게 위장하고 있었죠. 마지막 순간에 소피스 씨에게 돌려주고, 설득하기 위해서— 말이에요."

"어째서, 돌려주려고 했어? 내가 달아날지도 모르는데—."

소피스는 《브리트라》를 장착한 채 아이리를 돌아보며 물어보았다.

"그게 바로 오빠니까요. 당신이 나쁜 사람이 아니라고 믿었으니까요. 당신의 신뢰를 얻기 위해서, 전력을 다하기 위해서 그렇게 한 거예요."

"……"

"만약 당신이 달아났다면, 또 당신을 설득하기 위해서 싸움에 나설 거예요. 그런 곤란한 사람이라구요. 오빠는."

부서진 작은 창문 밖, 지금도 여전히 아슬아슬한 전투를 벌이는 룩스의 모습을 보며 아이리가 중얼거렸다.

소피스 또한 진지한 얼굴로 아이리의 시선을 따라 룩스를 내려다보았다.

"그런가."

어째서인지는 몰라도 해제의 패스 코드를 잊어버린 탓에 『한계돌파』는 사용할 수 없었지만, 룩스는 지금 동원할 수 있는 수단을 여러 가지 시도하여 데우스 엑스 마키나를 공략하고자 최선을 다했다.

"……배신자 일족에게 붙을 생각이냐? 구제국 황족들에게 속아서 동생을 잃은 네가!"

와이어 테일에 묶인 채 대거로 벽에 고정된 리 프리카가 소리쳤다.

그러나 소피스가 《브리트라》의 신장을 발동하자 와이어 테일이 저절로 움직여 그 입을 틀어막았다.

"그 얼굴과 목소리로, 멋대로 지껄이지 마. 나는 이제 도망치지 않아. 설령 또 배신당한다고 해도, 괜찮아……. 믿고 싶은 누군가를, 믿는 것을 포기하지 않겠어."

"소피스 씨……."

"고마워…… 소년의 여동생. 당신 덕분에, 내 소원을 되찾았어."

허무한 소피스의 진지한 표정 속에서 아주 미약한 웃음이 떠올랐다.

그 직후 소피스는 다시 기공각검을 들고 높이 들어 올리며 강한 마음을 담았다.

“—완전결합(풀 커넥트) · 개시(온).”

읊조린 직후에 몸을 뒤덮은 《브리트라》의 장갑이 격렬하게 빛났다.

장갑 일부가 팔다리를 뒤덮으며 초소형 기계 입자로 변한 생체부품과 동화한다.

외부에는 기공각검의 표면과 같은 기하학적 문양의 은색 선이 문신처럼 새겨졌다.

유적을 세우고 기룡을 만든 시작의 일족.

최대의 적성치를 가진 『열쇠 관리자』에게만 가능한 형태.

반쯤 기계로 변한 소피스가 손을 들자 《브리트라》의 신장에 영향을 받은 눈앞의 유리가 산산이 부서졌다.

그리고 소피스는 중형 워 해머를 들고 그대로 옆방으로 뛰어내렸다.

“소피스?! 그 모습은— 아니 그보다, 아이리는 무사해?!”

“동생은 무사해. 그 이상의 이야기는 나중에. 당신의 전력공격을 라그나뢰크에 퍼부어줘. 내 《브리트라》는 화력이 약해.”

“하지만 데우스 엑스 마키나에게는 공간전송 능력이 있어! 설령 내가 계속 움직이더라도, 적이 이동해서 회피하면—.”

“알았으니까 공격해. 적의 공간전송은, 내가 막겠어.”

“뭐……?”

"나를 믿어준다고, 하지 않았어?"

소피스의 목소리가 어쩐지 토라진 것처럼 들려서 룩스는 쓴 웃음을 지었다.

"—알았어. 부탁할게, 소피스."

짧게 대화한 후 룩스는 《바하무트》의 기공각검을 잡았다.

기룡의 정신조작과 육체조작.

억압하는 명령과 해방하는 명령의 모순을 통해 팽팽히 당겨진 활시위처럼 힘을 축적한다.

환옥철강으로 구성된 가변 프레임이 삐걱거리고, 뒤틀리려는 것처럼 장갑이 떨리기 시작한다.

기룡조작 3대 오의 중 하나, 강제초과.

그러나 대상을 가리지 않는 공간전송 능력을 가진 데우스 엑스 마키나는 지금까지 계속 도망쳤기 때문에 적중시킬 수 없었다.

그럼에도 룩스는—「어떻게든 하겠다」라고 말해준 소피스를 믿었다.

그 순간을 대비해서 거의 바닥난 체력을 쥐어짜냈을 때 라그나뢰크가 움직였다.

"……큭?!"

공성추 같은 거대한 강철 팔뚝을 높이 들어 올리며 보이지 않는 속도로 내뻗는다.

힘을 모으기 시작한 룩스는 과감히 앞으로 나서는 라그나뢰크를 보고 당황하여 공격할 수 없었다.

"우리의 전략을 눈치 챈 걸까? 능력을 쓰지 않고 직접 막으려 하다니."

"아뇨, 그것만이 아니에요. 조심하세요, 오빠! 적의 몸이 빛나고 있어요."

"——."

아이리의 경고가 룩스의 귀에 들어오는 동시에 눈앞의 공간이 출렁 일그러졌다.

반사적으로 뒤로 도약해서 위기를 피했지만, 그 자리에 있던 유리조각이 가루처럼 부스러지며 소멸됐다.

"공간을 압축해서, 그대로 짓뭉갰어. 저 범위 안에 있으면, 방어력이 아무리 높아도 순식간에 죽을 거야."

"뭐 저런 게……!"

거대한 팔뚝으로 연타를 퍼부으면서, 공간을 압축하는 특수 능력까지 동원하여 공세에 나선 라그나뢰크. 그것을 상대로 룩스는 방어에 전념할 수밖에 없었다.

구형 공간을 빙글빙글 돌듯 도망치는 룩스를 데우스 엑스 마키나가 쫓는다.

겨우 수십 초 정도였지만 그 패턴이 계속 이어지자, 조금 거리를 두고 타이밍을 재고 있던 소피스는 초조해졌다.

"위험해. 라그나롸크가 움직임을 파악하기 시작했어. 저대로라면— 붙잡혀."

"잠시만요, 소피스 씨."

중얼거리며 가세하려는 소피스를 아이리가 차분한 어조로

제지했다.

"오빠의 능력을 믿어주세요. 저 표정을 보면, 오빠는 아직 궁지에 몰린 게 아니에요."

"……무슨 뜻이야?"

위층에서 라그나뢰크와 룩스의 움직임을 지켜보며 아이리가 중얼거렸다.

"오빠가 지닌 가장 뛰어난 점은 상대의 움직임을 간파하고 행동을 읽어내는 힘. 그리고 신속하게 전술을 세우고 실행하는 용기예요. 저건 그저 같은 패턴으로 당하면서 도망치고 있는 게 아니에요."

"……."

"분명, 곧 반격에 나설 거예요. 소피스 씨, 그때가 되면 확실하게 실행해주세요. 라그나뢰크를 쓰러뜨릴 비장의 수단을—."

†

같은 시각, 『달』 아래.

"크, 크크크크크…… 하하하하핫!"

『용비적』이 괴멸된 폐허가 된 연습장의 잔해 위에서, 한 남자가 요란하게 웃으며 일어났다.

비룡 사단장이자 『용비적』의 리더라고 할 수 있는 거한, 가투한.

그러나 그의 신장기룡 《히드라》는 중파되었고, 그 역시 오른쪽 어깨 밑으로는 날아가서 빈사 상태였다.

그 모습을 본 리샤는 피로한 기색을 숨기면서 사내에게 경고했다.

"포기해라. 그 몸으로 무리하면 정말로 죽을 거다. 그러니 얌전히 있어."

가투한에게 한 말은 진실이다.

리샤도 『초월장갑』을 거듭 사용한 탓에 체력이 한계에 도달해서 더 사용할 여력은 남아 있지 않았다.

그래도 저 『용비적』들에게 당할 정도는 아니었지만 만신창이라는 건 틀림없었다.

"신뢰할 수 있는 기사라고? 거기에 어울리는 주인이 되겠다고……? 크하하하하! 말은 잘 하는군. 마치, 자신들만 옳은 길을 걷고 있다고 주장하는 것 같아."

"그렇게 들렸나?"

"우리는 네놈들 귀족을, 권력을 휘둘러 우리를 박해한 자들을 용서할 수 없어. 그런 길 따위는— 내게는, 우리에게는 처음부터 존재하지 않았다……!"

쩌엉—! 도자기가 쪼개지는 듯한 높은 소리와 함께 《히드라》의 어깨가 빛났다.

더는 그 신장조차 제대로 발동할 수 없을 텐데—.

"원망이라면 나중에 들어주마! 그 이상 움직이면…… 큭?!"

리샤가 가투한에게 캐논의 포구를 겨냥한 순간 다른 두 사단장인 바인과 드라켄이 움직였다.

영락없이 자신을 공격하려는 줄 알고 리샤는 경계했지만, 가투한의 양 옆에 자리 잡았을 뿐이었다.

"괜찮겠나? 바인, 드라켄."

"그래, 나도 이대로 포로가 돼서, 구차하게 살아남고 싶지는 않아."

"네게 맡기겠어. 용병의 긍지를, 놈들에게도 보여줘야 하니까……."

"네놈들, 뭘 할 셈이냐!"

리샤가 반사적으로 견제하는 말을 외치는 동시에 《히드라》의 장갑이 흉흉하게 빛났다.

그 섬광에 시야가 가려졌다. 그리고 빛이 사라지자, 칠흑 같은 어둠속에 짐승의 그림자가 떠올라 있었다.

"……뭐라고?!"

눈앞에 나타난 무시무시한 모습을 본 리샤의 어깨가 떨렸다.

그것은 사람도, 환신수도, 장갑기룡도 아니었다.

추악하게 일그러진 흉측한 형태의 장갑.

장갑으로 된 팔뚝에서 다른 팔이 돋아나고, 등에는 발톱과 칼날이 공존하는 불협화음적인 형상.

독기를 품은 마물의 모습이었으며, 압도적인 살의의 이빨을 드러내고 있었다.

눈앞에 나타난 것은 세 기의 장갑기룡에 뒤덮인 가투한이었다. 그가 잃어버린 신체의 일부도 메워져 있었다.

그 대신 다른 두 사단장, 바인과 드라켄이 사라졌다.

장갑기룡만이 아니라 그 알맹이인, 뼈와 살로 된 육체까지.

"—융합, 했다는 거냐?! 세 사람의 육체와, 세 기의 신장기룡을!"

융합능력을 지닌 《히드라》의 신장—《신식독소》.

그것을 자신의 동료에게 적용하여 반파된 신장기룡을 합체시키고, 육신의 상처마저 치료했단 말인가?

지금까지 고락을 함께해온 동료들의 존재 자체를 먹고, 희생해서—.

"이 자식들은, 대체 무슨 짓을……!"

자신의 목숨까지 희생하는 그 전략에 전율하면서 리샤는 눈앞의 적을 노려보았다.

그녀와 마주선 구릿빛 거한은 사람 같지 않은 심연의 웃음과 함께 블레이드를 들어 올렸다.

"간다……! 우리를 방해자로 치부하며 제거하고, 옳은 길이라고 주장한 왕후귀족들이여! 세계와 대적하는 용의 힘을, 그 눈으로 똑똑히 보아라!"

기괴한 암색 장갑을 빛내며 세 기가 융합한 《히드라》가 날아오른다.

그 살의에 압도당한 리샤는 요격하려는 것처럼 캐논을 발사했다.

†

리샤의 머리 위.

제7 유적『달』내부에 존재하는 구형 배틀 스페이스 내부.

소피스라는 조력자를 얻은 룩스는 데우스 엑스 마키나를 상대로 열세에 몰려 있었다.

아이리와 함께 옆의 감시실에서 그 광경을 지켜보던 소피스는 그를 도와주려고 했지만, 그것이 룩스의 책략이라고 믿는 아이리에게 제지당했다.

"알았어."

아이리의 진지한 눈빛을 보고 소피스도 고개를 끄덕였다.

"걱정 많은 당신이 그렇게까지 믿는다면, 분명 맞겠지."

그렇게 대답한 소피스는 다시 기공각검을 들고 집중했다.

공간 압축을 통해 방어를 무시하는 데우스 엑스 마키나의 즉사 공격.

룩스가 뒤로 뛰어 물러나 그것을 피하는 순간 거대한 팔뚝을 뻗어 후속타를 날린다.

라그나뢰크의 공격 속도가 차츰 빨라지면서《바하무트》의 장갑을 깎아내기 시작한다.

그리고 데우스 엑스 마키나가 마침내 룩스의 움직임을 따라잡았다.

"오빠—!"

아이리가 양손을 꼭 붙잡으며 기도했다.

룩스 주위의 공간이 왜곡되며 뭉개지려는 찰나, 《바하무트》에서 진홍색 섬광이 용솟음쳤다.

"—《폭식》!"

룩스를 중심으로 반경 수 메르— 마침 공간 압축 대상이 된 지점에 압축강화의 신장이 적용되었다.

데우스 엑스 마키나가 사용한 공간 압축의 시간이 늘어난 그 타이밍에, 이어서 내뻗은 주먹이 꽂힌다.

"—이오오오오오오옹!"

승리를 확신한 타격으로 룩스를 포착해낸 순간. 룩스는 그 위치에서 번개처럼 튀어 나갔고, 그 대신 라그나뢰크가 앞으로 나갔다.

그 찰나 《폭식》으로 감속되었던 공간 압축 속도가 몇 배로 빨라지더니 그 위치에 있던 라그나뢰크의 본체가 설탕 공예처럼 으스러졌다.

"—기, 끼이이이이이익!"

금속이 뒤틀리는 소리와 비슷한 고음의 절규를 지르며 데우스 엑스 마키나가 멈춰섰다.

눈앞의 공간을 통째로 압축하는 능력을 자신의 몸뚱이로 고스란히 받아낸 탓에 수십 겹의 환옥철강으로 뒤덮인 튼튼한 표면도 무력하게 부서졌다.

"자신의 공격에 자신이 당하게 하는 것…… 그게 노림수였다니."

그제야 룩스의 계략을 이해한 소피스가 멍하니 중얼거렸다.

소문대로 대단한 소년이다.

자기 혼자 힘으로는 이 상황에서 라그나뢰크를 파괴할 수 없다는 것을 알고, 상대를 자폭시키는 전술로 교묘히 유도했다

그 가능성을 단시간에 파악하는 눈썰미와 실행하는 배짱.

완벽한 타이밍을 붙잡기 위한 관찰력.

"아이리. 당신이 오빠를 어째서 그렇게 신뢰하는지, 이제 알았어. 《바람의 위광(마하푸라나)》!"

동시에 지금까지 계속 힘을 모으고 있던 소피스가 《브리트라》의 신장을 발동했다.

궤도 제어— 물질의 움직임을 지배하는 힘에, 반파된 데우스 엑스 마키나의 거체가 룩스에게서 멀어진다.

"……기, 오오오옷?!"

구형 배틀 스페이스를 고속으로 가로지른 라그나뢰크의 등이 벽면에 거세게 충돌했다.

그 충격에 몸이 꺾인 순간, 착지하지 않고 그대로 다시 앞쪽으로 가속했다.

"그런, 건가요."

유리가 깨진 감시실에서 지켜보던 아이리가 중얼거렸을 때, 룩스는 이미 준비를 끝낸 뒤였다.

"강제초과!"

룩스는 《바하무트》와 함께 돌진하며, 맞은편에서 고속으로 날아오는 데우스 엑스 마키나를 향해 힘을 해방했다.

극한까지 힘을 축적한 대검의 일섬이 반파된 강철 표면을

뚫고 핵을 파괴한다.

일그러진 절규와 금속 파편이 배틀 스페이스에 흩어진 후, 이윽고 정적이 돌아왔다.

†

캐논의 폭염이 터지는 동시에 두 명의 동료를 흡수한 가투한의 《히드라》가 리샤를 향해 덤벼들어다.

마치 폐허처럼 처참하게 파괴된 칠흑 같은 어둠 속의 연습장.

그곳에 남은 약간의 불꽃을 받아 모습이 드러난 흉측하게 뒤틀린 형태의 기룡이 가속했다.

"—기룡포효!"

체력의 한계로 『초월장갑』을 사용할 수 없는 리샤는 《티아마트》와 상대의 거리를 벌리기 위해 충격파를 쏘았다.

그러나 그것을 예측했는지, 가투한은 몸을 비틀어서 피하더니 나선으로 회전하는 기세를 그대로 살려서 와이어 테일을 휘둘렀다.

"으, 큭……?!"

와이어 테일에 정통으로 얻어맞은 《티아마트》의 장갑이 비명을 지르고, 충격이 전달되며 리샤의 숨을 막히게 했다.

원래는 무장이라기보다도 상대를 포박하는 도구인 와이어가 어째서인지 이상한 타격력을 발휘했다.

자세히 보니, 그 채찍은 무수한 잔해와 융합하여 플레일을 연상케 하는 타격무기로 변해 있었다.

"잔해와 무장을 융합시켜서, 즉석에서 타격무기를 만들다니……?!"

계속해서 가로로 후려친 채찍에 얻어맞고 리샤는 밸런스를 잃었지만, 《티아마트》의 신장을 발동하기 위해 정신을 집중했다.

"……윽?!"

하지만 그 찰나, 뇌를 휘젓는 듯한 불협화음이 울려 퍼지더니 리샤의 집중력을 흩트려놓았다.

드라켄의 신장기룡인 《애스프》의 신장, 인체에 해를 끼치는 불협화음.

소리를 조종하는 능력도 《히드라》에 고스란히 흡수되어 있었다.

"우리는 네년에게는 지지 않는다. 옳은 길을 걷는 것이 약속된 인간 따위에게, 정당하게 손에 넣는 것이 허용된 인간 따위에게 질 수는 없다!"

마찬가지로 기룡 융합으로 흡수한 《바실리스크》의 신장 《석화의 독기》에 《티아마트》의 장갑 팔이 봉쇄되었다.

아니, 발밑의 부서진 관객석과 장갑 다리까지 접착되어 이동조차 불가능했다.

그리고 무자비한 채찍 연타가 빗발치듯 날아왔다.

《티아마트》의 장벽을 전개해서 버티지만 무자비한 강타는 그 위로 떨어져 내린다.

불협화음에 집중력이 흐트러져서 신장은 사용할 수 없다.

『초월장갑』을 사용할 체력도 남아있지 않았다. 달리 움직일 수 있는 동료도 없다.

그런 절망적인 상황 속에서, 그럼에도 리샤는 꺾이지 않았다.

"네년들 왕후귀족은 늘 빼앗아왔다! 우리가 올바르게 살아갈 수 있는 길을 항상 빼앗아왔단 말이다! 거치적거리는 우리를 죄인으로 깎아내리고 모든 권리를 착취해왔다! 그 법칙은, 이 세계를 빼앗지 않는 한 바꿀 수 없어! 우리가 손이 넣을 거다! 네년들을 굴복시킬『대성역』의 힘을!"

가투한 또한 만신창이였지만, 온몸에서 피를 뿜어내면서도 기세는 조금도 쇠하지 않았다.

남은 목숨을 모조리 불사르는 것처럼 노도의 맹공을 퍼부어댔다.

자신의 죽음을 마다하지 않는 강공.

결사적인 그 기백에, 한계가 가까운 리샤는 밀리고 있었다.

—그러나 연습장에 남은 잔불에서 흩어지는 불티.

어둠속에 떠오르는 붉은 빛을 본 리샤의 마음이 다시 타올랐다.

『……그렇다면, 여기서 나도 죽여줘.』

어렸을 적의 기억.

함락되어 불길에 휩싸인 구제국 왕성의 광경이 리샤의 머릿속에서 되살아난다.

『제국이 멸망하면, 내가 있을 곳은 이제, 어디에도 없으니까—.』

귀족의 영애로 태어난 그녀는 혁명을 꾀한 아버지에게 대항할 인질로 잡혔고, 끝내 버림받아 구제국 측에 붙겠다고 결심했다.

살아남기 위해서. 가장 사랑하는 사람에게 버림받았기 때문에.

그럼에도 불구하고 끝내 파멸을 맞이한 자신의 운명.

결코 편한 길은 아니었다.

언제 끝날지도 알 수 없었다.

영걸인 아버지의 유복자라는 이유로 신왕국의 왕녀가 된 뒤에도 계속 괴로웠다.

그때, 룩스의 옆모습이 리샤의 마음속에 떠올랐다.

아버지에게 구원받지 못한 리샤를, 목숨을 걸고 구해준 소년의 모습이—.

"웃기, 지, 마라아아아아아앗!"

리샤는 기공각검을 뽑으며 불협화음 속에서 《티아마트》를 조작했다.

기동한 것은 남은 열 개의 투척병기 《레기온》.

그것을 자신의 발밑으로 날려 적의 신장 때문에 다리 장갑에 붙어버린 관객석을 깨부쉈다.

이어서 캐논을 《히드라》에 밀착하여 영거리에서 쏘고, 충격의 반작용을 이용해서 거리를 벌렸다.

리샤 자신도 반동 때문에 큰 피해를 입을 거리였지만 망설이지 않았다.

상대도 역시 방어하긴 했지만, 아주 잠시 놀라며 당황한 모습을 보였다.

찌이잉— 코앞에서 터진 충격파의 때문에 고막이 찢어질듯 아팠다.

하지만 그와 동시에 지금까지 리샤를 괴롭히던 불협화음이 끊겼다.

"무슨 짓이냐? 자폭이라도 할 작정인가?"

"—각오라면 나도 했다고! 너는 이해 못할 테지만! 《천성》!"

"뭣……?!"

리샤의 매서운 포효와 함께 《세븐스 헤즈》의 포구에서 신장이 발동된다.

예기치 못한 상황에 가투한이 판단을 망설인 것이 운명을 갈랐다.

극도로 압축된 뒤에 발사된 보라색 중력구.

그것이 가투한에게 명중한 순간, 뒤틀린 《히드라》의 장갑을 끌어들이며 그 자리에 고정시켰다.

우직우직, 하는 메마른 소리를 내며 《히드라》의 프레임이 구부러지고, 찌그러지고, 부서진다.

"크…… 느, 으어어어어어어아아아아아악?!"

가투한의 절규와 함께 《히드라》가 폭발했다.

그 직후 한계에 도달한 리샤의 장갑도 자동으로 해제되었다.

"쳇…… 정말이지, 폼이 안 나잖아……."

신경이 불타는 듯한 극한의 피로감이 리샤의 온몸에서 힘을 빼앗았다.

그대로 잔해 위에 쓰러졌을 때, 그리운 누군가의 목소리가 들려왔다.

†

"—리샤 님! 정신 차리세요!"

"……응, 으."

아련하게 들리는 소년의 목소리. 자신을 들여다보는 잿빛 눈동자를 보고 리샤는 눈을 떴다.

싸움이 끝나고 겨우 몇 분 정도 지난 걸까?

리샤는 《바하무트》를 장착한 룩스의 품에 안겨 있었다.

"룩, 스…… 무사했느냐."

가슴을 쓸어내리는 리샤를 보고서 룩스도 안도의 미소를 지었다.

"『달』의 라그나뢰크는 쓰러뜨렸습니다. 『그랑 포스』도 손에 넣었고요."

『용비적』의 원 고용주는 한발 먼저 도망친 모양이었지만, 일단 지금으로서는 『대성역』을 빼앗길 걱정은 없었다.

그리고 그 뒤에는 소피스가 서 있었다.

여전히 무표정했지만, 적의가 느껴지지 않는 눈으로 리샤를 보고 있었다.

"그런가. 도와준 거냐, 그 녀석도……."

"응. 도움 받았으니까. 당신에게도."

솔직하게 고개를 끄덕이는 소피스 옆에서 아이리도 얼굴을 내밀었다.

"녹트랑 다른 분들이 주위를 경계하고 있어요. 크루루시퍼 씨 일행도, 학원 여러분도, 현재로선 무사해요."

"정말 열심히 싸워주셨군요. 사실은 제가 지켜드려야 하는데……. 명색이 리샤 님의 기사인데, 이래서야 자격이 없네요."

룩스가 면목 없다는 듯 눈을 내리깔았지만, 리샤는 지친 몸으로 살짝 고개를 저으며 미소 지었다.

"……무슨 소릴 하는 게냐. 열심히 지켜주지 않았느냐? 나와 함께, 온 힘을 다해 싸워주었으면서."

"그건—."

"아무래도 싸우는 도중에 머리를 맞은 모양. 급히 의무실로 데려가야 해."

"저기…… 소피스 씨. 아마도 그건 아니라고 생각해요."

소피스가 약간 당황하며 중얼거리자 아이리가 태클을 걸었다.

그 옆에서 죽은 것처럼 쓰러져 있던 가투한이 신음을 흘렸다.

"운명, 이었다는 말인가……. 태어날 때부터 제대로 된 길을 선택하지 못한 우리로서는, 모든 것을 내팽개쳐도, 결국 이룰 수 없는 운명이었단 말인가……."

룩스 일행은 순간적으로 긴장했지만, 곧바로 경계할 필요가 없음을 깨달았다.

《히드라》의 신장으로 융합했던 바인과 드라켄은 이미 분리되어 죽어 있었다.

아직 살아 있는 가투한도 육체가 붕괴되기 시작했기 때문에 죽음이 임박한 것은 분명했다.

그 당장이라도 꺼질 듯한 중얼거림을 듣고 리샤가 대답했다.

"—제대로 된 길을 걸으려 해보지도 않은 자가, 걸을 수 있을 것 같으냐."

리샤의 목소리도 극한의 피로 때문에 실낱처럼 가늘었다.

그러나 그 안에 실린 왕녀의 기개는 조금도 쇠하지 않은 채 가투한에게 전달되었다.

"뭐, 라고……?"

"어째서 그러지 못했느냐? 힘 앞에 제대로 된 길을 빼앗겨 도적 생활에 뛰어들었지만, 그럼에도 나름대로 신뢰할 수 있는 동료들을, 힘을 손에 넣었잖느냐. 왜 거기서 정당한 자리로 돌아오려 하지 않았지? 너희는 도망쳤을 뿐이다. 분노와 복수심에 몸을 맡기고, 너희가 혐오하던 족속들과 같은 길을— 스스로 선택했을 뿐이지."

"……."

"너희는 또 빼앗기는 게 두려웠던 거다. 옳은 길을 걸으려 해도, 또 어디선가 누군가가 방해할 거라고. 빼앗을 거라고. 그러니 이번에는 지배하는 쪽에 서주겠다고, 그 생각밖에 하지 않았지. 너희에게서 소중한 길을 빼앗은 무리들과 같은 짓을 돌려주려고 했을 뿐이다!"

"네, 년이 뭘 안다는 거냐! 허울뿐인 왕녀 주제에! 구제국이 멸망한 후에, 우연히 왕녀 자리에 앉게 된 네년이……. 아무 고뇌도 망설임도 없이, 옳은 길을 걸을 뿐인 네년이!"

"그렇지 않아요!"

분노에 찬 가투한의 비난에 아이리가 대답했다.

"리샤 님은, 그렇게 편한 길을 걷고 계시지 않아요! 구제국에 인질로 사로잡혀 생사의 기로에 서게 되었고, 그래서 배신한 건 사실이에요. 하지만— 아티스마타 백작의 딸로서, 신왕국의 공주로서 노력하고 계신다구요! 어떤 고난을 겪어도, 결코 당신들처럼 자신들에게 불리한 일에서 눈을 돌리지는 않는다구요!"

"아이리……."

소피스가 놀란 것처럼 눈을 크게 뜨고, 리샤는 조용히 숨을 들이쉬었다.

룩스의 품에 안긴 채 어쩐지 연민하는 듯한 눈길로 『용비적』의 두령을 내려다보았다.

"……나도 똑같다. 빼앗기고 빼앗기며 살다가 그렇게 할 수밖에 없다고 생각했으니까. 그래서 나도 당당하게 말할 수는 없어."

리샤는 자기 가슴에 손을 얹으며 차분한 표정으로 말을 이었다.

"하지만, 그래. 내가 설령 너희와 같은 상황을 겪었다 해도, 룩스가 곁에 있어준다면 옳은 길을 선택했을 거라고 생각한다. 구제국의 사악한 황족이라고 욕먹어도, 날품팔이 왕자라고 불려도 계속 앞만을 보며 나아가는 이 남자와 함께라면, 그렇게 했을 거라고 확신한다. 그것이 너희와 나의 차이이다."

"……."

가투한은 아무 대답도 하지 않았다.

그저 잠시 가투한은 올곧은 리샤의 눈동자를 바라보았고—이윽고 그 몸뚱이가 사라락 부서지기 시작했다.

"—그래서, 흔들리지 않았던 건가. 우리의 집념 같은 것보다도 훨씬 강한 각오로 싸웠던 건가……. 지는 게 당연하군."

문득 그 입가에 건조한 웃음이 떠올랐지만 그것도 이내 부스러졌다.

체념이 아니라 기묘한 패배의 만족감과 외로움이 느껴지는 웃음이었다.

"바인, 드라켄, 미안하다. 내가 조금만 더 정신이 제대로 박혔다면……. 내가, 제대로 된 리더의 그릇이었다면……."

이미 재가 되어 부스러진 동료의 유해에 손을 뻗었지만 닿지 않았다.

"그래도— 설령 그릇된 길이라도, 두 사람은 자신이 있을 곳을 만들어준 네게 고마워하고 있을 거야."

가투한에게 지금까지 지켜보고 있던 소피스가 말해주었다.

"누구와도 교류하지 못하고 혼자 지내왔던 나는, 알 수 있어."

"……우리에게 배신당한 주제에, 쓸데없는 온정 같은 걸 베풀지 말라고. 멍청아."

"그러네. 짧은 인연이었지만, 잘 있어."

소피스가 작별을 고하는 동시에 가투한의 몸에서 모든 생기가 사라졌다.

그 죽음을 끝까지 지켜본 리샤의 온몸에서 힘이 쭉 빠졌다.

"하지만, 조금 아쉽구나. 내가 활약하는 모습을 보여주지 못한 게. 그걸 봤다면 너도 분명 나를 다시 보게 됐을 텐데—."

한숨을 길게 내뱉으며 리샤가 쓴웃음을 지었다.

그러자 룩스는 진지하게 웃으며 대답했다.

"이 이상 다시 볼 것도 없어요. 리샤 님은, 정말로 멋진 왕녀님이신걸요."

"으—?!"

룩스가 싱긋 웃은 순간, 장갑 팔에 안겨 있던 리샤의 얼굴이 새빨갛게 달아올랐다.

안절부절 못하면서 어찌할 바를 모르던 리샤는 룩스의 눈동자를 빤히 바라보며 조심스럽게 입을 열었다.

"그, 그러냐! 그, 그럼 상이라도, 조금—."

"……리샤 님. 협정을 잊으신 건 아니죠?"

눈을 빛내는 리샤의 귓가에 아이리가 살며시 속삭였다.

『대성역』을 둘러싼 싸움이 끝날 때까지는 소녀들 쪽에서 룩스에게 어필 하는 것은 금지다.

"크아앗! 마, 맞다! 모처럼 좋은 분위기였는데! 어째서 나만 이렇게 타이밍이 나쁜 거냐고!"

"소년은 애태우는 타입? 역시 악인일지도."

"네, 눈을 떼면 금방 다른 여자애한테 추근거리는, 나쁜 남자랍니다."

"잠깐, 둘이서 뭘 멋대로 납득하는 거야?!"

룩스는 반박하면서 리샤를 안은 채 학원 쪽으로 걸음을 뗐다.

마기알카와 약속한 기일이 바야흐로 목전에 이르렀다.

Epilogue 성역으로 가는 길

『용비적』과의 싸움에 종지부를 찍은 그날 밤.

상황을 보러 온 마기알카에 의해 소피스 문제는 정리되었다.

동시에 신왕국에 닥친 위기도 끝나, 라피 여왕도 무거운 짐에서 일시적으로 해방되었다.

마기알카는 룩스와 아이리의 이야기를 듣고 소피스의 투항을 수락.

소피스와 『용비적』은 일시적인 계약관계였기 때문에, 각국에 소피스를 받아들이게 하기 위한 대책을 마련했다.

요약하자면 소피스는 『용비적』을 붙잡기 위해서 마기알카의 명령을 따라 일부러 세계 연합에 반목하는 연기를 했다— 그런 내용이었다.

물론 한바탕 뒤집어졌던 연합은 그 정도로 납득하지 않았다.

그러나 『용비적』을 섬멸한 데다 남은 두 개의 『그랑 포스』까지 입수하여 최선의 성과를 거두었기 때문에 각국을 설득할 재료는 충분했다.

룩스 일행이 데우스 엑스 마키나를 쓰러뜨린 직후 『용비적』의 고용주는 곧바로 도망쳤는지 『달』 내부는 텅 비어 있었다.

리 프리카는 제정신을 되찾았지만 기억이 삭제되어 자세한 것은 떠오르지 않는 모양이었다.

그 후에 『달』의 관리를 맡기고 헤어졌고, 소피스는 잠시 학원에서 맡게 되었다.

…….

결국, 그때 『달』을 움직이던 흑막의 정체는 여전히 수수께끼다.

그러나 룩스는 이번 사건의 진행과정을 통해 뒤에서 암약한 인물의 정체를 은연중에 짐작하고 있었다.

"후우……."

심야. 룩스는 혼자서 여자 기숙사의 자기 방에서 천장을 보며 한숨을 내쉬었다.

코랄도 마음에 걸렸다.

리샤 일행에게 듣기로는 『용비적』과의 전투에 참가한 후 폭발에 휘말려 죽었다고 했는데, 그 뒤에 현장을 찾아보았지만 어째서인지 시체는 발견되지 않았다.

그는 정말로 죽어버린 것일까. 아니면—.

"……."

어쨌거나 『그랑 포스』가 전부 모인 이상, 지금은 『대성역』으로 가는 것이 최우선 목표다.

마르카팔 왕국의 폐도 겔세라.

마기알카는 이미 그곳의 고성 근처에 거점을 확보하여 기룡 격납고나 식량창고를 비롯한 각국 연합의 병참을 세우는 중인 듯했다.

『대성역』 주위에는 강력한 환신수들이 우글거리고 있으며, 고성 안쪽에는 더욱 복잡한 함정이 설치되어 있다는 척후 부대의 보고가 속속 올라오고 있었다.

각국에서 파견한 기룡사들과 『칠용기성』의 『대성역』 공략이 드디어 다음 주부터 시작된다.

그런 생각을 하면서 룩스는 옷을 벗었다.

오늘은 시간상 대욕탕에는 들어갈 수 없기 때문에 더운물에 적신 수건으로 몸을 닦기로 했다.

한겨울이다 보니 이것만으로는 조금 부족했지만 투정을 부릴 수는 없다.

따뜻한 수건으로 얼굴을 닦고 목, 가슴, 어깨, 등— 그 순서로 닦은 다음 허리띠를 풀고 바지를 내렸을 때— 똑똑, 누군가가 방문을 두드렸다.

"저기, 누구 있어?"

"아, 응. 지금 옷 갈아입는 중이니까, 잠깐만 기다려줄래?"

문 너머로 들려온 소피스의 목소리에 황급히 대답하는 룩스.

이 방에서 간혹 벌어진 난입 사건을 떠올리면서 어떻게든 사고는 막았다고 안심했다.

그러나 그런 룩스의 예상과는 다르게 소피스는 뜻밖의 한마디를 꺼냈다.

"그런가. 소년밖에 없다면, 이야기가 빠르겠어."

"응. 그렇게 해준다면— 아니…… 어억?!"

그 순간 방문이 열리더니 평소처럼 입은 소피스가 뛰어 들어왔다.

룩스는 반사적으로 몸을 가리려고 했지만 수건을 빼앗기고 말았다.

"야?! 무슨 짓이야, 소피스?! 그러니까 옷 갈아입는 중이랬잖아—?!"

"알아. 소년에게는 신세를 졌지만, 그건 그거고 복수. 내 부끄러운 모습을 봤으니까, 소년도 보여줘."

"그건 불가항력이었잖아! 이 광경을 누가 보기라도 하면 여러 모로 위험하다고!"

룩스는 그렇게 소리치며 서둘러 몸을 가렸지만 소피스는 억지로 보려고 했다.

"똑바로 보여줘, 그래야 균형이 맞아."

속옷까지 빼앗으려고 하는 소피스의 손을, 얼굴을 붉히며 필사적으로 막는 룩스.

몇 번에 걸쳐 필사적인 공방을 벌인 후, 어느새 둘 다 주저앉고 말았다.

"그, 그리고 또, 친구로서 친목을 깊게 다지려면, 알몸을 대화할 필요가 있대서……."

"그건 남자끼리 이야기거든?! 어디서 그런 말을 듣고 온 거야?!"

"그, 그래? 나, 친구를 제대로 사귀어본 적 없으니까, 몰라서……. 저기, 괜찮을까. 소년의 친구라고 해도."

왠지는 몰라도 시선을 피하면서 뺨을 발갛게 물들이는 소피스를 보고 룩스는 한숨을 내쉬며 고개를 끄덕였다.

"당연하지. 나는 소피스를, 틀림없는 내 친구라고 생각해."

"……고마워, 소년."

가면처럼 무뚝뚝한 소피스의 얼굴.

그래도 그 속에서 수줍어하는 분위기를 살짝 느낀 룩스는 부드럽게 웃었다.

"그, 그럼, 맨몸을 보여준 건 빚으로 달아둘 테니까."

아무래도 룩스의 하반신을 보는 건 포기했는지 소피스는 중얼거리며 슥 일어섰다.

그 순간 룩스는 어떤 사실을 깨닫고 무심코 고개를 돌리며 입을 막았다.

"왜 그래? 무슨 문제 있어?"

"아니, 그게, 지금은 좀 말하기 그런데……."

"……? 괜찮으니 눈치 보지 마. 날, 친구라고 생각한다면—."

"그게, 그러니까— 어긋났어."

"……?"

고개를 갸웃하고 멍하니 있던 소피스는 몇 초 후에 깨달았다.

그녀의 갈색 피부를 가리고 있던 가슴의 천이 조금 전의 공방으로 어긋나는 바람에 소녀다운 가슴의 굴곡이 그대로 노출되어 있었다.

"—꺄, 꺄아아아아아아앗?!"

날카로운 절규를 지르며 쏜살같이 뛰쳐나가는 소피스.

그 후에 『절교』를 선언당하고 『화해』하기까지, 온 학원 여자 기숙사를 뛰어다니느라 약 한 시간이나 걸렸다.

그리고 그 와중에 트라이어드를 포함한 『기사단』 사람들에게도 알려지는 바람에 한바탕 말썽이 있었던 것은 말할 필요도 없으리라.

마지막에는 모두 함께 식당에 모여서 소피스의 환영 파티를 열었다.

시끌벅적한 소녀들과 함께하는 성야제의 밤이 깊어져가고 있었다.

†

그로부터 며칠 후.

룩스는 왕도에서 열린 군사회의에 참석한 후 『칠용기성』으로서 마르카팔 왕국에 존재하는 『대성역』의 입구— 폐도 겔세라를 공략하기 위해 소집되었다.

이미 『대성역』이 있다고 생각되는 고성 앞에 포진한 거점 요새에서는 세계 연합의 기룡사 부대가 전투를 벌이고 있다.

장갑기룡을 동원해서 폐허의 건물을 쓸 수 있게 정비한 덕분에 1개월은 전투를 지속할 수 있을 것 같았지만, 고성은 환신수의 소굴로 변한 탓에 각국에서 엄선한 기룡사들을 투입해도 근처에조차 다가갈 수 없는 상황이었다.

『열쇠 관리자』인 소피스가 『그랑 포스』를 이용해서 『모형 정원』 심장부의 문을 열었고, 그 뒤에 크루루시퍼가 『갱도』 심장부의 문을 열었기 때문에, 이제는 마기알카의 권한으로 각 유적을 순서대로 해방하자는 결론에 도달했다.

그리고 학원을 떠난 룩스는 선발대의 일원으로서 다른 『칠용기성』 및 『창조주』와 함께 마르카팔 왕국에 도착했다.

"여, 오랜만이야, 왕자님."

폐도에서 가장 가까운 거점— 요새 도시 포트에 룩스가 도착하자 요새 앞에 있던 그라이퍼가 인사했다.

칙칙한 금발과 삼백안, 불량한 분위기가 특징이지만 실제로는 친절한 소년이다.

반하임 공국의 『칠용기성』으로, 지난번 왕립 사관 학원에서의 전투로 보좌관인 코랄을 잃었다.

『대성역』을 지키는 환신수와의 전투는 소강상태에 접어들었는지 주위에서는 적의 기척이 느껴지지 않았다.

요새 경비병에게 물어봐 상황을 확인한 다음 돌로 된 복도를 따라 걸어갔다.

"코랄 일은 미안해. 저기, 구해주지 못해서."

"그걸 왜 네가 사과하냐? 우리 군인은 죽는 것도 임무야. 당연한 결과라는 거지."

"그렇긴 하지만…… 그래도."

"그리고 말이다, 나는 어째 아직 못 믿겠단 말이지. 그 녀석이 폭발 따위에 뒈질 놈인가 싶어서."

"……."

실제로 룩스도 믿을 수 없었다.

리샤가 대신 전해준 유언, 룩스에게 사과해달라는 말이 뜻하는 것도.

모든 것이 불확실해서 도저히 이해되지 않았다.

"그리고 하나 더, 그 녀석이 안 죽었다고 생각하는 근거가 있어. 참고로 상당히 위험한 이야기이긴 한데, 왕자님한테라면 말해줄 수 있어. 들을 거냐?"

"어……?!"

어쩐지 위험한 분위기를 풍기는 그라이퍼의 말에 룩스는 당황했다.

"그 녀석을 믿고 싶다면, 아서라. 그다지 듣기 좋은 이야기는 아니니까."

"그게 무슨 소리야? 아니— 꼭 듣고 싶어!"

룩스가 진지한 표정으로 달려들자 그라이퍼는 한숨을 푹 내쉬고 이야기를 시작했다.

"밀미에트 공녀 전하는 너도 알지? 코랄은 우리 공주님의 먼 친척으로 알려져 있는데, 그 가계도에서 녀석의 이름이 지워져 있었어."

"……뭐?!"

룩스는 어떤 이야기를 들어도 동요하지 않겠다고 각오했지만, 아무리 그래도 의미를 알 수 없는 이야기라서 당황하고 말았다.

"애초에 반하임 공국의 왕족 중에, 코랄 에스터라는 녀석은 없었다고. 분명 가계도에도 처음부터 안 실려 있었겠지. 하지만 어째서인지 우리는 줄곧 그 녀석이 왕족이라고 믿어온 거야. 약 1년 가까운 시간 동안— 아무도 그 사실을 눈치채지 못했고."

"그런 건, 아무리 그래도……."

"말도 안 되는 일이다, 이거지? 실제로 우리도 그렇게 생각했어. 그래서 그 녀석과 친하게 지내던 왕자님에게 물어볼까 하는데, 그 녀석은 남자냐? 아님 여자냐?"

"윽……?!"

그렇게 질문 받은 순간 룩스의 시야가 모래 폭풍으로 뒤덮였다.

깜빡거리는 코랄의 모습.

완전히 남자라고 생각했던 그의 모습이, 어느 때는 분명히 소녀로 보였다.

머리카락이나 눈동자색만 달랐는데, 어째서 그렇게 보였던 것일까?

코랄 에스터의 정체.

어째서 갑자기 그의 정체를 깨닫게 된 것일까.

최후의 라그나뢰크『성식』.

진화의 비약, 엘릭시르와 세례.

경험해본 적 없는 기억과 변화하는 코랄의 모습.

'어째서 나는 이제 와서야—.'

어디서 인식이 잘못된 걸까.

인식, 인식……?

"그나저나, 나도 하나만 물어봐도 되겠냐? 『용비적』과 마지막으로 계약했다는 녀석— 그 갈색 아가씨를 배신한 흑막으로 짐작 가는 사람이 있나 보던데, 정말이냐?"

아무래도 그라이퍼는 소피스에게서 그 이야기를 들은 듯했다.

겉보기와는 다르게 다른 사람을 잘 챙기는 성격이라, 소집되기 전에 소피스를 소개해준 게 성과를 본 듯했다.

"응…… 아직 내 개인적인 억측에 불과하지만."

그러나 그라이퍼에게서 기밀정보를 들어놓고 자기만 이야기하지 않을 수는 없었다.

그래서 말하기로 했다.

빗나가기를 바라는 예상.

그 자리에 없었을 터인 『창조주』 이외에 『달』을 조종할 수 있는 인물이라면—.

"헤이즈 뷔 아카디아……. 분명 죽었을 그녀가, 아마도 살아있는 것 같아."

리 프리카의 입에서 나오던 그 말투는 헤이즈를 쏙 빼닮았다.

그리고 이 추론이 정확하다면, 그것은 한 가지 사실을 시사하게 된다.

지금 『대성역』을 공략하는 데 중심적인 존재가 된 『창조주』.

언제 헤이즈가 되살아난 것인지는 모르지만, 그녀가 『용비적』과 다시 접촉하고 『대성역』을 미끼 삼아 조종했다고 한다면—.

“어이, 그러면 설마…….”

그 사실에 생각이 미쳤는지 표정이 험악하게 변한 그라이퍼를 보며 룩스는 고개를 끄덕였다.

“응. 마기알카 대장에게 이 사실을 전해야만 해. 헤이즈가, 그 녀석이 만약 살아 있다면, 이 싸움은 처음부터…… 윽?!”

룩스가 문득 시선을 앞으로 돌려 돌이 깔린 회랑을 본 순간, 거기에는 한 소년이— 아니, 소녀가 서 있었다.

여성용 장의를 입은, 세 가닥으로 머리를 땋은 소녀.

왠지 모르게 중성적이지만 가지런한 그 얼굴을 룩스와 그라이퍼는 본 적이 있었다.

“코……랄?! 아니, 너는—.”

눈을 부릅뜬 채 굳어버린 그라이퍼의 언성이 커졌다.

그러나 죽었을 터인 그의 외모는 지금까지와는 색이 달랐다.

룩스나 아이리와 같은 은발과 잿빛 눈동자.

그러나 그 오른쪽 눈만은 연녹색으로 물들어 있었다.

『창조주』인 리스테르카나 헤이즈도 받은 『세례』의 증거.

“—미안해. 둘 다.”

어쩐지 슬퍼 보이는 표정으로 코랄은 기공각검을 뽑았다

그대로 재빨리 룩스와 그라이퍼를 향해 검을 휘둘러 뒤통수를 강타했다.

다행히 날을 한쪽밖에 세워두지 않았는지 베이지는 않았지만, 두 사람은 그 충격으로 쓰러졌다.

급소를 정확하게 때렸는지 힘이 빠지고 의식이 멀어졌다.

영문을 모르는 채 룩스는 그를 올려다보았다.

"……이젠, 시간이 없어. 너희는 상상 이상이었어. 『대성역』에 도달해서 이 세계의 비밀을, 사실을 알게 되면 모든 국가가 반드시 피비린내 나는 전쟁을 벌일 거야. 지금까지 계속 속여서 미안해. 그리고— 이런 나를 친구라고 불러줘서 고마워."

"코……랄, 이, 자식……!"

옆에서 그라이퍼의 신음이 들렸다.

그러나 코랄은 눈썹 하나 까딱하지 않고 서로 색이 다른 눈동자로 두 사람을 내려다보았다.

"내 이름은 신성 아카디아 황국 제2 황녀, 에이릴 뷔 아카디아. 내게 내려진 세례의 힘은, 『대성역』의 시스템 일부를 이용해서 타인의 인식을 변환하는 거야."

"인식을, 변환?"

"더는 너희를 속이는데 이 힘을 쓸 여유가 없어. 지금부터는 『칠용기성』의 눈을 속이는 데 쓰지 않으면, 시간을 맞출 수가 없어."

다시 말해, 코랄은 처음부터 이 모습이었다는 것이다.

머리카락 색도 눈동자 색도, 가슴의 굴곡도, 존재하지 않는 것으로 착각하고 있었을 뿐.

"하지만 안심해. 언니가 너희를 죽이게 놔두진 않을 거야. 이 싸움이 전부 끝나서 『대성역』을 손에 넣으면, 그때는 다시 한 번 더…… 라는 건, 이기적인 생각이지."

처연하게 느껴지는 미소를 지으며 코랄은 중얼거렸다.

룩스의 의식이 흐릿해진다.

마지막으로 코랄의…… 아니, 그녀의 목소리가 귀에 남았다.

"……하지만 나는 네가 가진 가능성을 보았어. 그러니까, 내 나름대로 이 운명에 저항해보려고 해. 『창조주』로서만이 아니라, 나 자신의 대답을 제시해볼 생각이야."

발소리가 멀어져간다.

누군가가 룩스의 몸을 옮긴다.

"고마워, 룩스 군. 너를, 좋아해."

"……."

대답하기는커녕 그 말에 대해 생각하는 것조차 불가능했다.

룩스의 오감은 어둠에 감싸였고, 이윽고 의식도 가라앉았다.

†

새하얀 유선형 배가 신왕국 상공에 정박하고 있다.

『창조주』들의 주거지 겸 이동요새인 공정(空艇)— 『천궁』이라고 불리는 선사 유산.

본디 『대성역』의 일부였던 왕족 전용 탑승물인데, 전속력으로 비행하여 전날 유미르 교국의 『갱도』에 들어갔다.

미리 크루루시퍼가 해제해둔 심장부에 도착해서 『그랑 포스』 수납을 마치고, 지금은 눈 밑에 있는 『모형 정원』으로 향하려 하고 있었다.

"『미궁』을 포함해서 세 개째인가요. 제가 첫 번째인 것 같군요. 이것으로 신탁의 무녀로서, 겨우 사명을 완수할 수 있을 것 같습니다."

은발과 잿빛 눈동자, 순백색 드레스를 입은 제1 황녀 리스테르카 레이 아샤리아는 그렇게 말하며 가만히 가슴을 쓸어내렸다.

그 옆에는 파란 머리카락의 시녀 미스시스가 조용히 서 있었다.

"하지만 헤이즈 전하의 몸은 이제 오래 버티지 못할 거라고 봅니다. 이후의 전투에 참가시키면, 『세례』로 연장한 생존시간도 짧아질 텐데요."

그렇게 말하고 옆으로 눈을 돌리자 그쪽에 서 있던 로브 차림의 소녀가 입가를 비틀었다.

"핫……!"

회색과 파란색으로 비대칭적인 두 눈동자.

일찍이 유적의 병기를 팔아치우며 어둠의 무기상인으로 암약하던 헤이즈 뷔 아카디아.

룩스와 사투를 벌인 끝에 죽음의 문턱 앞에 서서 꼼짝도 할 수 없는 몸이 되었지만, 겨우 2주 전에 의식이 돌아와 그 뇌파를 읽어낼 수 있었다.

헤이즈가 바란 것은 이런 모습으로 사는 것보다, 한때라도 싸움에 참가한 끝에 죽음을 맞이하는 것.

자신에게 고배를 들게 한 룩스 일행에게 복수하는 것과 『창조주』로서의 비원을 이룩하는 것.

전신에 신체를 강화하는 『세례』를 받은 헤이즈의 몸 절반에는 기하학적인 검은색 문신이 새겨져 있었다.

마인으로 변화하는 엘릭시르의 투여가 아니라, 그저 제대로 움직이게 하는 것이 목적인 세례.

당연히 원래대로라면 걷지도 못할 몸을 억지로 살려낸 것이므로 오래 버틸 수 없다.

앞으로 10일 정도면 헤이즈는 생명력이 다해 영원한 잠에 빠지리라.

그러나 헤이즈의 각성은 그들에게는 요행이었다.

예전에 헤이즈가 가졌던 『용비적』과의 연결고리를 이용해서 소피스 엑스퍼를 추월하는 데 성공했으니까.

"잘도 지껄이는걸. 『열쇠 관리자』인 네놈의 가족이 싼 똥의 뒤처리를 내게 맡긴 주제에. 그러고도 염치없이 신성 아카디아 황국의 미들 네임을 받았구나."

"미스시스를 곤란하게 하지 마렴, 헤이즈. 따지고 보면 네가 우리가 각성하기를 기다리지 않은 탓이잖니? 후길이 하는 말을 안 들으니까 그렇지."

리스테르카가 타이르자 헤이즈는 짜증난다는 듯 입을 삐죽 내밀었다.

"후기일~? 그 썩을 배신자 새끼한테 미련을 품다니, 언니도 참 골치 아프다니까. 내가 잠든 동안에, 그 자식의 테크닉에 홀딱 빠져버리기라도 하셨수?"

예전부터 후길을 수상하게 생각하면서 믿지 않았던 헤이즈는 그를 신뢰하는 언니의 태도를 비웃었다.
그러나 평소에는 온화한 황녀의 모습을 보이던 리스테르카의 기척이 그 말을 듣고 살기를 띠었다.
"언제 그렇게 대단한 신분이 된 걸까? 고작 오른쪽 눈에 『세례』를 받아 통괄자의 지배능력을 얻었을 뿐인 어리석은 동생이, 신탁의 무녀인 나와 영웅인 그를 모욕하다니."
"……윽?!"
예리한 칼끝을 연상케 하는 리스테르카의 눈빛을 받자 헤이즈는 입을 다물며 흠칫했다.
쯧, 하고 혀를 찬 헤이즈가 방에서 나가자 긴박했던 공기가 약간 누그러졌다.
"자, 에이릴이 예정대로 『칠용기성』을 제압한 것 같으니 이제 그만 『모형 정원』으로 들어가지요. 이것으로 제가 『대성역』에 도달하면, 드디어 이 세계를 올바르게 통치할 수 있게 됩니다. 자아, 미스시스. 제 기사를 불러오세요."
"알겠습니다."
시녀 미스시스는 주인에게 인사하고서 은색 벽으로 둘러싸인 회랑을 걸어 별실로 향했다.
또각또각 규칙적인 발소리가 울려 퍼지고, 미스시스에게 생각할 유예를 주었다.
조금 전에는 말할 수 없었지만, 미스시스도 후길을 신용할 수 없었다.
『배신자 일족』인 그가 신성 아카디아 황국의 황녀들을 구해주고, 지금까지 충실하게 모시고 있건만. 제2 황녀 에이릴 또한 그의 어떠한 점을 경계하고 있다.

단순한 악의나 야심 같은 것이 아니었다.

뭐랄까, 마치 자신들을 어항 속 물고기처럼 보는 듯한 그의 눈이 어쩐지 두려웠다.

"후길. 리스테르카 님이 배에서 내리실 겁니다. 호위하러 와 주십시오."

"—그래, 알았다. 전하의 뜻대로."

방 안에서 후길은 황금 천칭을 만지작거리고 있었다.

십자가 모양 은세공을 저울에 올리고, 무언가를 시험하는 것처럼.

이로부터 몇 시간 후, 세계를 광란에 빠뜨리는 선고가 백성들을 향해 발신되었다.

『성식』으로 인해 세계가 붕괴하기 전에, 각국의 이해관계를 뒤흔드는 싸움의 봉화가 바야흐로 피어오르려 하고 있었다.

■작가 후기

안녕하세요.

마사지기를 사볼까 하고 요 몇 년 동안 고민 중인 아카츠키입니다.

애니메이션이 방송한 뒤로 1년이 쏜살같이 지나갔는데, 실제로 관련 작업이 엄청 많아서 치이며 살다가 어느 날 깨닫고 보니 두 팔이 움직이질 않더군요.

뭐, 좀 있으면 괜찮아지겠지 싶어서 내버려뒀는데, 한 주, 두 주, 한 달……이 지나도록 전혀 좋아질 기미를 보이지 않았습니다.

근처 병원에서 진료를 받아봤지만 원인은 알 수 없었고, 혀까지 마비되기 시작했을 때는 뭔가 위험한 병에 걸린 게 아닐지 의심하기 시작했습니다.

결론부터 말하자면, 몸은 멀쩡했습니다.

여전히 원인이 뭔지는 확실하지 않습니다만, 아마도 어깨 결림의 강화버전이 아닌가 싶네요.

등에서 어깨에 걸쳐 누적된 피로가 신경을 압박해서 상박까지 영향을 주었는지…… 어떤지는 모르겠지만, 그것도 원인 중 하나라는 건 틀림없다고 봅니다.

무리는 할 수 있지만 그만큼 신체에 부담이 돌아오기 마련이니까, 본편에서 무리만 하는 룩스와 소녀들도 조금 걱정됩니다.

『칠용기성』 편도 고비에 접어들긴 했지만, 아직 남은 이야기가 꽤 기니까요.

다음부터는 드디어 『창조주』 사이드의 코랄 편, 이라고 할 수 있는 이야기가 펼쳐지지 싶습니다.

그럼 감사 인사를 올리겠습니다.

이번에도 일러스트를 담당해주신 카스가 아유무 님.

그라이퍼&메르가 처음으로 컬러 일러스트를 차지했는데요. 메르의 귀여움은 물론 그라이퍼의 멋진 모습이 인상적이었습니다.

다음 권에서는 『칠용기성』 전원이 활약할 수 있을 것 같은 느낌입니다.

그럼, 그런 13권에서 또 만나 뵙기를 바랍니다.

2017년 3월 모일 아카츠키 센리

최약무패의 신장기룡 12

초판 1쇄 발행 2018년 6월 10일

지은이_ Senri Akatsuki
일러스트_ Ayumu Kasuga
옮긴이_ 원성민

발행인_ 신현호
편집국장_ 김은주
편집진행_ 최은진 · 김기준 · 김승신 · 조미연 · 원현선 · 김솔함 · 권세라
편집디자인_ 양우연
국제업무_ 정아라 · 고금비
관리 · 영업_ 김민원 · 이주형 · 조인희

펴낸곳_ (주)디앤씨미디어
등록_ 2002년 4월 25일 제20-260호
주소_ 서울시 구로구 디지털로 26길 111 JnK디지털타워 503호
전화_ 02-333-2513(대표)
팩시밀리_ 02-333-2514
이메일_ lnovelpiya@naver.com
L노벨 공식 카페_ http://cafe.naver.com/lnovel11

ISBN 979-11-278-4528-5 04830
ISBN 979-11-278-4266-6 (세트)

값 7,000원